Das schweigende Klassenzimmer

沈黙する教室

1956年東ドイツ―
自由のために国境を越えた高校生たちの真実の物語

Dietrich Garstka
ディートリッヒ・ガルスカ
大川珠季［訳］

αβ BOOKS

First published in Japan in 2019
by Alphabeta Books Co., Ltd.
2-14-5 Iidabashi Chiyoda-ku, Tokyo, Japan 102-0072

沈黙する教室／目次

目次

凡例

一、本書はDietrich Garstka, ***DAS SCHWEIGENDE KLASSENZIMMER***, Ullstein Verlag, 2006 の全訳である。

一、原著にある注は（　）で該当する箇所の末尾の右肩に示した。

一、本文中の〔　〕は訳注であることを示す。

一、書籍、新聞、映画、テレビ・ラジオ番組、芸術作品等のタイトルは『　』で示した。

一、読みやすさを考え、適宜改行を加えている。

第一章　特異事項：高等学校

国家保安省〔シュタージ〕が大学準備クラスを捜査する

一九五六年十一月三日、フランクフルト・アン・デア・オーデル。ある曹長がタイプライターのキーを叩いている。彼はどんな単語も、見出しでさえ、小文字で打っていく〔ドイツ語では文頭や名詞の一文字目を大文字で表記する〕――特異事項――彼は打ち間違いをしている。正しくない文字を打ち込んでいるのだが、気にすることもなく、無視して打ち続け、また間違える。それも放っておいて、ようやく正確なキーに命中する。

――当該高等学校十二年生クラスはベースコー郡の――いくつか文字を打ち損なってから――町シュトルコーにあり――と進める。ベースコーはDDR〔ドイツ民主共和国＝通称東ドイツ〕の東の端に位置し、ポーランドの国境からたった三〇キロメートル、ベルリンから七〇キロメートルしか離れていない。へんぴな所だ。いくつもの小さな町と村がなだらかな窪地に身を屈め、かつてはぶ厚い氷に覆われていた緩やかな丘の上にひしめき合っている。水と砂地、砂地と水だ。

曹長は高等学校のあるクラスについて書いている――生徒たちがハンガリーで戦死した反革命運動の自由の戦士たちに五分間の黙祷を捧げた――。

その曹長というのは特殊な人物である。武器を使った戦いはしない。諜報員の班長である。

曹長にとっては情報が全てだ。部下が上げてくる情報の世界にいる。受け取った情報を転送する。報告を出す。そういうわけで、曹長はタイプライターを打っている。宛先は専門部署ならびに党の県指導部だ。耳と目で戦うのである。聞き耳を立て、観察する。聞き耳を立てさせ、観察させる。最後の行、そのページの一番下に、「ｍｆｓ」つまり「国家保安省(Ministerium für Staatssicherheit)」と印を捺す。

曹長はシュトルコーのある高等学校のクラスとハンガリーについて記述している。シュトルコーは郡庁所在都市ベースコーよりも小さく、その二五キロメートル西に位置する。雨が数日降らずに砂地がバラバラに崩れると、道が浜辺のように変わる町。ドルゲン湖の波が岸辺の葦《あし》をゆらめかせ、ピシャピシャと音を立てる町。

そしてハンガリーには、共産党と赤軍の支配に反抗している者たちがいる。反革命。いまいましい、ヘドが出る。この反革命の連中のために、シュトルコーの高等学校十二年生が五分間の黙祷をした。全くいまいましい、いや、もっとだ、信じがたい。

曹長は——ハンガリーで戦死した反革命の自由の戦士たちに五分間の黙祷を捧げた——と記している。変だぞ。自分がどんな言葉を並べたのか、わかっているのだろうか？「反革命」、これは正しい。社会主義に反対する暴動とは反革命でしかあり得ない。革命ではないのだ、社会主義が革命なのだから。だが曹長は、反革命の連中を戦死した「自由の戦士」と書いている。

そんなのはおかしい。「自由の戦士」、これは西側で使われている最近の流行語だ。西側で、だ。腐敗した資本主義の西側で、の話だ。曹長は西側のラジオを熱心に聴いていたとでも言うのだろうか？ＲＩＡＳ放送〔アメリカ占領地区放送〕、ＳＦＢ放送〔ベルリン自由放送〕、ＮＷＤＲ〔北西ドイツ放送〕を？あるいは不可解な事件――高校生が敵に敬意を表している――に感銘を受けたのだろうか？　非難されるべき行動をうっかり忘れてしまうほどに？　あるいは、そのクラスが反革命の連中をどう評価したのか、ということを書こうとしているのだろうか？　だがそんなことはしないはずだ。心的距離を置くものだ。いや、彼は反逆者たちを尊敬している――ファシスト野郎どもの仕業だ。銃殺でも、根絶でも、抹殺でもない。彼らは戦死したのだから――まさか、それはない。

曹長の文書はこうだ。

一九五六年十一月一日。当該高等学校十二年生クラスはベースコー群ｎのあち町ストシュトルコーにあり、ハンガリーで戦死した反革命の自由の戦士たちに五分間の黙祷を捧げた。

本件は目下調査中。

いずれにせよ、専門部署ならびに党の県指導部には全て報告済みである。(1)

この文書はその日の間に情報提供を受けた部署によって確認されている。右上に「十一月三日」と鉛筆で日付が書きつけてあり、左側には鉛筆の太い線が上から下まで引かれ、その下端に横線がある。つまりその範囲は全て重要なのだ。線の左横には同じく斜体で「高等学校」と鉛筆書きがある。さらにカッコつきのブロック体で、「ここが最重要、緊急」とある。

三日後、二度目の報告が行われる。再び「特異事項」の見出しがついている。

> mっfs　十一月三日、シュトルコー／ベースコーの高等学校十二年生クラスがハンガリーで戦死した反革命の《自由の戦士たち》に五分間の黙祷を捧げた件の報告。
>
> 本件告発の確認に関する調査が行われた。七〇パーセントの保護者が「若気の至りだった」と証言。残りの三〇パーセントは本件について言及せず。
>
> 目下、本日午後に黙祷が実行された事は周知されていない[2]。

「自由の戦士たち」には引用符がついている。ははあ、なるほど、彼は引用したのか、心的距離が表現されているぞ。「自由の戦士たち」と言ったのは他の人で、彼ではないというわけだ。彼はそういう人たちとは違う立場であると明らかにしているのだ。その件は問題ないぞ、と。それから聞き耳を立て、観察する。つまり、捜査させるのだ。重要なのは生徒たちの保護者だ。彼は保護者たちの考えも書き留めている。どうしたらこんなに早く割合を算出できるのだろう？

この後、七週間の沈黙を挟む。一九五六年十二月二十日、あの曹長は再びシュトルコーの反抗的なクラスについて書き残している。七週間も後になって？　なぜだ？　捜査継続の許可を見逃したのか？　こんな事件で？　捜査する必要があったはずだ。要請だってあっただろう……一ページに及ぶ報告の見出しは「特異事項」である。端には、またしても「緊急！」と鉛筆の書き込みがあり、上半分と下半分はそれぞれ二本の線で囲われている。その下には勢いよく鉛筆書きの斜体で「V」とある。「×××(読めない)と連絡を取ること！」欄外の注釈の劇的緊張が文章の中にまで及び、鉛筆でアンダーラインさえ引いている。

シュトルコーの高等学校において黙祷が敢行された事件に関し(五六年十一月三日の報告を参照されたし)、昨週、同志ランゲ大臣と教師および生徒による討議が行われ、その際、期限が設けられ、五六年十二月二十一日までに、そぼ、そも、その街頭の　該当の　の生徒たちに、黙祷を組織した者は突き止められ、ねばならない本件が期限内に明白とならない場合、当学級の進学は総じて禁止される。[3]

学校に大臣が来る。首謀者を追求する。最後通牒が出される――退学。事件の衝撃に対し、彼は煩わしいと思いながらも、さらっと事実だけを書いている。

まあ、ともかく、彼は急いでいるのだ。二日後の一九五六年十二月二十二日、曹長は再び報告を残している。これで最後だ。

デー　ベースコーの通達により、十二年生クラスの解散およびアビトゥーア〔大学入学資格試験〕受験四角の　資格の剥奪が　ランゲ将　大臣により指示しされた。

退学だって？　クラス全員が？　曹長はこう書いている。

国民教育省と連携する党により、問題行動について生徒たちの釈明を促すよう取り決められた。しかしながら生徒たちは載せら　乗せられなかった。(4)

相変わらず誤字を繰り返している。文の調子は冷静で事務的だ。よそよそしく、どこも特異ではない。アビトゥーアを控えた最高学年。問題行動。退学。

ここに、伝えられるべき歴史がある。十七歳から十八歳までの女子生徒五名、男子生徒十五名からなる、あるクラスの物語だ。問題行動をやめようとしなかったために、彼らは小さな学校で大きな駆け引きを強いられ、権力者を刺激するとはいったいどういうことなのかを、経験しなければならなかった。

第二章　スターリン像、倒れる

ハンガリーの動乱をラジオで知る

一九五六年、私たちはシュトルコーのクルト＝シュテッフェルバウアー高等学校に通う大学進学クラスの十二年生で、女子が五名、男子が十五名いた。シュトルコーはマルク・ブランデンブルク地方の小さな町で、住民は約五千人、当時はフランクフルト・アン・デア・オーデル市の一部だった。ベルリンの中心街からは、鉄道か車で一時間の距離にある。

一九五六年十月、当局より聴くことを禁止されていた西側のラジオ放送局ＲＩＡＳが、私たちの学校生活をめちゃくちゃにする衝撃的なニュースを放送した。私たちはラジオの周りに集まり、ドキドキしながら耳をそばだてた。

《一九五六年十月二十四日、ＲＩＡＳニュース》

昨晩より数千人を越える学生、労働者、兵士たちが自国の自由と真の独立を求め、デモを行っています。(…)デモ隊はハンガリーの旗と横断幕を持ち、通りを進みました。横断幕には(…)「赤軍は帰れ」「我々は自由選挙、秘密選挙を要求する」とあります。彼らはのちに党事務所と公共施設を強襲。治安部隊が鎮圧に動き、デモ隊との血みどろの激しい戦いへ発展しました。政府およびハンガリー共産党政治局はこの事件により再編。つい先日チトー主義批判により復職したナジ・イムレ氏が、再び政権党ならびに内閣の首長となりました。ラジオ放送を通じ、市民に冷静さを取り戻すよう布告。未だ緊迫した状況の中、新首相の要請によりソ連軍が介入しています(5)。

《一九五六年十月二十四日、RIAS対談》

ハンガリーの革命家たちは自由と正義のために闘っているのでしょうか？

——ええ、事実ハンガリーは、数百年に渡って東方の国々に対抗する砦でした。それは今でも変わりません。よろしいですか、我々がその砦を奪い取ってしまったら、警告を告げる鐘が鳴り響くことになるのです。どうして真昼に鐘が鳴るのだと思いますか？　なぜなら、かつてハンガリーがトルコ軍を撃退し、そして現在も、岩のように頑然と立ちはだかっているからです。そして第二次世界大戦時には、ロシアが西側へ侵攻し、三ヶ月の間この小さなブダペストを占領したことも忘れてはいません。さて、現在はどうでしょう？　彼らは我々の仲間をわかっていません。血の最後の一滴まで、最後の一人となるまで闘い抜くでしょう。いいですか、ロシア人が引き起こしたあの精神的な抑圧と全面的な占領を、我々は決して忘れていないのです。

《一九五六年十月二十七日、ＲＩＡＳニュース解説》

昨日、ブダペストの労働者居住地区にソ連軍の白リン榴弾が撃ち込まれました。ソ連軍の攻撃に立ち向かうハンガリーの革命派労働者たちが立てこもる工場の方へ、ソ連軍の戦車が進み(…)ソ連軍の戦車がブダペストの労働者に向けて投入され、労働者と農民の国家の名の下、戦いの火蓋が切られました。そして彼らの最初の任務はいわゆる労農政府の設立でした。これはかつて一度起こったことでもあります。一九四五年以後、ソ連軍が最初にハンガリーに進駐し、政治将校と指導員によるハンガリー人民共和国の設立が進められました。ハンガリー人民共和国の労働者たちには、ストライキや公道でのデモの権利が与えられていませんでした。この、いわゆる共和国に対して労働者たちが抱いた感情は、「憎悪と怒り」でした。彼らは共和国の名の下に統治が偽られているこの国を憎悪したのです(…)しかしながら、彼らが大胆にも要求を突きつけた際、ソ連軍の総司令官は兵士を送り込み、彼ら労働者を射殺させたのです。党や経済団体の要請により、労働者に銃を向けるような、いわゆる資本主義諸国の総司令官が、いったいどこに存在するでしょうか？

関心の的はハンガリーだ。武装蜂起、社会主義体制への反抗、独裁制への反抗、そしてソ連軍への反抗だ。その三年前にあたる一九五三年六月十一日、私たちは労働者による東ベルリン暴動を経験していた。シュトルコーでもまた、靴工場でストライキが行われた。労働者と農民の国家ではストライキが禁止されていた。反革命だからである。ストライキとは、労働者が資本家に対して行うものであって、社会主義者に対して行うものではない。労働者のために、労働者と共に行うものだ。社会主義の建設がなされている国家に対して行うものではない。警察がレブサー通り沿いの靴工場の敷地内でストライキの扇動者たちを逮捕する様子を、私たちはじっと見守っていた。彼らは同僚たちの目の前を引きずられて行き、待機していた車の中へ連行された。労働者たちは銃口を向けられており、警察の手から同僚を救おうにも救えなかったのである。

さて、それから三年が経ち、今度はハンガリーだ。私たちはすぐに理解した。あのとき以上のことが起こったのだ。ハンガリー人たちは武器を手に闘った。しかしそれはダビデがゴリアテに立ち向かうようなものだった。東西に九千キロメートル、南北に三千キロメートル、南北に三百キロメートルの小さなハンガリー対、東西に九千キロメートル、南北に三千キロメートルの地上最大の国家ソ連――私たちはそんな風に両国の関係を想像していた。ハンガリー動乱の写真を実際に見る機会はなく、テレビもなかったのだ。私たちはラジオを、RIASを聴いた。言葉から映像を想像した。ハンガリーに夢中だった。全国民が立ち上がり、武装蜂起を決断したのだ。占領国が追い出されるかもしれない。私たちは熱狂した。

《一九五六年十月二十七日、RIAS放送、ある亡命ハンガリー人女性のインタビュー》

ロシアの支配下で生活するよりも故郷を出るほうが良いとお考えですか？

――そりゃあ、故郷を出るのは辛いですよ、だってあなた、あたりまえでしょう！

――ゾッとします、でもロシア人に支配されて生きるほうが、ずっと、ずっと怖ろしいんです。

ロシア人をよくご存知なんですか？

――よく知っています。私たちは前にも一度、こんな目に遭ったことがあります。

ロシア人が報復をするかもしれない、という不安はありますか？

――不安です。不安でいっぱいです。ええ、不安で不安でしょうがないんです。だって、ロシア人のことは、よく知っているんですから。

《一九五六年十月二十九日、ＲＩＡＳ放送、ルポルタージュ》

――とても素晴らしいデモ行進だった。若者たちが列を組んで歩き始めたんだ。

学生たちですか？

――十三歳や十四歳の小さな男の子たちもいて、一緒にデモを始めました。松明を持って(…)赤い旗をドナウ川に投げ捨てた。それで去って行った。そうこうする内にあの代表団がラジオを通して、それで、俺はわからないけど、ゲレー(ハンガリーの共産党第一書記)の申し開きを求めたっていうんだ。その間に演説があって。そこで学生が四人射殺された。

いったい誰が発砲したのでしょう？

――ＡＶＨ（ハンガリー国家保衛庁）ですよ。デモ隊が放送局へ来たときだったな。

デモ隊の側ではありませんか？

――デモ隊じゃない、確かにラジオ放送に割り込みはした。だけどそれは入るのを許可されたからだ。

誰が最初に発砲したんですか？

――ＡＶＨです。

ＡＶＨが最初に発砲したんですね、デモ隊が放送局へ来たときに？

――そう、それから爆弾が、この、いや、なんて言ったかな、催涙弾が投げ込まれた。

催涙ガスですか？

――催涙ガスが充満した。それからあれが始まった。スターリン像の前で、二つ目の挑発が。

記念碑の。

――記念碑です。そう、そこであいつらは群衆に向かって砲撃をしたんですよ。

非武装の群衆に向かって？

――非武装の群衆です（…）

ＡＶＨが最初に攻撃をしたというのは、確かなんですね？

――確かにそうだ。絶対にです！　だってＡＶＨはすごく、すごく、とにかく、ひどかった。夜になってから、狭い路地で、人々を撃ったんだ。どうしてかなんてわからないままに。理由なんかなかった。

私たちは全員ＲＩＡＳを聴いていた。ＲＩＡＳは西ベルリンのアメリカ占領地区にあるラジオ放送で、アメリカ占領軍が管理する放送局だった。かつてのＳＥＤの党員たちがこの放送局を話題にするとき、今日でもなお、彼らの口からはポロポロと悪口が出てくる。「ダメダメ放送局」「デマ放送局」「フェイク放送局」というぐあいに。また放送局の頭文字は「アメ公放送局」や「リボルバーヒーロー気取り、陰謀家、エージェント、おサボり野郎」と当て字されていた。

ＲＩＡＳを聴くことは禁止されていた。《民衆扇動》だというのである。そのため、ラジオのスイッチを切るときにはちょっとした工夫をしていた。ラジオのスイッチを切る前に、東ドイツ放送に周波数を合わせておくのだ。いかがわしい者が訪ねてきて、ちょっとニュースを聴きたいんですがお邪魔しても？　とラジオのスイッチを入れたとしても、予め調整してあった東側の放送が流れれば問題ない。このように用心しなければ、簡単に西側放送を聴いている者だとわかってしまう。党幹部は実際は何百万人もがＲＩＡＳを聴いていることを知っていたため、その周波数に不快な騒音の周波数帯を重ねる妨害工作を行なっていた。とはいえ、その程度のことで聴くのをやめたりはしなかった。

学生寮でＲＩＡＳを聴くときは部屋のドアの前に見張りを立てたものだが、下級生には任せられなかった。

ＲＩＡＳには、『宗教の時間』という文化放送もあった。ほんの短い時間だが、毎日夜の十八時と、後には毎週日曜日の十二時に放送されていた。この放送は自由の鐘の音で始まった。この鐘はＵＳＡからベルリンに贈られたもので、西ベルリン市長のいるシェーネベルク市庁舎の鐘楼にぶら下がっていた――今でもぶら下がっている――。そしてこんな声で始まる。

私は、いかなる人々も他人を侵害してはならず、誰もが尊厳を持つものだと信じています。私は、全ての人々が神から等しく権利を与えられていると信じています。よもや独裁者が現れようとするならば、その抵抗のために、自由のために、私はいかなる攻撃も行使するとお約束します。

これのどこが「デマ放送局」だろう？　この言葉は私たちを奮い立たせた。ひょっとしたら、西ドイツにおいては月並みな表現と思われていたのかもしれないが、私たちにはガツンと響いたのだ。学校では、ヒューマニズムの精神は古典期の文化的遺産だと教えられた。だがＤＤＲの日常は全く違うもので、ヒューマニズムは社会主義のための政治的なスローガンにされていた。社会主義においては、党幹部、党、ＦＤＪ〔自由ドイツ青年団。社会主義統一党の下部青年組織〕に従っている限りは個人の権利は認められたが、個人そのものが尊重されていたのではなかった。『宗教の時間』の説教は毎日放送されていたのにもかかわらず、少しも色あせることがなかった。ねじ曲げられた《ヒューマニズムの宣伝》が絶えることはなかったからである。熱狂的なイデオロギーの素晴らしい価値観の中で、私たちは熱に浮かされて生きていた。

《一九五六年十月三十日、ＲＩＡＳ放送》(西ベルリン。臨時市議会会議におけるヴィリー・ブラント市議会議長の演説。以下の演説の間、自由の鐘が鳴り響いていた)

私は全議会と全国民の思いを代表し、自由と平和、国民の自律のために戦った犠牲者の皆さまに頭を下げ、哀悼の意を捧げます。ベルリンのフランクフルト通りからポーゼン、そしてブダペストの労働者、農民、学生の皆さん、そして我々の不屈の意志の前で、はっきりと表明します。我々の国と、その首都ベルリンは、自由の中で再び統一されるべきなのです。

《一九五六年十月二十九日、ＲＩＡＳ放送》(西ベルリン市長オットー・ズーアによる呼びかけ)

(…)非自由も、自由も、同じく分けられるものではありません。また東ベルリンで三年前に始まり、ポーゼンおよびワルシャワを越えてブダペストへ連なるものは、いつの日かプラハやライプツィヒを通り抜け、東ベルリンへ還ってくる事でありましょう(…)自由の炎を絶やしてはなりません。自由の炎は燃え続け、ここかしこへ燃えひろがるのです、そして来たるべき日、権利と自由が勝利するのであります。

胸に迫る演説だった。東に、ソ連占領区域に、《占領地区》にいる私たちのことだと思った。私たちには夢があった。私たちのような少年少女にとっても、自由という夢はあった。それはまた統一という夢でもあったのだ。オットー・ズーアが自由の炎について、ヴィリー・ブラントが自由と統一への不屈の意志について話すとき、私たちの中にある自由と統一に焦がれる気持ちが大きくなっていった。ハンガリーの人々はこの憧憬のために闘っていたのだ。私たちにとって彼らは、帝国主義のソビエト連邦に対して蜂起した、勇気ある英雄だった。

＊

なぜ私たちのような十七歳から十八歳の若者が、ソビエト的なものや、とにかくロシア的なものに反感を抱いたり、そのように考えたりしたのだろう？　当時、私たちが公の場で「ロシア人」という言葉を使うことは決して許されなかった。ロシア人はソビエト連邦をなす多民族国家の一部にすぎない。私たちは「ソビエト人」と言わなければならなかった。「ソビエト人」は、誉高き「ソビエト人」として生きていたようだ。「ソビエト人らしいソビエト人」は何でもよく知っていて、何でもよくできた。私たちのような若者は、ともかく啓蒙とはそういうものなのだ、と理解した。私たちの固有の歴史が持つ価値は奪われたのである。私たちの間でだけは「ロシア人」あるいは「露助」と呼び、そうでなければ第二次世界大戦時の兵隊用語を借用して、「イワン」と呼んでいた。

赤軍が侵攻して来たのは、私たちが六歳か七歳の頃だった。解放者としてあの兵士たちを迎えたのではない。記憶に残っているのは、ソビエトの人々の矛盾したイメージだ。そしてこのイメージについて公に話すことは許されていなかったため、私たちは自分の意識の中に「私たちが実際に見たり聞いたりしたこと」と「言っても構わないこと」という二つの部屋を持っていた。記憶の中には今でも、ソ連軍兵士と遭遇したときの印象が薄ぼんやりと残っている。

ギーゼラは次のように語った。

赤軍が侵攻してきたとき、私たちは森に隠れたの。森にある穴の中なら安全だと思って。葉っぱで覆われた木の幹が屋根みたいに被さっていた。母が一番下にいて、目をつけられないように、地面の上に横になった。ベッドの下にね。母はかがまなくちゃならなかった。あの穴は狭かったから。ベッドの上に祖母と私が座った。そしてロシア人が来たの。ちらっとこっちを見て、そのまま先へ進んでいった。塹壕に潜伏し続けているドイツ兵を探していたみたい。それからカラシニコフを構えたロシア兵が穴に入ってきて、私は怖くなって「ママ！」と叫んだ。母は腕を出して、私を助けようとした。祖母がその腕を叩いて、下に押し戻した。さっきの兵士は機関銃を持ったまま穴の前に立っていた。一晩じゅう。この人は、森の中で女の人を探し回っている他の兵士から守ってくれているんだな、という気がした。祖母に飴をくれて「食べる、いい」と言った。祖母はビクビクしながら口の中に入れた。兵士が少し離れた隙に、祖母はその飴を吐き出した。毒殺されると思って怖かったのね。

ゲルトラウトは次のように語った。

私たちはグロース・アイヒ・ホルツから、ブークへ戻った。眠りにつくときは、まず女の人がベッドに寝て、その上に子どもが横になって、顔をあげて上を見た。一階にはロシア人が大勢いて、料理を作っていた。子どもたちはちょっと分けてもらったりもして。納屋ではロシア人が家畜を追い立てて集めていた。あの人たちが出て行くとき、一番年上の士官が雌牛と仔牛を一頭ずつ置いて行った。「子どもたちに牛乳を」って言って。

ベルント＝ユルゲンは次のように語った。

夜に何が起こっていたのか、俺たちもまだ子どもだったけど、知っていた。聞こえたんだ、確かに。子どもたちは昼間に地下室から出されて、沼の泥だとか、ぬかるんで不潔なぐちょぐちょの土を運ばされた。その泥を女の人たちが体に塗りたくって、あえて汚くしたんだ。母が連れて行かれそうになったこともある。祖母が母の上に覆いかぶさって、銃床で殴られて血まみれになった。それであいつらは諦めて、出て行った。それから、俺たちはコットブスへ行って、父の姉妹のところへ身を寄せた。ひもじい思いをしたくなきゃ、俺たち子どもは物乞いをしに行ったり、万引きをしなくちゃならなかった。空港ではロシア人たちが自分たち用にドイツの飛行機を新しく塗り替えていた。見ていてもどやされたりはしなかったよ。あそこではいろいろ拾ったな。軽いブリキ製の牛乳缶を持って敷地内に入って行くんだ、兵士たちは俺を気に入ってたよ。小さな黒髪の男の子だったからさ。ブリキの缶にオートミールをザラザラっと入れてくれて、黒パンも貰った。やったあ！　さて、空港の敷地内から出てくると、そこにはもっと大きな子が待ち構えててさ、食べ物を全部とられた。よくあることだったよ。

ディートリッヒは次のように語った。

母、弟のヴィルフリート、そしてライナーはベビーカーに寝かされていた。国道へ向かって歩いていた。私たちはロシア人が潜伏している森を出て、家へ帰りたかったんだ。ソ連の軍用トラックが私たちの脇を通り過ぎて、止まり、サイドウィンドーからロシア兵が顔を出して、振り返って、こっちを見た。脇を通り過ぎようとしたとき、そのロシア兵が人形をトラックの中から母の方へ差し出して、強いロシア訛りで「こーれ、どいーちの、おーかさん」と言った。で、家はめちゃくちゃだった。物が壊されて、何もかもズタズタに引き裂かれて、窓から投げ出されていた。

脅威、恐怖、心遣い、喜び。占領者は私たちの中に二重の相反する印象を残した。だが大人たちが感じたのは脅威と恐怖だけだったため、占領者たちの嫌な印象の方が私たちにも強く残っている。恐怖に満ちた警戒心からは逃れられなかった。警戒心こそが私たちの占領国だった。

その影響を、ディートリッヒはこう説明する。

一九五二年夏。十三歳だった。あの頃はリンデンベルクから電車通学をしていた。ベースコー駅のパブレストランで、友達と電車を待っていたときのことだ。ビリヤードをするにはお金が足らなかったから、私たちはただ座っていた。向かいのテーブルに、ソ連の将校と兵士二人が座った。私たちのテーブルには石のように硬いグリーンピースの皿があった。このグリーンピースを手にいっぱい、ロシア人のテーブルに投げつけてやる、と言ったら、信じる奴がいるかな？　普通はためらう、どう考えても普通じゃない。それで、前の日に食堂で起こったことを思いだした。ロシア人の兵士がベロベロに酔っ払って、フラフラやって来て、わけのわからないことを喚き、客が帰ったので壁にぴったりと寄せられていた机を、ズルズルと引きずり回した。思い切って何か言ってやろうとする客はいなかった。暴れる兵士をただ見て、黙って耐えていたんだ。それを思いだした私は、グリーンピースを掴んで、さっきのロシア人のテーブルに投げつけてやった。走って外へ出る。豆がテーブルの上でパラパラと音を立て、グラスにぶつかってカチャカチャいっているのが聞こえた。で、私は逃げ切れなかったんだ。百メートルを過ぎたくらいで捕まり、振り向かされて、その将校の顔を見た。若く、賢く、しかしほとんど憂鬱そうに見えた。彼は私を離すと、

「どうしてやったんだ？」

と聞いてきた。私はただただ怖かった。数秒が経った。

「どうしてやったんだ？」

彼は繰り返した。顔に攻撃的な色はなく、むしろ悲しんでいるように見えた。結局、前の日の酔って暴れたロシア兵の話から説明した。

「それは俺だったのか？」

「ちがうよ」

「君のお父さんはまだ生きているのか？」

「うん」

「お父さんはファシストなのか？　君はどうだ？　俺の兄弟は死んだ。ドイツ人に殺された。俺は君を撃ち殺しても良いのか？　よく考えろ」

彼は踵を返して駅へ戻った。私は街の中心の方へトボトボと歩いて行った。このことは誰にも話さなかったよ。

恥ずかしかった。だが恥ずかしく思ったからといって、頭の中の二つの部屋が変わることはなかった。

*

ブダペストから飛び込んで来たあるニュースに、私たちはとりわけ惹きつけられた。スターリン像が倒されたというのだ。

スターリン広場は大勢の人で溢れかえり、まさにカーニバルの様相を呈していました。夜十時頃、ついに八メートルのスターリン像を引き倒すことに成功すると、台座の上にはスターリンの対のブーツのみが残され、片方のブーツには、傷だらけのハンガリー国旗が立てられたのです。スターリン像は街の中央を走るスターリン通りを、トラックで引きずられて行きました。(6)

スターリンはそこかしこに存在した。彼は神のごとく全能だった。繰り返し、何度も、比肩しうる物のない偉大なるスターリンの話を聞かされたものだ。その結果私たちは、この男がその叡智で全社会主義陣営を率いているのだ、ということに誇りを感じ始めていた。だが、彼は悪夢でもあった。彼こそが占領国だったのだ。私たちは貨車が東の方へ運ばれる様を見た。走る貨車がレールの継ぎ目を鈍く打ち鳴らすのを聞いた。その貨車は満杯だった。貨車が東からやってくる姿も見た。車輪がガタガタと軽い音を立てて通り過ぎる音が聞こえた。帰って来た貨車は空っぽになっていた。「搾取」と大人たちが言った。小学校の先生は何も言わなかった。「タブー」――その一言で、私たちはあの頭の中の小さな二つの部屋へ帰されてしまった。サボタージュ、無防備な言動、西側のような物の考え方を理由に強制連行される恐怖、そういう恐怖が空気を作り上げていた。それが占領国――暗にスターリンを――問題にしているときは。

ここで一つ、スターリン崇拝の例を挙げよう。

ディートリッヒの父親がシュトルコーの職業訓練校で数学を教えている最中、ベースコー郡の国民教育省の役人が二人訪ねてくると、授業を見学して、

「現在のDDRとの関係性はどこにある？」と言ったのだ。

驚いた教師が返す。

「数学にですか？」

「スターリンが偉大な数学者でなかったなら、社会主義建設は決して成し得なかっただろう。と説明するべきだったのではないか？」

私たちの町から二〇キロメートル東に、スターリンの名前を冠した《ドイツにおける最初の社会主義都市》スターリンシュタットが建設された。担任教師が私たちを、その大規模な建設工事現場へ連

れて行ってくれたことがある。圧巻だった。ベルリンでは新しい社会主義都市ベルリンのシンボルとして繰り返しプロパガンダ的に賞賛され、並木通り《スターリンアレー》が整備された。私たちは小学校でスターリン讃歌を学び、合唱させられることもあった。

行進曲『スターリンは我等と歩哨に立ち』（作詞パウル・ヴィーンス）

さあ、霧が晴れた
若者よ、立ち上がれ
勝利だ、スターリン主義の主張
日出ずる国の平和を
日没する国の平和を
南と北の平和を！

（…）

さあ、太陽の輝く

祖国よ、一つであれ！
はらえ、夜のとばりを！
スターリン、曇りなき眼
スターリン、夜明けの光
スターリンは我らと歩哨に立つ[7]！

八年生の歴史教科書、『十月革命からＤＤＲの設立まで』（フォルク・ウント・ヴィッセン出版社）、一九五三年。ＤＤＲで十五歳になる生徒は、この教科書を全編やり切る必要があった。冒頭にページいっぱいの写真が二枚掲載されている。一枚がレーニン、もう一枚はスターリンである。本の中にはソ連の絵画が数多く掲載され、絵の中のスターリンは「政策の方向性を決定する指導者のポーズ」をしていた。たとえ彼の目の前に、立つレーニンや座るレーニンが描かれていてもだ。この教科書ではスターリンが全てだった。

教科書四十四ページ《外国の武力介入に立ち向かう新生ソビエト連邦の救世主スターリン》
――スターリン指導下で創設された赤軍には何千人もの労働者と農民が加入。

私たちはこれを信じる他はなかった。トロツキーが赤軍を創設しただなんて、知らなかったのだ。

六十一ページ《偉大なる経済指導者スターリン》
——スターリンの練り上げた第一次五カ年計画は、一九二八年十月一日に開始。

七十四ページ《卓越した学者スターリン》
——一九三八年、スターリンの卓越した学術的所産、『ソ連共産党(ボリシェビキ)歴史小教程』刊行。

八十三ページ《偉大なる法律家スターリン》
——スターリン憲法はあらゆる国家体制より遥かに卓越し、その体制において帝国主義者たちは市民革命の形式で彼らの統治を果たす。すなわち、勤労者らに権利を保証するのである。

二百五十七ページ《英雄的戦争指導者スターリン》
——世界のファシズムからの解放に最も偉大な貢献を成し遂げたのは、農民たち、ソ連の勇敢なる人々、兵士たち、学者たち、労働者たちであり、それはボリシェビキ党および偉大なる指導者スターリン指導のもと、行われたのである。この闘争の意味を明らかにするのは、スターリンの言葉に他ならない……

二百六十三ページ《先見の明を持つ国家指導者スターリン》

――スターリン指導のもと、共産主義へ至る戦後五カ年計画の最初の一歩を、ソ連人民は今まさに踏み出したのである。

二百六十五ページ《自然の支配者スターリン》

――ソビエト社会主義共和国連邦は途方もない原料資源および自然資源を手中に収めている。この資源はスターリン的自然改造計画を通じ、以前に比べより包括的に、人々の繁栄のため利用し尽くされるのである。また、この強力なスターリン的大建設は領土の二万八千五百三ヘクタールを灌漑し、人々による活用を可能にしている。

三百三十四ページ《人民の友スターリン》

――一九四九年十月十三日、ドイツ人民の最良の友ヨシフ・ヴィッサリオノヴィチ・スターリンは、ドイツ人民および政府に宛て電報を打ち、ドイツ民主共和国の成立をヨーロッパ史の分岐点と表現した。

＊

私たちはハンガリーの暴動を逐一関知していた。脱スターリン化に大きく関係したのが、一九五六年のフルシチョフ秘密演説である。その演説において、フルシチョフは偶像スターリンをこき降ろしたのだが、私たちは多くを知らなかった。とはいえ、聖スターリンに屈服し這い蹲《つくば》っていた同志たちが、後になって彼を相対化し、批判し始めた有様を、私たちは実際に見たのだ。仮面を被った人間たちを。

厄介だったのは、この風見鶏たちが、その後もそれ以前も、ああいう教義に沿った決定をする立場の代弁者だったことだ。私たちの中には幻滅した驚きだけが残り、それからは彼らをあまり信用できなくなった。ハンガリーの蜂起にヒリヒリと焼け付くような思いを抱いた。色々なことを言う人がいて、様々なことが起こった。私たちは、それが真実だと思った。私たちの学校、新聞、ラジオ放送、行事における、ハリボテ教義の突然変異。その権威があまりにも決定的だったために、その逆もまた

スターリンシュタット（現アイゼンヒュッテンシュタット）での修学旅行。1956年6月1日。この7ヶ月後に、彼らは人生の転換点を迎える。

同じ値打ちがあったのだ。かつてスターリン主義を信奉していた者は、もはや一人として残っていなかった。策を弄する適切な奴隷の言動、目をくらますような欺瞞が、独善的な態度をとり続けた。ハンガリー動乱は私たちのような若者を活気づかせた。人間は個々のアイデンティティのため、尊厳のために戦うことができるのだ。だが、私たちははっきりと感じてもいた。ソ連という異国からの独裁を排除するために何をしようと、まるで歯が立たないのだ。

死者二千七百人、負傷者一万二千人、処刑された《内通者》三百五十人、投獄者三万五千人、西側への逃亡者二十万人。

ハンガリーの敗北による死傷者数を私たちが知るのは、ずっと後のことだった。

第三章　沈黙する他はない

ハンガリーの解放闘争鎮圧に抗議する

一九五六年十月二十九日月曜日、ヴェルナー・モーゲルの歴史授業の前、最初の十分休憩。私たちは仲の良い者同士で集まり、ハンガリーについて聞いたことを、座りもせずに立ったまま話していた。化学と物理の実験室になる予定だった教室で、いわゆる階段教室だった。感嘆、熱狂、悲痛、憤りが混じり合い、感情的な混乱を生み出していた。実験用机と一列目の机の間に、カルステン、ホルスト・Z、ベルント＝ユルゲン、それにディートリッヒがいた。ハンス＝ユルゲンがいつものように一番最後に入ってきて、二列目の窓際の席にカバンを投げ、前の方のグループへ行くと、会話に割り込んできた。

「RIASが黙祷を呼びかけてるぞ！　たくさん犠牲者が出たんだ、心に留めて、抗議しよう」

教室じゅうの生徒にしっかり聞こえる大きな声だ。ハンス＝ユルゲンはその頃、RIASを熱心に聴いていた。

ディートリッヒは、その言葉をまっすぐに受け止め、すぐ傍に立っていたベルント＝ユルゲンとカルステンに、何気ない感じで囁いた。

「俺たちもやろう」

その呼びかけに前のグループが乗り、列の後ろの方へ向かって伝言が囁かれていったのだが、全員が理解する前に中断してしまった。先生が声の届くところまで近づいてきていたのだ。

「でも、いつだ、どうやって？」

「すぐだよ、次の授業でやろう」

「次の授業って、ヴェルナー・モーゲルの歴史だろ。先生はＦＤＪの書記と、学校の党書記を兼任してるんだぞ」

「丁度いいんじゃない？」

授業は間もなく始まる。ヴェルナー・モーゲルが開いたドアのすぐそばまで来ている。私たちはなんとか実行する時間を決めようとした。十時から十時五分までがちょうど良さそうだ。短いし、前の授業の口頭テストをする時間だから効果的でもある。要するに、「何も言わない、何も答えない、何も聞かない」だ。授業が始まる前は起立し、通路に立つことになっていた。こっそり伝達するのに好都合だ。頭を軽く傾け、後ろの方を向いた。ワクワクした。ハンス＝ユルゲンの宣言が全員の耳に入った。

「十時から十時五分の間、何も言うなよ。黙祷するぞ」

もう大きな声で話すことはできない、ヴェルナー・モーゲルがドアのところに立っている。前の席から後ろの席にかけて、伝言の囁き声が通り抜けていった。ヴェルナー・モーゲルは実験机の向こう側まで幅の広い木の段をゆったりと上り、歴史の教科書を置くと、

「フロイントシャフト」

と挨拶した。これはＦＤＪで義務付けられていた挨拶の方法で、私たちはＦＤＪの団員だった。威勢良く「フロイントシャフト！」と返答することが期待されていたのだが、嘆かわしいことに「フロイントシャフト！」の間に「おはよう」や「おはようございます」が混ざった。挨拶を終え、私たちは席についた。ディートリッヒがもう一度後ろを向いてゲルトに言った。

「なにも喋るなよ、わかったな？」

「わかってるって」

ヴェルナー・モーゲルが実験机の向こう側に座った。クラスに視線を向ける。歴史の教科書をパラパラとめくり、テストする箇所を確認し始めた。黒板の左上に、駅の時計に似た大きな時計がぶら下がっている。私たちはお互いに目配せし、時計の方を見て頷きあった。ヴェルナー・モーゲルが教科書から顔を上げる。私たちの視線が机の間を飛び回る。テストのテーマは「一九一八年、革命前夜のドイツ」。先生は個人を当てる前に、クラス全体に向かって問題を出した。

「第一次世界大戦に対してＳＰＤが取った対応は？」

誰も手を挙げない。

「スパルタクス団の対応を説明できる者は？」

誰も答えようとしない。ヴェルナー・モーゲルが目を剥く。とうとう先生の方から生徒を当て始めた、最初にカルステン、次にベルント＝ユルゲンが立つ。当然、二人とも答えを知っているはずだ。スパルタクス団は帝国主義戦争に反発しました——勇猛果敢な革命の闘士たちです——スパルタクス団は左派社会民主党員の恐れを知らない団体です——彼らは非合法の呼びかけに英雄スパルタクスの名前を使いました——こういう答えを決まり文句のように暗唱できたはずだ。彼らはクラスで一、二を争う優秀な生徒だった。二人は硬直して長椅子の横に立ち、壁の時計を見た。そして何も答えなかった。先生がもっと簡単な質問をする。

「スパルタクス団が創設されたのはいつだ？」

「スパルタクスとは、誰だ？」

他の生徒も同じような反応をした。一番後ろの窓際に座っているゲルトラウトがイライラしていた。

(みんなどうしたの？　こんな質問にも答えられないの？　あんたたちには簡単な問題じゃない。私の見た感じ、何か面倒なことと関係があるみたいだけど。私、できるなら告げ口はしたくないよ)

黙祷をするぞという伝言はゲルトラウトまで届いていなかったのだ。隣の席のヴァルトラウトが彼女に伝える事ももうできない。今は、口頭テストの間は、不可能だ。ヴェルナー・モーゲルの視線が刺さった。喋ることも囁くことも禁止だ。

そして、私たちは、なんとか持ちこたえた。

先生は座って眺めていた。実験机の奥で身を起こし、頭を後ろに傾け、右手で黒いあご髭に沿って喉を掻く。数週間前から、彼はあご髭を伸ばしっぱなしにしていた。黒い瞳が赤みを帯びて鈍く輝き、目のふちが広がっていくように見え、青ざめた顔からは薄紫色の下唇が前へ鋭く突き出していた。薄い唾液が光り、まるでしなやかな絹のようだった。彼は高校教師をしながら歴史の通信教育も受け持たなければならず、寝不足だった。もう一度問題を出す。

「スパルタクス団の創設を主導した権力機関はなんだ？」

クラス全体への質問だった。シーン。補足する。

「すでに存在したソビエトの形態に依拠したものか？」

誰もがその答えを知っていた。労農評議会(レーテ)だ。前の授業で詳しく討論したのだ。だが誰も答えない。先生の目が机から机へと動き回り、ギーゼラに目をとめた。彼女は前の方を、掛け時計を見ていなかった。彼女はとても小さな腕時計に視線を落としていた。恥ずかしさを隠すために見つめていた文字盤は、見えないくらい小さかった。ギーゼラはしっかりした生徒で、ＦＤＪの学内リーダーでもあった。ヴェルナー・モーゲルが彼女に質問する。

「ギーゼラ、いったい何事だ？」

彼女は腕を見たまま立ちあがった。小さな腕時計を見るため机に寄りかかっていた。十時五分になった。彼女は前を向いて答えた。

「なんでもありません、先生」

緊張が解け、みんなが一斉に姿勢を楽にしたので、椅子がギイギイと軋んだ。やり遂げたのだ。五分間、緊張しっぱなしだった。私たちの前には、教師だけでなく、イデオロギーや国家権力が立ちはだかっている——沈黙している間、私たちはこんな風に大げさに考えていた。ヴェルナー・モーゲルはテストを中断した。それ以上問題は出さず、予定通りに授業を進めた。テーマは「十一月革命」。労農評議会、スパルタクス団、カール・リープクネヒト、ローザ・ルクセンブルク、情熱に満ちた革命家たち、エーベルトとシャイデマン、右派、セクト主義者、革命の敵。前の授業で学んだことばかりだ。授業が終わってからも、ヴェルナー・モーゲルは教室での態度について何も言わず、何も聞こうとしなかった。


クラスじゅうが大声で、興奮して、意見を言い合い始めた。そして囁き声の連絡は、最後列までは理解できる状態で届いていなかったことが判明した。あの行動は大部分が自発的なものだったようだ。そうでなければこんな風に同じ行動を取れなかっただろう。それでも最後列に座っていた者でさえ誰一人として反対を表明しなかったのだ。裏を返してみると、ハンガリーのための行動なら、もう一度する必要があった。そうすれば、みんなが同じ気持ちで参加できるだろう。

クラスメートたちは次の授業へ行くために教室から出て行った。最後列の近く、教室のドアの前にディートリッヒが立っていた。ラインハルトが彼のところへいく。文句をつけたいときいつもするように、頭をあちらこちらへ揺すぶっていた。

「あんな事をして、お前らなに考えてたんだよ？　勝手に決めんなよ。不意打ちを食らったみたいだったぞ！　間に合わなかったんなら、あの行動は中止にすればよかったんじゃないか？」

と彼は非難した。ディートリッヒは真剣になって言った。

「じゃあなんだよ、黙祷をするのは間違いだったって思ってるのか？　そうじゃないよな？　そういうことじゃない、わかってるだろ」

「いや、あんなのは間違いだ。お前らおかしいよ、俺たち問題になるぞ、あんな事したって意味がないね」

ディートリッヒは胃がムカムカするように感じた。いつもの様にラインハルトの方が合理的で優勢だった。それでもディートリッヒは対抗する。

「正しい事をしたんだ。みんなでハンガリーのために立ち上がるべきなんだよ」

「冷静に考えろ、単に何か行動を起こしたかっただけだろ、ふざけんな！」

ラインハルトは言い切った。どちらに同意する者もいなかった。

大抵のクラスメートが家でその日の出来事を話した。両親たちは懐疑的だった。ヴァルブルガの母親は「えっ、そんな事をしたの？　大変なことになるって思わなかったの？」と言い、ヴァルブルガは「ほかに何かやったわけじゃないし、何も答えなかっただけだもん」と受け流した。カルステンの母親は心配そうに「ちょっとあんた、大ごとになるかもしれないよ」と言った。

ディートリッヒは家で何も話さなかった。父親とちゃんと話し合いたくなかったのだ。ディートリッヒの父親はシュトルコーの職業学校で教師をしていた。

＊

次の日、十月三十日、私たちは生物の授業で座っていた。昨日の二階の教室の真上にあった。アビトゥーアを控えた最高学年のとき、その教室が私たちのホームクラスだった。同じく最初の十分休憩が終わる頃だ。私たちは二限分の数学を教えるフリッケ先生を待っていた。授業開始の少し前に、教職員会議のため休講、自習になるという知らせが届いた。

「教職員会議？」

「僕たちのせいで？」

「俺たちには関係ないって」

私たちは努めて静かに待っていた。

ディートリッヒが「国際情勢についてディスカッションをしよう」と提案した。評決を取るまでもなく、誰もが賛成するテーマだ。「国際情勢」とは、つまりエジプトとハンガリーを意味した。中東諸国は戦争状態で、イスラエル軍がシナイ半島に攻め込み、スエズ運河を目指していた。イスラエルはアラブ諸国に対して予防戦争を行なっていたのだ。戦争はワクワクするテーマだ。私たちはその力関係について論じ合い、イスラエルの勝率を推測した。戦争に熱狂していたのではないが、ドキドキするような興奮があった。

中東のテーマはしかし、すぐに片付いてしまい、別のニュースに注目が集まった。

「プスカーシュが死んだんだってさ」

誰かが大声でクラスじゅうに伝えた。他の子が表現を弱めて言った。

「まだ本当かはわからないって」

また別の子が挟んでくる。

「そのニュースはとっくに訂正されたらしいぜ」

もちろん、すべてRIASから仕入れた情報だった。

プスカーシュは私たちのヒーローだった。当時すでに伝説的だったサッカーのハンガリー代表チームの主将だ。ハンガリーではゴールデンチームと呼ばれていた。サッカー界の権威イングランドを、初めて、相手のホームグラウンドのウェンブリー・スタジアムで、打ちのめしたのだ。しかも、結果は六対三。さらにブダペストで行われた第二試合では、七対一の大差で勝利し、ホームへ送り返したのである。このハンガリーチームは一九五四年のワールドカップ決勝でドイツに敗退したが、それでプスカーシュへの評価が下がることはなかった。私たちの憧れと社会主義とは何の関わりもないものだった。ハンガリーは社会主義ではない。社会主義はソ連のものだ。そして「ハンガリーは全く違った」のだと、私たちもそれ位のことはわかっていた。さて、私たちはプスカーシュが赤軍との戦いで命を落としたと聞いた。プスカーシュがハンガリー軍の少佐だったことを、殆どの生徒がこのときに初めて知った。彼の所属チームは、ハンガリーの共産主義化に伴い陸軍のサッカークラブとして再編され、「ホンヴェード」と改称した。そのまま同チームでプレーをしていたことは既に知られていたが、軍の階級までは誰も知らなかったのだ。ホンヴェードという名前の意味もまた、私たちにはわからなかった。その意味を知っていたなら、私たちの怒りと悲しみはもっと強烈に湧きあがっただろう。ホンヴェードは、一八四八年のハンガリー革命闘争における「祖国の守護者」を意味するのである。

こうして自然と共感が広がり、もう一度黙祷を敢行するんだ、という気持ちを強くしていった。前列の私たちは立ち上がった。後ろの方に座っていた一部の生徒は立とうとしなかった。「昨日は上手く行かなかったんだから、もう一度やろう」と声がかかった。ラインハルトは「またかよ」という風に拒否反応を起こしていたが、それでも立ち上がった。少数が「ばかなことが始まった」とでも言いたそうに後列に座ったままでいたが、それでも渋々立ち上がった。黙祷が始まった。誰の頭も下を向いていた。誰も喋らなかった。誰もが真剣だった。いつものような、強制されたことにあえて反発してあてつけがましい態度をとる、というような馬鹿騒ぎをする者もいなかった。頭の中は数秒の間に様々なイメージでいっぱいになった。プスカーシュ、戦車、遺骸、血に濡れた旗、亡き英雄の棺の後ろに並ぶ大勢の人々、裏通りは密かにソ連の戦車に見張られ、自由への強烈な思いが嘆き悲しむ市民の静かな行進の間で脈打っている——黙祷の時間が過ぎた。私たちは座った。それでもまだ、みんなは黙ったままだった。それぞれの椅子に座ったまま見つめ合い、それから遠くを眺めた。眼差しは真剣だった。しばらくのあいだ崇高で価値のある時間が過ぎた。いつもの私たちらしい、向こう見ずで能天気な感じにはなかなか戻れなかった。私たちはそれぞれで考え事をしていた。最初のときと同じように、行動の前に計画的な話し合いはなく、自然に起こった自発的な抗議行動だった。自由なものだった。誰の心の中にもじんわりと誇らしい気持ちが残った。

ところがラインハルトだけは、昨日から今日にかけていい加減うんざりしていた。今日は「サッカーのこと全然知らないんだな」と非難された上に、それを甘んじて受け入れなければならなかったのだ。だが、もうサッカーは問題ではなかった。ディートリッヒに視線を向けながら、ラインハルトが私たち全員を淡々と非難した。

「ふざけんなよ、この問題は泥沼化するかもしれないぞ」

彼は、どうしてああも用心深かったのだろう？　ラインハルトが本当のことを言わなかったため、当時の私たちには知る由もなかったが、彼には特別な事情があったのである。

第二次世界大戦後、彼の父親は、かつてナチが管理していたブッヘンヴァルト強制収容所に投獄されていた。ナチ統治時代にナチ党員だったのである。一九四五年から一九五〇年まで勾留されていたことを、家族は知らなかった。病に衰え、もはや健康を取り戻すことはなかった。ラインハルトの根本的な考えはこうだ、「システムには人間味がない。父さんはユダヤ人を殺さなかったのに、おかしいじゃないか」

ソ連によるブッヘンヴァルトのドイツ人勾留に関して語ることは、DDRでは許されていなかった。家族の間でさえもだ。ブッヘンヴァルトはナチの恐怖支配そのものであり、それ以外であってはならなかった。

次の日、私たちは「プスカーシュは亡くなっておらず、ニュースは誤りだった」ことを知る。それで動揺はしなかった。騙されたり利用されたような感じもしなかった。ハンガリーの対ソ連解放闘争に共感する気持ちの強さに比べれば、そんな誤報は些細なことだったのだ。日々の出来事を知りたいと思ったときに、RIASの放送を聴く以外の選択肢はなかった。DDRのラジオは事実を黙殺して何も語らない穴のようなもので、その穴をRIASが埋めたのである。

*

二度目に黙祷を行った日、ハンガリー動乱についての記事が初めて『ノイエス・ドイチュラント紙』〔SEDの機関紙〕に掲載された。目撃者二名による報告だった。十月二十三日のデモは、社会主義と労働者と農民の国家に対してではなく、経済および行政上の失策へ向けられたものであった。即座に、しかし十月二十三日のデモの間に、どうやら保守反動派および反革命分子は、この大衆運動を彼らの利益のために利用し、労働者と農民の国家に対抗する武装活動を始めていたらしい。そして、SED中央委員会の宣伝担当の書記、アルベルト・ノルデンである。同じ号の『ノイエス・ドイチュラント』で、「社会主義の法律に反する行為が行われた」と認めた上で、イデオロギーに注目した論説を書いている。「社会主義へ至る道は国家の活動毎に異なっている。だが、その道を舗装したのはマルクス・レーニン主義である。西側の帝国主義陣営とは対照的に、社会主義陣営においては国家が命令を下すことはなく、従う者もまた、いないだろう(…)ソ連無くして今日の独立国ハンガリーも無かっただろう」と続けた。私たちの忍耐は再び限界に達していた。黙殺の穴から、イデオロギー上の決まり文句が這い出していた。とにかく苦々《にがにが》しいものだった。

　中央委員会書記アルベルト・ノルデン自身がイデオロギーのもつれに囚われていたことを、フランツ・ロエザーが書き残している。ロエザーはＤＤＲのフンボルト大学哲学科教授であり、ＳＥＤの最高幹部でもあった。一九八三年にＤＤＲから逃亡している。


――「だが」

　私は興奮してノルデンの言葉を遮った。

「ＤＤＲのプロパガンダ政策は正反対の結果を引き起こした。あらゆる弾圧批判、問題の黙殺、美化、それらは何一つとして安寧には繋がらず、かえって不安や不満、強い怒りを呼び起こすのだ。人々はマスメディアにより実行力を奪われ、脅されていると感じている。彼らはありのままの情報を充分に与えられたいのだ。楽観的に思い込まされたくはないのだ。我々のマスメディアは信じるに値しないというのだ。国民は西側に関心を向けている……」

　ノルデンは答えなかった。私の頭越しに遠くを見ていた。はるか遠くを見ているようだった。最後に彼はこう言った。

「いったい誰にそんなことを言っている。私が知らないとでも思っているのかね？」

　そして彼はうっすらと微笑んだ。あれは幸福な微笑みでも楽観的な微笑みでもなかった。疲れ切った、作り物の、絶望的な微笑みだった。

（一九八四年刊行の著書『信用するに値しない社会Ｑｕｏ Ｖａｄｉｓ—東ドイツはどこへ行くのか？』）

第四章　前進せよ、そして忘れるな

昨日と今日の狭間で

若者たちのこの反抗的な行動について、独裁国家はどのような説明をつけたのだろう？　ベースコー郡評議会国民教育部長の党員Hが、シュトルコーの状況に関する一九五七年一月八日付の報告書で、その原因を書いている。

十二年生クラスによる当該行動の原因は、これまでと同様、学校教育の機能不全にあり、付け加えて家庭および青少年組織の中に求められる。各家庭では日常的に西側のラジオ放送が聴かれており、人々の思考は毒されている。教師陣は一枚岩ではなく、重要な決定においても一致していない。ＢＰＯ〔企業内党支部〕の下した決定が実現されていない。教科教育が重要な位置を占め、イデオロギー教育が疎かにされていた。教師によるイデオロギー教育が学級担任教師（カストナー氏〔原文ママ〕）によって調整されていないことは明らかである。青少年組織の仕事は教師陣の協力を殆ど得ていない。学校長シュヴェアツ氏は校内を管理しきれておらず（…）教師陣を一つの集団に統一し、まとめるということを理解していない。ＢＰＯから適切な協力を得ることも怠っていた。また、各家庭に対する教師の繋がりは不十分である。ＦＤＪ幹部らはあまりにも主体性に欠け、校内で起こるあらゆる出来事の重要性にまるで気がついていなかった。それに加え、生徒たちにはある程度の満たされない冒険心が加わり、不良分子によって、クラス内の進歩的な生徒たちが抑圧された為に生じた結果である。[8]

両親が子どもたちのイデオロギーを毒している。教師陣が一枚岩ではない。担任教師が協力的ではない。学校長が主導権を握っていない。党組織が学校長を支援していない。ＦＤＪ幹部らは能力が不足している。生徒の冒険心は満たされていなかった。教育上の非難はつまり、「教師たちは教科教育にばかり取り組み、イデオロギー教育を疎かにしている」ということだった。

ＳＥＤ県委員会第一書記、同志ミュッケンベルガーは、この件を一九五七年一月十一日にシュトルコー高校事件に関する報告書で確認し、次のような結論を導いた。

校内の党組織は教育評議会(教職員会議)および学校生徒への政治的指導権を失っていた。昨年、一部の教師と党組織の間で不健全な論争が繰り返し行われ、頻繁にくだらないいがみ合いに陥り、イデオロギー教育に悪影響を及ぼした。それは教員全体が彼らの問題に掛り切りとなり、学校生徒の政治・イデオロギー的教育にはわずかのみ働きかけたに過ぎないという状況を引き起こした

のだ。以上の理由から、敵は特に生徒たちの内部で活動した可能性がある。(9)

本当にそういうことだったのだろうか？　私たちは授業のたびに異なった解釈を経験したものだ。一九四五年九月、第二次世界大戦終結の四ヶ月後に入学したのが私たちの世代だ。新時代の一年生だった。ナチ教師は解雇されていた。ナチズムの時代から十一年が経つ一九五六年でさえ、ＤＤＲで教員免許を得た教師はいなかったのだ。あの頃私たちを教えていたのは、ナチ時代よりも古く、ワイマール共和国時代に教師だった者たちだ。彼らは二つの陣営を代表していた。一つのグループは絶対的にＤＤＲを信奉し、もう一つのグループは多かれ少なかれＤＤＲとは距離を置いていた。前者のグループは、私たちに向けられた社会主義的主張の拡声器だった。ヒューマニズムを拠り所にしていたが、私たちはただ制約を受けるだけだった。他方はヒューマニズムのお手本だった。こちらのヒューマニズムでは、個々の人間の尊厳が尊重されたのだ。このように外的順応と逆の、内的価値基準との対立を意識して学校時代を過ごした。かくして、ＳＥＤの郡指導部同志Ｈによる私たちの学校に関する考察は、彼自身は全く思いも寄らなかった真実の写し絵を含んでいた。

＊

私たちの学校は一九四九年創立である。エルベ川よりも東の地域では第二次世界大戦後にドイツで最初に新しく建てられた学校であり、爆撃で破壊された市内の家々の瓦礫が使われていた。小さな校舎だったが、シュトルコーの中では大きい建物だった。四つの棟がフォンターネ通り沿いに並び、カール・マルクス・アレーからシュトルコー湖まで続いた。屋根は煉瓦ではなく簡単な防水シートだった。湖畔の学校。棟の間には青空教室に使える正方形の光に溢れた中庭が開放されており、野外学校とも呼ばれていた。東側は明るい白樺の林で棟が分けられ、その木々の間からシュトルコー湖がかすかにきらめくのが見えた。西側はカール・マルクス通りに面し、ささやかに増築された校長室が境になっていた。その隣に二階建ての簡素な建物があり、自然科学の専門授業が行われた。その建物はかつて、あるいは今でもなお《安上がりなバウハウス》のように見える。ひさしのついた外廊下が棟から裏庭に通じていた。その外廊下の中ほどにトイレの建物があったが、先生たちも使っていたため、秘密のお喋りやカンニングペーパーのやりとりには向いていなかった。一九四九年当時はまだ予算が不足していたため、教職員専用トイレを設置できなかったのである。

上の階の端には生物と地理の教室があり、その裏手に小さな部屋が付いていた。そこは学校のＦＤＪ書記と党書記を兼任する、ヴェルナー・モーゲルの事務所だった。彼の仕事は私たちの時間割とか

新校舎を背景に。1953～54年、クルト＝シュテッフェルバウアー高等学校。シュトルコー。

み合わなかったため、授業中に教室の中を通って、机と椅子の間に沿って真ん中の通路を何度も行き来しなければならなかった。絶対にノックをしない。爪先立ちかつ大股で役員室まで到達する。そうやって授業の邪魔をしないように努めていた。一部の生徒が、邪魔をしないためこんな風に行き来しているのではなく、FDJと党組織がいつも近くにいると意識させるためにやっているのだ、と想像していたが、そんなことはなかった。ナンセンスだ。ヴェルナー・モーゲルはいつも堂々としていて、秘密めいたところはなかった。

地下には用務員のパウル・ヴェルナーがいて、未加工の、またしばしば湿ったままの褐炭で暖房の世話を焼いていた。彼は古参の共産党員で、学校内の秩序立った党活動には不可欠な人員だった。BPOには少なくとも四人所属する必要があったのだが、七人いる教師のうちSEDに所属する教師は三人だけだったのである。同じクラスのラインハルトが「同志パウル・ヴェルナーが俺たちの会話を聞くのは簡単だぜ、暖房の配管パイプが教室に通じてるんだからな」と私たちに吹き込んだ。

校庭の殆どは、マルク・ブランデンブルク地方特有の砂でできていたため、若い数学教師のハルマンと体躯の良い上級生が、怪我をすることもなく地面の上を転げ回り、レスリングができるほど柔らかかった。一八九八年生まれの国語教師パウル・ホルツが、まだ下級生だった私たちの方に頭を振り、注意を促した。教師と生徒の間には、やはり最低限の距離が必要不可欠だったのだろう。

校庭が荒れていた問題は、一九五四年に十年生だった私たちのクラスが解決した。ゲオルグ・シュヴェアツ校長と共に地面のデコボコをならしたのだ。私たちはローラーをレールの上に乗せて砂をあっちからこっちへ押しやり、シュヴェアツ校長がその山をトラクターで移動させた。それから花壇を作り、ポプラの木を一列に植えた。校庭は北向きで、エルンスト・ロイター通りに面していた。今日では、ポプラの木は二倍に拡張された学校の中心に並んでいる。私たちは模範的な社会主義的建設作業を果たしたのだ。

ＤＤＲの生徒ならば誰でも合唱できた歌がある。新時代の社会主義を描くあの歌は、メロディーが覚えやすく、まさにその意向に沿ったものだった。とりわけ「バウ・アウフ！（築け！）」の繰り返しが、朝に良いリズムをもたらした。

目覚めよ青年、さあ立ち上がれ
恐ろしい夜が終わりを迎え
真っ青な天空に再び太陽が輝く
バウ・アウフ！　バウ・アウフ！　バウ・アウフ！
自由なるドイツ青年よ、バウ・アウフ！
より良い未来のために
故郷を打ち立てよう[10]

古い建物群は今や文化財保護のリストに掲載されているのだが、学校自治会の一部の会員はそれに腹を立てている。新しく建てる場所が必要なのに、古ぼけた瓦礫に囲まれていては困る、ということだそうだ。だが、あの校舎を成す石の数々こそが、歴史を、この若い国の歴史の始まりを、後世に伝えているのだ。その国では多くのことが改善され、人が人のためにこそ存在するのが良しとされている。

市長のフランツ・ベッカーが開校に向けて次のように書いている。

新時代の最初の四年の間に、市の最も進歩的な男性たちと女性たちにより、シュトルコーの青年たちに、平和で幸せな人生を快適に学べる場所を与えるという目標が達成されるこの学校は、民主主義と人文主義の、シンボルなのであります。(11)

より良い世界への夢は、数多の石の中で今なおほのかに輝き、私たちの歴史の声もまたこだましている。聞こえるのは、聳《そび》え立つ壁に無謀な挑戦をしかけ、なんとか出口を見つけだした、あるクラスの物語だ。一九五六年秋、私たちはアビトゥーアを半年後に控えた十二年生で、試験は五月二十八日の予定だった。私たちと共にこの学校で学んでいた生徒は約百二十名、たったそれだけだった。あの頃、DDRの高等学校には九年生から十二年生が属し、一年生から八年生までは基礎課程の小学校に通った。いかなる成績や素質の違いがあろうとも、全生徒が統一したカリキュラムのもとで学んでいた。シュトルコー周辺の田舎の学校からは多くの生徒がシュトルコーにやってきて、高等学校の全八学年が一つの教室で授業を受けた——DDRの単一学級の学校は、一九五〇年で九百六十一校、一九五八年でもまだ二十三校が残っていた。(12)

*

十二年生の全員がＦＤＪの団員だった。入団しなければ出世は望めなかったため、そういう理由で入団した者が大半を占めており、信念を持つ団員はほとんどいなかった。そんな中、十年生のときにベースコーの高等学校から編入してきたディーターだけが、しばらくの間ＦＤＪの青いシャツを着て登校した。彼のシャツには優秀さを示すブロンズ、シルバー、ゴールドの紀章が光っていた。社会主義的模範生徒？　ちょっと待った、彼の堅苦しいまでにきちんとした態度は、彼の心の距離感の表れだったのではないか。何週間か経ち、シュトルコーの高校はベースコーの高校ほど生徒たちに義務を押し付けないことがわかると、青いシャツで登校するのをやめた。同級生は誰も青いシャツを着ていなかったのだ。

ジークフリートは十年生になってから、やっとＦＤＪに入団した。この国を完全には信用していない生徒が一人だけ残っている、と繰り返し聞かされる憂き目に遭い、とうとう折れざるを得なくなったのである。入団から約二ヶ月が立った頃、シュトルコーから十二キロメートル離れたケーリクで農業を営む父親が、「ジークフリートの授業料は直ちに免除される」という校長からの手紙を受け取った。そういう風に生活の便宜が図られていた。

カルステンは十一年生の終わりに、やっと入団した。彼は団員でない最後の生徒だったが、自分の胡乱《うろん》なプライドを守っている場合ではなかった。月に四十五マルクの奨学金を受け取っていたのだが、

「十二年生から奨学金が二十五マルクに引き下げられる」という通知が校長室から母親に届いたからだ。奨学金が減れば学校から出ていかなければならない。彼はＦＤＪに入団し、団員らしく、格式ばった団旗掲揚式を受け入れた。奨学金は減額されなかった。

＊

さて、重要な決定において一致することができなかった、一枚岩でない教師たちとは、どの様な人たちだったのだろう？　七人の教師と二人の補助教員、たったこれだけで学校の授業を行っていたのだが、彼らは互いに似ても似つかなかった。一方は過去からやって来た、ワイマール共和制とナチズムの時代の人たちだった。過去を語ることが禁じられた時代だったため、彼らは過去のことを語らなかった。そして未来を懐疑的に捉えていたため、未来のことも語ろうとはしなかった。他方の教師は現在に立脚し、未来のことを語った。なぜなら、彼らは過ぎし日を忌々しい過去と定義し、今日を未来への希望で理想化していたからだ。

私たちの学級担任グスタフ・カスナー、国語教師パウル・ホルツ、音楽教師ゲオルグ・チータス、そしてこの年長者の中では唯一のSED党員であるロシア語教師リヒャルト・ヴェールは、戦前の時代からやってきた。若い方の教師三人もまた私たちの授業を受け持っていた。代理として任命されたSED党員の校長ゲオルグ・シュヴェアツは生物と地理、ヴェルナー・モーゲルが歴史で——彼はFDJ書記として私たちとぶつかった。またSED学校班の指導も担当していた——そしてヴォルフガング・フリッケが数学とラテン語。彼はCDU〔キリスト教民主同盟〕の党員だった。SEDとの隔たりは相当なものだった。

教師フリッケ、ホルツ、カスナー。1956 年の遠足。

チータス(Ziehtas)という苗字は馴染みがなかったが、私たちの音楽教師はその印象をすぐに変えてしまった。「ドアを閉めなさい、隙間風が入るだろう(Zieht das)!」と何度も大声で言ったのだ。

チータスは学校合唱団をつくり、私たちのクラスからも何人かが参加した。合唱団で歌うのは、気分の良い《社会活動》だった。

チータス、カスナー、ホルツは上品な生地のシャツを着て、頻繁にネクタイを締めていた。とりわけＤＤＲ製でない靴が他とは違いエレガントなものだった。彼らが身につけていたのは戦前に作られたもので、大切に使い続けてきたニッカーボッカーなど、私たちと遠足をするときにはいつも履いていた。このニッカーボッカーで、さりげなく中産階級らしく見せることができたのだ。戦前の時代が私たちと共に進んだ。ＳＥＤ党員のヴェールもまた、ブルジョアっぽい格好をしていた。いつもジャケットの下にはヴェストを着ており、その懐中時計入れから金の鎖がだらりと下がっていた。それはそれで、笑ったときキラリと眩しい金歯にぴったり合っていた。よく笑う先生だった。

ヴェルナー・モーゲルは簡素な服を着ていたが、生地は丈夫で、ＦＤＪのシャツをいつも着ているわけではなく、ネクタイはしなかった。ゲオルグ・シュヴェアツは洋服に価値を置いていたが、いつも気楽な感じで、ネクタイはせず、特別な理由のある授業に限り、ある決まったネクタイを選んでいた。例えば踊るときなどだ。ＦＤＪ書記ヴェルナー・モーゲルやゲオルグ・シュヴェアツ校長がヴェストにネクタイを合わせている姿などは、考えられない。この違いは私たちの記憶に刻まれている。ＳＥＤ「首元が開いている」、非ＳＥＤ「ネクタイ」、その中間のヴェール「ヴェスト着用」。

＊

数学とラテン語の若き教師フリッケ。1956年、シュトルコー。

ヴォルフガング・フリッケは西側嗜好の格好で、コーデュロイのセットアップに、厚いゴム底の柔らかいシューズを合わせていた。どれも西ベルリンまで買いに行ったものだ。DDRでは手に入らない代物だった。若手の教師ゆえか、ニッカーボッカーを着ることで戦前派との繋がりを保っていたとはいえ、柔らかいコーデュロイ生地でできた西側風のモダンなデザインだった。唯一彼だけが、DDRで通常の大学教育を受けてきた先生だった。フリッケは美しいブリギッテを花嫁として迎えたことで、私たちからの評価を不動のものとした。彼女が働いていたドラッグストアは市場に面した中心街にあり、金銀のフィリグラン細工を施したアール・ヌーヴォー様式のショーウィンドウを備えていた。私たちは彼女をプッパと呼んでいた。同じクラスのゲルトは、いつでも誰とでも互角にやりあえるだろうと信じていて、彼女のことも、せめて困らせてやろうとした。ドラッグストアへ行き、カウンター越しによく響く声で「フロムス、一つ」と囁く。

「なんですか?」

「フロムスのコンドーム、一つ」

プッパの顔がささやかに赤くなった。ゲルトはもちろん、私たちと同じくプッパの顔馴染みだった。彼女の赤くなった顔をトロフィーのように得て、

「あーそっか、ここにはなかったっけ、あっちの店だったかな」

と言いながら出ていった。外では同級生が三人待っていて、その英雄的行為を報告させた。

*

担任教師のグスタフ・カスナー、一九〇〇年生まれ。私たちはヒャーメンと呼んだ。いつも「ひゃめん」と発音したため、授業で「斜面」を説明するのには骨を折っていた。彼の灰白色の髪は、耳に

かからない長さで短く切り揃えられ、左右に向けてビシッと分けられていた。ときおり頭頂部の髪を伸ばしっぱなしにしたのだが、そうすると彼の善良な眼がふんわりと額縁へ入れられたような感じがした。物理や化学の授業で着る白衣には一点のシミもなく、あらゆる実験器具を化学室の裏手にある準備室で自作していた。買い揃えたものはほとんどなかった。

彼はこの新しい時代に馴染まず、スターリンの誕生日すら知らなかった。後にこの担任教師のもとで、党幹部が私たちの反革命的行動に関する説明を探し求めたのは、確かに驚くことでは無いだろう。シュタージの幹部が彼に出頭するようにと強く迫ったとき、彼は卒倒して意識を失った。ロシアでの捕虜の経験が影響したのだ。戦時中、彼はドイツ軍の大尉として出征し、一九四四年から一九四八年にかけて、ロシアで捕虜として過ごした。そこでは多くの兵士が心身共に消耗しきり、目標を見失ったが、カスナーはそれに立ち向かった。

「最後まで耐えぬこう、さあ、授業を始めるぞ」

捕虜生活を終えた後、彼はポツダムへ行こうとしたが、受け入れられなかった。彼は《軍国主義者》だったのだ。

そういうわけで彼はシュトルコーへやって来た。シュトルコーは故郷のツィーレンツィク〔現ポーランドのスレンチン〕からさほど離れてはおらず、馴染みのあるフランクフルト・アン・デア・オーデルのすぐ近くにあった。ベルリンで物理と化学を修めたのち、戦争へ行かされるまでの間、そこで教師として働いていたのだ。そして彼は、二度と故郷へ戻ろうとはしなかった。戦後、ツィーレンツィクはポーランド領になっていた。

「故郷とは、心の置きどころである」

と彼は言っていた。その場所をシュトルコーで見つけたのだ。

「郷里を失った年寄りのノラ猫が、新たな郷里を得られたんだ。ああ、なんて素晴らしいことだろう」

彼の死から二十年後、この言葉を思い出したとき、妻の顔には笑顔がよぎった。彼は同郷人会を拒絶していた。「人は多くを持ちすぎてはならない、そうすれば先へ進める」これが戦後の時代に即した彼のシンプルな考え方だった。

ある日の物理の授業でのこと。無線通信がテーマだった。

「発明したのは？」

物理の教科書にはロシア人の名前が載っていた。だが、私たちが知っていたのはイタリア人の発明家マルコーニだった。

「でもカスナー先生、正解はマルコーニですよね」

ヒャーメンは実験用机の右側、教室の時計の下に立っていて、私たちを見ていなかった。階段教室の後方にある出口の方を向いていた。しばらくすると「ここでは、そう言わなければならないんだ」

と言った。彼の目線は机の並びの一列目の下の方へ移った。図を書くために黒板の方へ向き直り、時間をかけて、重苦しいほど強張った顔を、私たちから隠した。私たちはそれ以上何も聞かなかった。

「この世には殺すこともいとわない愛がある」父親のこの警句が彼に影響を与えていた。「他人を独占することはできない、ちょうど良い親密さを保つのが重要だ」この高潔さを私たちは理解していた。だがその高潔さはあまりにも非政治的だった。イデオロギー教育には役立たない。ここではイデオロギー教育が疎かにされていた間、一般教育が重要な位置を占めていた。

ヒャーメンが妻と知り合ったとき、「知っておいてほしいことがある。君は私を独占できない。みんなと分かち合わなくちゃならないんだ」と打ち明けたそうだ。

「みんなって?」

「私の生徒たちだ」

私たちが学校を去ったときもまた、私たちのことを気にかけて「どうか元気でやるんだぞ」と言ってくれた。私たちが西側に保護されたことを人づてに知り、安堵したそうだ。彼が勤める学校にとっては「退場」を意味した私たちののちの行動も、彼は肯定してくれた。

「私が若かったら同じことをしただろう。一致団結し、熱狂して何かをするのは、若者の特権だ」

*

ドイツ語教師パウル・ホルツ、一八九八年生まれ。私たちはポイレと呼んでいた。彼の灰白色の髪は、ヒャーメンのように分けられることもなく、シンプルに前から後ろへベタッと撫で付けられていた。私たちにとって彼は、DDRにおけるヒューマニズムの文化遺産として重要視されていた、古典時代の代表格といったところだった。が、ヒューマニズム的思想はフォンターネにたどり着けば充分で、その後には語るに値するものがほぼ何もないのだ。

彼は逸話風に語るのが好きで、暗記フレーズは「紳士淑女の皆さん、レッシングはカーメンツの生まれです」だった。ヴェルナー・モーゲルが歴史を教え、ポイレは物語を話して聞かせた。

ポイレは立ったまま、ときには教卓の前に座って軽く寄りかかったまま、授業中にクラス全員の前で眠りに落ちることがあり、その居眠りは五分に渡ることもあった。その間私たちは静かに歓談し、彼が目覚めると、何事もなかったかのように授業が進められた。ポイレは糖尿病持ちだったが、西ベルリンからインシュリンを取り寄せるのは、彼には難しいことだった。彼は穏やかな心の持ち主だったため、イデオロギー教育の要求を悠々と無視していた。例えば、ある授業でフォンターネの『エフィ・ブリースト』が課題に出たときのことだ。ラインハルトは気持ちが乗らず「何を書けばいいんですか、気の利いたことが思いつきません」とポイレに言った。ポイレはラインハルトを落ち着かせるように「ラインハルト、書こうとしたことはあったんだろう。ならそれを書けば充分なんだよ」と答えた。ラインハルトの中で何かがカチッと繋がった。

「社会批評！」

こうして、ラインハルトは課題を終わらせることができた。ポイレは明らかに人目を避けて生活していた。「自由に、望むように生きなさい。ただし人間でいなさい」それが難しい時代に生きる彼のヒューマニズムだった。

彼には苦い経験があった。一九三三年、テンプリーン郡のツェーデニックにあった中等学校で社会民主主義思想を持つ校長だった彼は、ナチによって休職させられたのだ。一九三三年四月七日に施行された、職業官吏再建法により引き起こされたものだった。第四条がその根拠だ。「これまでの政治活動が常に無条件で国民国家を支持することを供与しない公務員は職務を解任され得る[13]」

だが彼は免職されず、処罰を受け、降格され、シュトルコーに左遷された。それには第五項が該当した。「職務上の要請を求められた場合、いかな公務員も他の役所への異動、同一あるいは等価の経歴、また下位の職階および規定内の勤務報酬(…)を承認しなければならない」。

一九三八年、彼はＳＰＤを出て、とうとうＮＳＤＡＰ〔国家社会主義ドイツ労働者党＝ナチ党〕の党員になった。当時の私たちはそんな事を知らなかったし、たとえ知っていたとしても信じられなかっただろう。ホルツとナチだって？　ありえない。のちに聞いて知ったことだが、彼は学校長の絶え間ない圧力に二度と逆らおうとしなかったそうだ。彼は自分の平穏を保ちたかったのだ。兵士として東方で過ごさなければならなかった戦争が終わると、彼は非ナチ化ののちに再びシュトルコーの教師として雇われた。

私たちが困難に陥ったときに伝授してくれた、難しい時代の活動における、難攻不落の避難場所の見つけ方がある。「人生を壊しちゃいけない。いいんだ、何度だって過ぎ去るがままにしておきなさい。何も言わないほうがいい、黙っておくのが一番いい」

*

ロシア語教師リヒャルト・ヴェール、一八九四年生まれ。学校で四番目に年配の教師。SED党員だったため、他の教師とはどこか違うところがあった。しかし、彼がプロパガンダすることも、教えを広めることもなかった。のほほんとして落ち着き払い、単調な授業を行った。この適当さを私たちは歓迎したが、問題もあった。私たちにはロシア語を学ぶ気が起きなかったのだ。もちろん全く勉強しなかったわけではなく、課題を拒否しようとしたのではないし、拒否することは当然できなかった。ただ、いつもギリギリ、最低限の勉強しかしなかった。ロシア語は占領者の言葉だ。新しい言葉を学ぼうという気持ちにさせるような言語ではない。そしてそれは、偉大な国家ソ連の絶え間ない自画自賛への不快感と結びつくものだった。それでも、リヒャルト・ヴェールは人生経験豊かな男性らしい魅力的な微笑みを浮かべ、ロシア語の言語構造の中へ私たちを導いていった。例えば、プーシキン、トルストイ、ドストエフスキーを原文で読めるように、というヴィジョンを示してくれた。

ときには、あえて授業を休みにすることもあった。しっかりした足取りで私たちと一緒に散歩へ出かけたのである。石炭の不足で教室は寒すぎたのだ。私たちは寒さを感じなくなるまで大股で歩いた。また、彼は授業開始までのあいだ、私たちの前で、一緒に腕を前に伸ばして膝の高さまで身をかがめ、再び上に向けて伸びをすることもあった。要するに、屈伸運動二十回が推奨されていた。まだ震えている者は続けて身体を痛めつけることが許された、あるいはしないではいられなかった。

私たちと話すときの彼は、公の場ではきちんとしているものの、個人的な場ではとんだ変わり者だった。夏休み明けの最初の登校日、ディートリッヒが城塞の近くでたまたまヴェールと一緒になり、二人は右手側が砂地の、まだ舗装されていない砂利道を共に歩いた。

「夏休みはどこかへ行ったのかな」

「デュースブルクのおじさんの家へ行きました」

つまり、資本主義体制の西側で過ごした、ということだ。そういう西側指向は好ましいものではなかったが、黙認されてもいた。ヴェールは本題に入った。共産党員として、労働者について語ったのである。

「西ドイツの労働者はいい暮らしをしているんだろうね、給料もいいはずだ」

ディートリッヒは断言し、付け加えた。

「ああいう物質水準はＤＤＲでは想像できません」

ヴェールは叱ることなく静かに語った。

「しかし、ＤＤＲは何もないところから作り出さなければならなかった。支援が不足していたんだ。西ドイツにはそれがあったんだよ」

彼は冷静に言い切り、話題を締めくくった。

「資本主義経済は、労働者たちが良い生活ができるように、なるだけ多くのものを作り出しているんだ」

このような現実的な判断は、彼が所属する党の中では傍流を行くものだった。自身がブルジョアであり前時代的で保守派の教師たちは、そのような思い切った言い方をしなかった。彼らはただ自身の平穏を望んでいた。

ヴェールはもっと開放的になれる人でもあった。ラインハルトが内密で「ソ連でドイツ人の共産党員が殺されて、しかも同じドイツ人の同志に告発されたと聞きました。これってデマの可能性もありますか？」と助言を求めて聞いたことがある。ヴェールはためらいもせず「そういうことはあった」と答えた。彼自身も、モスクワ滞在から帰ってこられるかどうか、わからなかったというのだ。ヴェールはよく思い切ったことをした。彼は国家の維持と強化を最高目的とする、いわゆるレゾン・デタ〔国家理性・国家的理由〕に属する、中央の定めるタブーを破っていた。手に負えない一人の生徒と向き合っていた。ともあれ、教師と生徒は信頼しあっていたのである。

＊

ヴェルナー・モーゲル、歴史教師、一九二六年生まれ。何の疑問も抱かずに党の方針を信奉していた。彼は学内党組織議長であり、また私たちが所属するＦＤＪの書記だった。自分たちの先生なのに私たちはタメ口をきいていた。ＦＤＪ内では普通のことだった。あとで私たちの学校で歴史を教えるようになってからも、私たちはタメ口をやめなかった。教育評議会による特別措置である。彼は誰にも増して国家政党ＳＥＤを代表していた。歴史の授業では、ほんの何ページか先の準備しかしていなかったため、私たちの間で彼の評判が上がることはなかった。もっと面白い授業もできたのかもしれないが、彼にはのびのびとした気楽さというものが欠けていた。いつでもどこでも党の原則に忠実だった。歴史は常に階級闘争であり、階級闘争は学級内の闘争でもあった。私たちは彼のもとで新しい時代の格言を覚えた。その一つが「ＤＤＲは、ドイツ、ヨーロッパ、全世界における平和の防波堤である」だ。ときおり休憩中にみんなで窓際に立ち、そのスローガンを教室から外へ向かって叫んだ。そうやって決まり文句を茶化し、悪ふざけをしたものだ。

学校でのＦＤＪによる午後の課外活動でも執拗に教えこまれた。モーゲルは共産主義の指導的人物を紹介していった。例えばカール・リープクネヒト、ローザ・ルクセンブルク、エルンスト・テールマンだ。ここではいくつか大黒柱とも言うべき社会主義歌曲の財産を学んだ。

朝焼けに向かえ
同胞よ、みな
今こそ勝利だどこもかしこも
間もなく敵は撤退だ
力持てこちらへ、遅れをとるな
勤労青年、君も来るか？

我らはプロレタリアート
若き精鋭隊(14)

＊

さあ、闘争だ、闘争だ！
我らは生まれた、闘うために
さあ、闘争だ、闘争だ
闘う準備はできている！
我らは誓約した
カール・リープクネヒトに
我らは手を差し伸べた
ローザ・ルクセンブルクに(15)

＊

スペインの空に星々がかかり
我らの塹壕に披瀝する
朝が遥か彼方に光り輝き
直ちに新たな戦いへ赴く
故郷は遥か遠く
されども覚悟は決めている
我らは君が為に戦い勝利する
自由よ[16]

どの歌もみんなで合唱した。私たちは喜んで歌ったし、ああいう行進曲の勇壮なテンポもまた好きだった。GST（スポーツ・技術協会）での、足並みを揃えた行進練習のやる気をかき立ててくれたのだ。授業が始まる前の朝礼ではそういう曲を歌うことはほとんどなかった。その代わり、かつて小学校で習ったもの、あるいはチータスや両親たちから教えられた民謡を歌っていた。

ヴェルナーはしばしば私たちのイタズラのターゲットとなり、大抵は甘んじて受け入れた。だが、ある日のFDJの午後の活動のときは違った。彼は、民主主義的な平和を愛するDDR——民主主義とは、労働者と農民が権力を引き継いだ場合のことだ——と、報復主義的な資本主義西ドイツ——資本主義とは、労働者が搾取される場合のことだ――の違いについて討論しようとしたのだが、私たちは椅子に寄りかかったり、面倒臭そうに当たり障りのない会話をして適当に過ごした。期待された通りに、例えば「DDRは平和の防波堤で……」などと、定型通りに討論を進めるようなことをしなかった。このとき、先生は我を忘れて言った。

「僕は誰も脅したくはない。だが十二年生の君たちに警告しよう。いいか、政府は、国家を殺そうとする君たちを、専門学校や大学へ送るべきかどうか、厳密に検討するようになるぞ！」

やる気の出ない方の樽が、こうして再び満杯になった。熱烈な支持者は、私たちにも同じだけの熱狂を求め、強いエネルギーを向けた。彼には失望が活力を奪うように思えたのだ。短期な性格から飛び出したのは、彼を無力感から解放する力を持つ、この強い言葉の一撃だった。クラスメートの一人が反論したが、その口調は適切ではなかった。二度も反抗したため、ヴェルナーは激昂した。

「労働者たちの間では意見をはっきり言うのが習慣だ。だが君たち中産階級のくだらんブルジョア共は、そういうことを理解していない！」

つまりこういうことだ。彼は労働者と農民の国家の典型的な代弁者、あるいは社会変革の際に抵抗した階級の男だ、と言いたいわけだ。しかしクラスの大多数に対しては逆効果だった。ヴェルナーはあまりにも頻繁に「私は労働者だ」と彼の社会的出自をひけらかしたが、このクラスにいるのは労働者と農民の子どもばかりではなく、二十人のうち七人だけだったのだ。それでもなお、ヴェルナーは決して失望しなかった。彼一人は、より良い未来のための闘争の、正しい側面も心得ていると思っていたのである。

私たちは一緒に遠足を企画したことがある。それは単に楽しみのためでもあった。相変わらず彼は闘争任務を果たさなければならないと信じていたため、何度でも失望に耐えられたのである。彼が企画したのは、ベルリン・ブランデンブルク地方の丘陵地メルキシュ・シュヴァイツへの自転車遠足だった。ヴェルナーが重い荷物を持って現れたとき、私たちはすでに自分の自転車で射的場に集まっていた。ヴェルナーが運んできていたのは三梃の空気銃だった。「銃を持つ教師」これは見たことのない絵面だった。私たちは反ファシズム、つまり反軍国主義の教育を受けていたのだ。ヴェルナーが銃を受け取るように頼んだ。誰も銃を運ぼうとはしなかった。

「誰も銃を運ばないなら、遠足は中止になるぞ」

ラインハルトが二挺受け取って自転車に固定し、遠足は催行された。私たちは代わる代わる銃を運んだ。メルキシュ・シュヴァイツでの射撃練習は、最初、誰も一緒にやろうとしなかった。私たちは二本の空気銃を地面に突き刺し、外側の湿った土だけをぬぐって、とうとう空気銃を撃てなくしてしまった。

「君たちが楽しめるだろうと思って企画したのに、なんだその態度は！」

ヴェルナーは怒り狂った。

射撃協会会館の裏で射撃練習をするヴェルナーがすでに——私たちには——おかしくてしようがなかった。このとき持っていったのは、ライフル銃Ｋ一一〇モデルで、射程距離は五十メートルだった。遠く標的の壁の上の方から、ＤＤＲ議長ヴィルヘルム・ピークとＤＤＲ閣僚会議議長オットー・グローテヴォールの顔写真のポスターが、私たちを見下ろしていた。カルステンがヴィルヘルム・ピークを撃ち抜いてひどく怒られた。あえて狙いでもしなければ、あんなに高いところを撃てるわけがなかった。

ディートリッヒはベースコーの周辺都市で、基礎課程八年生のときに歴史教師と生徒としてヴェルナー・モーゲルと出会っていた。教卓の後ろの壁には赤いボール紙でできた文言が並んでいた。《学べ、学べ、なお学べ》これはレーニンの引用である。ディートリッヒの記憶には、ヴェルナー・モーゲルと頭の後ろの壁に固定された《レーニンの学べ》がセットで残っている。

ある日の授業中、ヴェルナー・モーゲルがディートリッヒに「その靴はどこで手に入れたんだ？」と聞いた。

「おじさんに貰った」

「つまり、西側に住んでいるんだな？」

「うん、西ベルリンだけど」

ディートリッヒはその靴を誇らしく思っていた。初めてのきちんとした革靴で、戦後の時代にその靴を履くのは鼻が高かった。ディートリッヒは一九五三年まで、家族と共にシュトルコーから十二キロメートル離れたリンデンベルク村に住んでいたが、その村に革靴を履いている者はほとんどおらず、木製の靴底や合成皮革の靴が主流で、靴下は履かずに足布を巻いていた。あるいは靴というものを全く履かず、冬でも温かい、つま先の覆われた木製のサンダルを履いていた。春から秋にかけては裸足で歩いていたのだ。さて、ヴェルナー・モーゲルが、ディートリッヒの靴にどんな問題があるのかを説明した。

「それはイギリス軍の軍靴だ。僕はイギリス軍の捕虜だった。一九四五年一月以降、捕虜たちはリヴァプールからロンドンまで下水道を掘らされたんだよ。熟練の機械工だった。仲間たちの助けを通じて精神世界に心の慰めを見つけた。本を読んで、芝居をしたんだ」

マクシム・ゴールキーに倣い、彼は捕虜時代の境遇を《私の大学》と呼んだ。

一九四八年、彼は二十二歳のときにフュルステンヴァルデへ帰還し、ルードヴィフィスフェルデの教員養成機関で資格を取得した。一九四九年終わりにはベースコーで新教員として働き始めている。一九五三年に私たちの学校へＦＤＪ書記として赴任し、最終的に歴史教師となった。

＊

校長のゲオルグ・シュヴェアツ、一九二五年生まれ。新教員だ。彼には誰とも違う特徴があった。右手の指が非常に固くこわばり、関節を動かせないほどだったのである。私たちは彼の書く文字を好奇の目で見つめた。彼の手は人生で二度、書く練習をしなければならなかった。彼がまだ十九歳の兵士だった一九四四年、チェコスロヴァキアで戦闘中、榴弾の破片が手に飛び散ったのである。一九四六年、ソ連の戦争捕虜から釈放された後、十七歳まで農家の下働きをしていた青年シュヴェアツは、ベルナウの九ヶ月の課程で新教員になるチャンスを掴み、SEDの党員になる。ソ連の文化担当官が、人々のために機能する社会構造と、そうでない社会構造を納得させた結果である。若い教師たちは、メルキシュの村や都市で、新しい時代の教育の伝道者として働く立場にあった。一九四八年になり、彼はやっとシュトルコーの旧市街地区校で採用された。

着任したゲオルグ・シュヴェアツを、生徒たちはそれぞれで異なった受け入れ方をした。党員としてあまりにも厳しい態度で現れたために、私たちのほとんどは彼を悪くとった。彼は決定権を持てる地位を求めていたのだ。一部の生徒は、校長は、誰かをみんなの前に引き出すのが楽しいんだろう、と言っていた。

他の生徒はこれに反して、彼を良い教師だと思っていた。いつでもしっかり準備をしていて、理解

校長ゲオルグ・シュヴェアツ。農場にて。1956年。

できるように説明してくれた。彼自身が勉強し続けることに強い興味を持っていたし、校長として呼び出されたときは、前もって用意していた自作のプリントで私たちに自習をさせた。彼はいつも生きていく上で役に立つ授業をした。彼のもとで何を学んでいるのか、それが何の役に立つのか、私たちは理解していた。それでもSEDでのポジションは、私たちの一部からは受け入れられなかった。しかし、彼は職務上で成長する野心を持っていたのだ、他に何をするべきだったと言えるだろう？　より良い人生のために働く。彼が信じていたことを誰も非難できないはずだ。

若い頃に彼が教育を受けられなかったことは授業にも影響した。専門外で地理を教えなければならなかったとき、ボルドー(Bordeaux)地域について話すことになったのだが、「ボル・デ・オウクス」と綴り通りに三音節で発音したのだ。彼は、「ボルドー」、と音で聞いたことがなかった。カルステンが家で母親に正しい発音を確認し、次の日の授業後に「地理教師」シュヴェアツのところへ行って、母親に習ったことを教えた。校長はカルステンの説明を最後まで聞き、感謝した。

「僕は、外国語や西側のことを誰も話さないような、つましい境遇で育ったんだ。まだまだ学ぶことがたくさんあるな」と言い、「また同じような問題が起きたときには、助けて欲しい」とカルステンに求めたそうだ。新教員のシュヴェアツは、農家で下働きをしていたことを隠さなかった。率直さが彼の心構えであり、その姿勢は感銘を与えた。

シュヴェアツ校長と私たちの近しい関係は、クラスが自主的に校庭を整備するという行動に結実した。マルク地方特有の砂地のデコボコした荒れ地を、平らなグラウンドに整地することになったのだ。ゲオルグ・シュヴェアツは四十年後も夢中で話してくれた。

教師たちはまだ若かった、私も若い校長だった。だから生徒たちに敬語を使って貰いたくなかったんだろう。強く結びついた共同体だった。あのグラウンドは荒涼としていたな。それをみんなで、全部きれいに均《なら》したんだ。放課後にね。手押し車で運んだ。大変な肉体労働をこなしたもんだよ。それからあそこに立っているポプラの木、あれも生徒たちと一緒に植えた。そうだな、本当に、あの事件が起こるまでは、あの数年が一番幸せだったなあ。私は校長だったんだ、若い校長だった。賢い生徒たちを教えることができた。授業では精神的にも身体的にも責任を持って関与した。文句なしに大したものだったと思うよ(…)

あの学年とは良い関係を築けたと思う。実際、あれ以来そういう感じにはならなかった。あれは戦後特有のものだったんだ。生活用品の配給切符がちょうど廃止されたか、まだ全部は廃止されていなかった頃だ。もしかしたら油脂製品の配給切符はまだあったかな。まだ戦争が背後にあるような感じがした。それで、だからこそ、何もかもそんなに複雑ではなかった。一緒に収穫動員もした(…)いや、あれはちんけな仲間意識ではなかったよ、むしろ教師と生徒の友情だった。その後はああいう経験はもうできなかった。だんだん豊かになったし、それに、まあなんだ、つまり、とにかく違ったんだな。あの学年には、そうだ、クラウス・Sがいた。ホルスト・Rも。今じゃあの子たちは知られた存在だ。彼らは私たちと同じ問題を抱えていた。クラウス・Sの逃げて行ったおじは、私の靴底を張り替えてくれた。私の靴底を張り替えるためにできることはなんでもやってくれたんだ。私はまるで移民だった。今でいう難民だな。捕虜生活から還ってきた。私には何もなかった。蓄えに手をつけることもできなかった。

(…)私はだから、若者たちをみんなとは違う目で見ていたんだよ。私はいつも自分が履いている靴の、丁寧な仕事のことを考えた。あれが悪い関係のわけはなかった。(17)

＊

授業以外でのそういう活動には私たちもまた励まされた。生徒たちの目には重要な意味を持ち、それが《社会活動》の概念にまとめられていた。より上を目指すなら授業内の成果では不十分だった。社会的な積極性を証明するため何かしらの活動に参加する必要があり、ＧＳＴ（スポーツ・技術協会）もそういう機会の一つだった。

一九五四年秋、ディートリッヒはゲオルグ・シュヴェアツ校長から電話を受けた。

「やったな！　ＧＳＴの指導員に任命されたぞ」

「はあ」

「なんだ、ちっとも嬉しそうじゃないな」

「いやその、僕が指導員になるなんて、驚いちゃって」

ディートリッヒは、これは逃れられないな、と感じた。つまり、西側訪問を補うための任務が与えられようとしているのだ、と推測した。彼はベースコー周辺の都市へ行き、営倉に似た建物の中で他の生徒や先生と共に、一週間に渡る訓練を受けなければならなかった。「行進、指揮、射撃、夜の戦場行進」つまり、とにもかくにも全校生徒に行進を教えなければならず、射撃はヴェルナー・モーゲルと他の経験者が引き継ぎ、野戦訓練はシュトルコーに住む経験者によって企画運営され、夜とまではいかないものの日暮れまで続いたのである。

*

毎週月曜日、一時限の前に行われた団旗掲揚式は、あるべき秩序の中でのみ実行され得るものだった。各クラスが軍隊式に整然と並び、教師たちがそれに向かい合って一列に立ち、湖の方へ向けて旗竿が立てられた。九年生から十二年生が階段状に整列し、その中から学級委員が出てきて、ＦＤＪリーダーの前へ進み出る。リーダーは私たちのクラスのギーゼラだった。学級委員がリーダーに出席状況を報告し、リーダーがそれをまとめて校長に報告するのだ。ＦＤＪの青い旗が旗竿に高く掲揚された。歌が鳴り響き、旗が翻り、学校長からの告示があり、各クラスあるいは生徒の義務の宣言、表彰や譴責《けんせき》、それから各クラスが秩序正しく出発した。週の最後の登校日には再び旗が下された。私たちの学校の青い軍国主義化が始まっていた。

団旗掲揚式だからといって、悪ふざけを思いとどまるような私たちではなかった。あるFDJの午後の活動ではヴェルナー・モーゲルが狙われた。私たちはポールの周りを囲んで立っていた。カルステンがハンカチを取り出し、ポールに結びつけると、趣の異なるものが二つ、高く昇っていった。私たちはそのまま隊列を作って立っていた。誰がどんな役目を果たせばいいのかわかっていて、それぞれに最適な役柄を演じた。立ち稽古は必要なかった。シュヴェアツ校長が、喫煙の咎で前へ呼び出されたゲルトに訓戒を垂れていた。腕立て伏せ十回の罰が下った。全校生徒が直立不動で立ち、拳を高くあげて『我らプロレタリアートの若き精鋭隊』を歌っている間に、みんなの前でその罰をやるのだ。そうこうする内にハンカチは首尾よく取り戻された。「休め！　戻ってよし！」後になって私たちは考えた。「誰も僕たちに気がつかなかったならいいんだけど」

厳しく訓練しているときは、ときどき度を越して、もはや軍事教練という有様だった。M……はFDJのイデオロギー代表者、新時代の理想主義者だった。彼は熱く完璧主義的で、いつまでも訓練が終わらず、倒れるまでやらされた。

「それってヒトラー・ユーゲントのやり方じゃん」

「なるほど！　であるなら、いいな、絆を深めよう！　歌だ！」

一人が《ちょうちょ、ちょうちょ、菜の葉にとまれ……》と始めた。私たちは一緒になって歌い、ひどく怒られた。

五月一日のメーデーには全員で参加しなければならず、言われた通りに秩序正しく隊列を組んで歩くほかはなかった。一九五六年のメーデーに向けて小口径の銃が三挺授与され、生徒三名が一列目で持って歩くことになった。通りすがりの人が「あんれま、まーたそんな時代になったってのかい、物騒なこった。そいつで何をおっぱじめるつもりだ」と評して言った。生徒百二十人に銃が三挺、プロイセン時代のゴツゴツした石畳の上を行進する。中央広場に立つ廃墟同然の市役所、風にざわめく菩《ぼ》提樹《だいじゅ》、市場に並ぶ小さな商店の前を通り過ぎる。平和は監視されなければならない。一部の生徒は実際にキリッとした目つきをしていた。他の者には恥ずかしさが襲ってきた。大抵の者は多くの人と同様に、銃を真剣にとらえてはいなかった。

＊

ＧＳＴに楽しく通っていたのがジークフリートだ。彼はシュトルコーの退役した元国防軍無線通信士のもとで、無線通信士課程を週に一度受講し、モールス信号を練習していた。クリスタルダイオード、コンデンサー、少々のケーブル、それにヘッドホンを鉱石ラジオに組み立てる方法も学んだ。ロングワイヤーアンテナを学生寮の雨どいにはわせ、ＲＩＡＳのニュース番組『今週のトップニュース』や風刺番組『筆とシュノーケル』を聴こうとしたとき、彼のこの知識が真価を発揮した。普通のあまり大きくないラジオ受信機でも、当時は三百マルクもしたのだ。専門職の月収は二百マルクだった。そんな大金は好きに使えなかった。

西側のヒットソング、クイズ番組、バラエティー番組『インズランナー』、スポーツ、ニュース、時評番組、西の政治家たちの談話など。ジークフリートだけでなく、誰もがＲＩＡＳを聴いていた。逆にＤＤＲのラジオ放送はめったに聴かなかった。退屈だったのだ。情報を提供するというより、誇張した熱弁を振るうというものだった。彼らは隠し事ばかりで、私たちが感づいていた通り、嘘をついていたのである。

＊

芸術分野の社会活動はただただ快適なものだった。私たちは六人編成の合唱団を結成し、ヒットソング——大抵は西側の——を歌った。私たちの地域では充分通用するレベルだった。ＤＤＲラジオの

地元のお祭でパレードの列に並ぶフォークダンスグループ。右からカルステン、ベルント＝ユルゲン。左から４番目がゲルト。右手に背の高いギーゼラが見える（ＦＤＪのシャツ着用）。1956年、シュトルコー。

マイクテストにも申し込んだ。チェーホフの『嫁入り支度』を上演し、ゲルト、ディートリッヒ、ディートリッヒの彼女マリオンは、観に来た生徒たちをたいそう楽しませた。リヒャルト・ヴェールがディートリッヒのところへ「役者になるべきだ」と言いに来たほどである。

だが校内の文化生活の中心は、むしろフォークダンスのグループだった。みんなフォークダンスを観るのが好きだったし、推奨もされていた。フォークダンスは労働者と農民の国家にふさわしい踊りだった。ダンス教室は無く、社交ダンスを習うことはなかった。若い女性のSさんが私たちのような一部の若者を理解し、ワルツ、スローワルツ、フォックストロットを教えてくれた。

フォークダンスのグループでは色々な所に出演した。優れた団体はソ連旅行の許可を得られる、というのが

収穫祭。フォークダンスグループの行進。下級生の女の子たちとディートリッヒ。1956 年、シュトルコー。

もっとも魅力的だった。その成功は、なんと言っても主宰したディートリッヒの母親のお陰だった。彼女は家と同じようにムッツとあだ名で呼ばれ、私たちとタメ口で話した。彼女はやる気を起こさせ、トレーニングし、いかにもベルリナーらしい溢れるユーモアで、朗らかな雰囲気を振りまいた。彼女のいるところにはいつも笑いが起きた。彼女の生きる喜びを通して私たちは気軽さの羽を育てた。

彼女は、ダンスのための楽譜をベルリン・ウンター・デン・リンデンの専門店で入手したとき、BDM（ヒトラー・ユーゲントの下部組織、ドイツ女子青年同盟）時代から知っているダンスが多くあることに気がついた。新旧の政治体制を越えてフォークダンスは観客に愛されてきた。私たちの団体が成功したのもそのお陰だったのだ。

最高の瞬間はクラスで開催した二度のカーニバルだが、キスボックスが無かったなら、わざわざ言及する

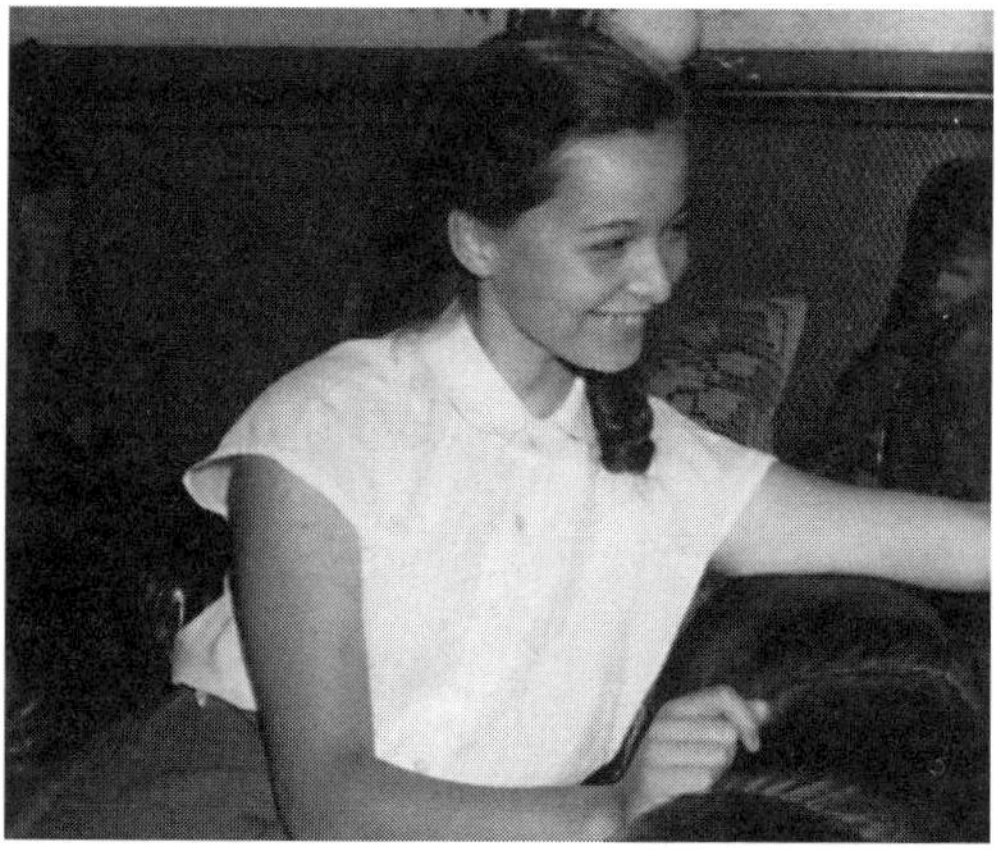
ディートリッヒの当時の恋人マリオン。1955年夏。

までもなかっただろう。ダンスフロアの真ん中に、ちょうど二人一緒に並んで立てる程度の、布を張った板の仕切りを立てて置くのだ。仲間が群舞で左右に揺れ動いていると、楽団の演奏が切れたタイミングで号令が発せられる。そこで各ペアは先ほどの立てられた仕切りに入って踊り、しばらくするともう一方から出てくるのだ。この合図はもちろん、校長先生と女子生徒が踊っていたり、若者たちが運良く気に入られたいダンスの相手に触れることが許されたときもまた発せられた。シュヴェアツは回避せず、女子生徒と仕切りの中に消え、再び出てくるまでの間をしっかり中で過ごした。私たちはダンスの相手とキスをした。ディートリッヒが十六歳、マリオンが十五歳のときに、二人は初めてのキスをした。マリオンはディートリッヒに、人が恋をしたときどんな風にキスをするのかを教えてくれた。

第五章　扇動したのは、誰だ？

党員教師たちによる尋問

黙祷を捧げたことは、すっかり過去のことになっていた。私たちは危険をはらんでいる未来のことなど、もう考えることもなかった。しかし、十一月五日火曜日は、息苦しいような悲しみに襲われる最悪の一日となった。公式には撤退していたソ連軍が、密かに戦車隊をブダペスト周辺に集結させ、暴動を容赦なく叩きのめしたのだ。レジスタンスの主力が集中していた地帯もまた、同様だった。RIASがハンガリーの自由放送局による支援の呼びかけを流した。

(…)SOS、SOS! 世界中の市民の皆さん! 正義と自由の名の下に、支援をお願いします。船が沈み、明かりが消え、陰が刻一刻と濃くなり、ハンガリーの大地を覆っていくのです。聴いてください、あの叫びを。一歩踏み出して、兄弟の手を私たちに伸ばしてください。救助求む!
支援を、支援を――SOS――救助求む! 神は君たちと、我々と共に!(18)

反乱を起こした人々を孤立させるのが狙いで、アメリカの介入はないだろうとわかっていた。一九五三年六月十七日にDDRで起こった、ソ連勢力圏内における最初の民衆蜂起に際し、アメリカが自己防衛姿勢を取ったことを私たちは知っていた。もう一度行動を起こす?　嫌だ。何度も同じことを繰り返すモチベーションはなかった。沈黙以上のこと、外部へ向けた行為は、私たちにだってわかっていたのだ、アビトゥーアの五ヶ月前だ、学歴やもっと色々なことの終わりを意味する――だろう。私たちはいつも通りの勉強に励む日常へ戻り、あからさまな抗議行動は控えていた。アビトゥーアに向けて準備しなければならない。

私たちがやったことに、どんな意味があったのだろう?　沈黙した――それだけだ。もし現在のシュトルコーや、ドイツのどこか他の場所にある高校で沈黙を行なっても、それは生徒たちの個人的な経験となるだけだろう。語る価値はない。だが独裁制の下では違う。じっと黙り込んでいる間、独裁者たちは注意深く耳を澄ましている。沈黙という言葉の意味を理解するまで。

*

十一月十日土曜日、最初の反応があった。私たちはいつものように教室に座っていた。数学の授業だった。授業が始まるとすぐに、フリッケが、ギーゼラを促した。

「今から校長室へ行きなさい」

授業中に教室を出て行くなど、普段なら無いことだ。彼女はびっくりして立ち上がり、私たちの怪訝な顔に見送られて出て行った。校長室では三人の同志がギーゼラを迎えた。同志ゲオルグ・シュヴェアツ――ベースコー郡教育庁代理、一年前まではここの学校長だった。同志ハンス・メーリンク――学校長。同志ヴェルナー・モーゲル――党およびＦＤＪ学校書記。ギーゼラはメーリンクと多少近しい間柄だった。メーリンクの従兄弟がギーゼラの親戚だったのだ。

彼は率直に聞く。

「ギーゼラ、君たちは何をしたのかな？」

メーリンクが何を言いたいのか、ギーゼラにはわからなかった。思いもよらない質問だ。

「ほら、ヴェルナー・モーゲル先生の歴史の授業で黙っていたんだろう。そのとき、何を考えていたんだ？」

やっとギーゼラは理解し、軽い調子で答えた。

「ああ、あれはプスカーシュのためでした。彼が亡くなったらしいと聞いたので――」

私たちの行動を、スポーツ好きな若者たちの自然な反応だった、と言って見せた。政治に無関心な振りをして辻褄を合わせようとしたのだが、一つミスを犯していた。プスカーシュの死を知っていたと白状してしまったのだ。それはＲＩＡＳを聴いていなければ知り得ない情報だ。だが、情報源に関して、メーリンクは問わなかった。彼には別の目論見《もくろみ》があった。

「最初にそれを始めたのは誰だ？」

「それはわかりません。私は後ろの方の席なんです。黙祷した方がいいという囁き声が回ってきただけです」

ギーゼラは、メーリンクは脅しているのではない、心配して聞いているのだろうと考えた。自分が問いただされているその局面を理解しようとした。メーリンクの考えを探索していく。「くだらないことをやらかしたと考えているんだ。私たちはそのことを話さなくちゃならないけど、私たちはもう、うまくやれてる」質問されたときの声音や微笑みから、自分たちを心配して関与しているのだと思ったのだ。シュヴェアツとモーゲルは、私たちの振る舞いにショックを受けているように見えた。彼女はハンス＝ユルゲンを下の階の校長室へ呼ぶよう言いつけられ、解放された。ギーゼラが再び教室に現れ、前方で立ったまま、ハンス＝ユルゲンに校長室へ行くよう伝えた。前方二列目の右端に座っているハンス＝ユルゲンの方へ一歩踏み出し、声を落としながらも、クラスじゅうが理解できる声量で囁いた。

「黙祷のことだった」

私たちは耳をそばだてて聞いた。ラインハルトがディートリッヒを見た。彼はぐるっと見渡すと前へ向き直った。フリッケは一瞬言葉に詰まり、動揺して私たちを見据える。「とはいえ、授業は続けなければならない」

他の誰よりも無遠慮なハンス＝ユルゲンは、教室を出たところで私たちの方を向くと、「俺、なんも知らねえ」と言った。十分後、彼は教室に戻って来た。

「あー、ディートリッヒ、次はお前だってさ」

ハンス＝ユルゲンは椅子に沈み、長い爪で木の部分をカタカタと叩くと、黙り込んだ。クラスじゅうが明らかに一列目のクラスメートを意識していた。静寂が破られ、不平不満の声が響く。こんな風に授業の邪魔をされていいのか、授業を止めるべきだろ、呼ばれた生徒は授業を受けられないじゃないか。フリッケは口では笑っていたが、目には疑問が浮かんでいた。自分で言った通り慎重に授業を続けた。

ディートリッヒが立ち上がると、ハンス＝ユルゲンが「学級日誌を持って来いって」と付け加えた。クラスじゅうが大騒ぎになった。なんで学級日誌が必要になるんだ？　ディートリッヒは立ち、両手で巻き毛をかきあげて整え、右手で眼鏡をクイッと動かし、右脇に学級日誌を挟むと、わざとふざけて歩いてみせた。つまり短い方の左脚で前へ進みながら極端な半円を描いて見せたのだ。カルステンが後ろから「ディートリッヒ、なーにやってんだよ、普通に歩けって！」と浴びせた。クラスじゅうの笑い声が、ドアを閉めてもまだ聞こえてきた。階段の吹き抜けへ辿り着くころには、お調子者の仮面が剥がれ、落ち着かない気持ちでいっぱいになり、膨らむ緊張と混ざり合った。三人の同志が明るく迎え入れた。席順がディートリッヒの目を引いた。左にモーゲル、右にシュヴェアツ、いくらか後方にメーリンクが座っていた。小さな部屋に陽光が差し込んでいた。太陽が低い位置にあるため眩しく、メーリンクはおぼろげに見えるだけだった。モーゲルが真剣な眼差しを向け、シュヴェアツは緊張した笑みを浮かべ、メーリンクは目に映る限りでは愛想よく笑っていた。

前校長ハンス・メーリンク。1955年。氏の報告が遅滞しラインハルトは助かった。

メーリンクが同席していることにディートリッヒは驚いた。一年前まではこの学校の校長で、私たちのクラスでは社会を教えていた。彼はこの学校での働きが認められ、フランクフルト・アン・デア・オーデルにある県の党員学校へ派遣されたのである。

そして、ディートリッヒの中である記憶が蘇り、イメージが次々と浮かんできた。去年の秋、クラスのみんなでじゃがいもの収穫にリンデンベルクの人民所有農場へ送られたんだったた──移動は屋根のないトラックだった。やる気はなかったのに、一生懸命じゃがいもを拾ってカゴに入れた。収穫しなくてもいいようにと、いくつか地面に押し込んだクラスメートもいた。私たちがちょうど新しい畝《うね》の前に立ったとき、制服を着た男たちをいっぱいに乗せた、やはり屋根のないトラックが、ガタガタ音を立ててこちらへ近づいて来た。側《がわ》アオリが下に向けてパカッと開くと、男たちが畑に飛び降りた。準備されていた三つ又のじゃがいも用熊手を慌ただしく掴み、駆け足でじゃがいもの畝を整えていった。決然とじゃがいもの茎を掘り上げ始めると、隠されていたじゃがいもがあらわになり、つぎつぎとカゴへ放り込まれていった。彼らのうちに、素早くジャンプし、キビキビと働く前校長ハンス・メーリンクが見えた。当時、ディートリッヒは自問自答した。「先生は本当にやりたくてやってるのか？　それともやってるところを見せなくちゃならない相手がいるのか？　みんな、やらされてやってるように見える。あんなに人を変えてしまえるのが党学校なのか？」メーリンクは、慎重に動き慎重に話す、ということをよく承知していた。

そのハンス・メーリンクがディートリッヒの前に座っていた。質問が始まる。

「君たちはつまり、ハンガリーのために黙祷をやったんだな？」

ディートリッヒは肯定し、みんなと同じ話を展開した。

「プスカーシュのことが悲しかったんです」

メーリンクが笑顔で質問する。

「誰が始めたんだ？」

ディートリッヒが答える。

「それはわかりません」

「誰からその情報を得たんだ？」

「もう覚えていません」

「だが、誰かが言い始めたんじゃないのか？」

ディートリッヒは明確に理解した。事実には興味がないんだ、少なくとも今は。それで黙祷を出発点にしてるだけだ。つまり、メーリンクが知りたいのは誰が扇動したのかだった。危険なのは一人だ。全員じゃない。知らない、という靄《もや》の中でなら、一人一人を見えなくすることができる。

「あの行動は、ごく自然に起こったものだったんです。誰が始めたのかはわかりません」

ハンス・メーリンクはディートリッヒに微笑みかけた。

「だが、ハンス＝ユルゲンはあの情報は君から聞いたんだと言っていた。どういうことだろう。嘘をついたのか、あるいは卑劣なやつなのか」

事実、ディートリッヒの言っていることに真実と言えるものは何もなかった。嘘だというのは見え透いているし、密告はその中に含まれない。けれども彼はわずかに失望を感じた。ハンス＝ユルゲンが勝手な主張をした可能性はある。ディートリッヒは「それはあり得ません、ハンス＝ユルゲンの席は僕の席からずっと離れたところです。僕がハンス＝ユルゲンにこっそり伝えるなんて絶対にできません」と答えた。

「つまり、座った後のことだったのか？」

「はい」

ディートリッヒは肯定してから、もしかしたら答えるのが早すぎたかもしれない、と考えた。だがメーリンクはそれ以上追求しなかった。ヴェルナー・モーゲルが低く、真剣に質問を投げかけた。

「君たちの行動が反革命行動と呼ばれ得ることを君はわかっているのか？」

「違います、そういうことじゃありませんでした。僕たちはプスカーシュが亡くなったらしいとニュースで聞いて、それで腹が立ったんです」

モーゲルはそれ以上続けず、情報の出所も問わなかった。シュヴェアツは何も聞いてこなかった。次はゲルトを下に呼びなさい、と指示がありディートリッヒは解放された。

ゲルトのいつもどこか寂しげな目がディートリッヒに止まり、落ち着きなくゆらめいた。彼は立ち上がり、あまりに細身なジャケットのボタンを留め、ため息をついた。

「じゃあ、行ってくる」

踊るような足取りで出口へ向かい、後ろ手にドアを閉める前に振り返って、いたずらっぽく、魅了するように私たちの方へ笑いかけた。クラスの不満の声がよりあからさまになった。フリッケは私たちをなだめようとする。

「授業はもう終わりにした方がいいよ」

「もう数分しか残ってないじゃないか」

チャイムが鳴った。フリッケは、階下で何が起こっているのかを確認してみようと思う、と話し、私たちを残して教室を出ていった。みんなで集まって座り、情報交換をした。結論はこうだ「先生たちは扇動した生徒を探り出そうとしている」

ゲルトが戻り、それが立証された。どこで情報を得たのかという質問に、彼は「あちこちから囁き声が聞こえたんだったと思う」と示唆する程度に答えた。ハンス＝ユルゲンは、ディートリッヒから情報を知らされたとは言っておらず、「前の方から回ってきたんだと思う」と言っただけだと説明した。ディートリッヒの落胆は腹に収まり、不安で速くなっていた動悸も落ち着いた。

*

休憩時間が終わり、次の授業のベルが鳴った。ゲオルグ・シュヴェアツの生物の時間。その日の最後の授業だった。シュヴェアツが時間通りに来ないのは珍しかったが、今日に限ってはソワソワと落ち着かない気分に沿うものだった。十分後、シュヴェアツが教室に現れた。無愛想な挨拶ではなかったものの、作り笑顔を浮かべて私たちをじっと見据え、口角は無理に引き上げていた。教卓の後ろに立ち、尋問が行われた理由を説明した。私たちがヴェルナー・モーゲルの歴史の授業でハンガリー事件のために黙祷を捧げたらしい、とベースコーの地方党本部で聞かされ、シュヴェアツと教師たちは、その不意の事件を調査し整理するよう指示を受けたというのである。尋問の場で扇動した可能性がある者を申告できた生徒はいなかったらしい。シュヴェアツは「それを信用するのは難しい」と言った。

「みんながプスカーシュの死を悼んだことは、信用できるし、理解できることだ。でもな、まだ悪い印象が残っている。あの誤報を拡散できるのは、いいか、RIASだけなんだぞ」

彼のところへ行き、先生を信じて疑わない、という風に話すことはできたのかもしれない。だが私たちはそうしなかった。そしてドイツ民主共和国に対する感謝がくどくどと繰り返された。

「この厳しい時代に、高等学校で学べるのは誰のおかげだと思っているんだ。当たり前ではなかったことを、可能にしてくれたんだぞ。国は僕たちに多くのことをしてくれている。そのために惜しみなく資金をつぎ込んだんだ。そのお陰で僕たちは、充分な教育を受けさせて貰えている」

シュヴェアツはしばらく黙り、私たちを食い入るように見つめた。ディートリッヒが礼儀正しく「今ハンス＝ユルゲンが証言したように、メーリンクさんは、僕たちを、僕たちの証言を不正に扱って、圧力をかけて黙らせようとしているんじゃないかな。まずはそこのところをハッキリさせるべきだと思う」と意見を述べた。すると、ハンス＝ユルゲンが「メーリンクは汚いやり方で俺たちを争わせようとしたんじゃねえか」と乱暴な言い方でシュヴェアツに食ってかかった。喋っている間、彼は自分の席の前に立ち、手をズボンのポケットに入れていた。握られた拳でポケットが丸く膨らんでいた。ズボンのポケットに手を突っ込んだまま話すなんて、これだから彼は無作法なのだ。ゲルトが分厚い唇を震わせ「これが素晴らしい国ってやつか」と呟く。そしてラインハルトはシュヴェアツに「事情聴取はそっくりゲシュタポのやり方だったぞ！　つまり俺たちの国は機能不全ってことなんだろ！」とぶん殴るような大声で反発した。

この非難はズシンと響いた。共産党員はいつだって反ファシズムであり、ファシストと同一視されるのは受け入れがたかった。とりわけ公の場で言われるのはたまったものではなかった。ハンス＝ユルゲンの発言にシュヴェアツの顔が赤くなり、突然笑顔が消えた。彼は腕を机に置いて支え、ラインハルトに攻撃的な反論をした。

「なんて言い草だ。私は、聞かなかったことにする。だが、後で校長室に来たまえ」

ラインハルトは蛇が這ったように身震いをしながら、椅子にゆっくり腰を下ろした。椅子の中で硬直したかと思うと、自分の机に伏した。

気を鎮めるためにしばらく間をあけて、ゲオルグ・シュヴェアツはクラス全体に向けて話し出した。

「クラスがどんな姿勢を示すべきか、教育的助言が下されるだろう。これで授業は終わりにする」

このときすでに、彼は個人的な決定を下していたようだ。（もう、タメ口で親しげに話すことはない）。自分の学校でこのような事態が起こり得たのだ、という事実に落胆したのだろう。彼が教室を出て行ったのは授業が終わる五分前だった。

みんなは校庭に集まり、シュヴェアツの態度について話し合った。次から敬語で話しかけるだろうこと、彼がしたこと、私たちを押さえつけようとしたこと、当然の信頼を壊したこと。その時まで、先生たちは全員、私たちと対等に話していたのだ。だが私たちは、彼の距離の取り方を滑稽だとも感じていた。私たちはそれを、教育的無能力だとみなした。

ハンス＝ユルゲンの保護者と面談する段になってもシュヴェアツの苛だちは収まらず、

「お宅のお子さんは手をポケットに入れて脅したんですよ。リボルバーを取り出したって驚かなかったでしょう」

と大げさに訴えた。ああいう無作法な態度は、一九五六年当時には受け入れられることではなかった。

これから先、何が私たちを待ち受けているのだろう？　何がしかの罰を受けることになるはずだ。私たちは家路についた。

ハンス＝ユルゲン、カルステン、ホルスト・Zが離れて立っていた。彼らは共有した提案通りに、「自然の流れで黙祷をすることになったのだと思う」という共通見解からは逸脱しないと決心していた。ディートリッヒのとっさの呼びかけが直接聞こえなかったのは、彼らだけだった。また彼らは、そのことをクラスメートたちと話したがらなかった。知っていることは惑わしかねなかった。ディートリッヒの声を落とした発言が偶然の始まりだったのだ。忘れてしまっても仕方がなかった。

私たちの沈黙をベースコーのSED郡指導部に報告したのは誰だったのだろう？　疑われたのはゲオルグ・シュヴェアツ校長と歴史教師のヴェルナー・モーゲルだった。両者は背信の嫌疑により何年にも渡り左遷される羽目になったが、犯人はどちらでもなかった。誰が報告したのかはポツダム・ライブラリーで調べられる。彼の名はここで公表されるべきではない。親類の方々の要望に応じ、水に流そうと思う。

＊

次の月曜日、最初の授業の前に、いつもと同じく団旗掲揚式が催された。今日罰せられるのは私たちだ。シュヴェアツ校長が、十二年生は不適当な行いにより、またラインハルトは特に否定的な発言により譴責されるという決議が、教育会議においてなされたことを告示した。ラインハルトは前に進み出て、訓戒を受けなければならなかった。規定通りに運んでいた。彼はそれが意味するところを承知していた。「さて、前へ出て、反抗的だって言われて、また元の場所に戻って、それで終わりだ」ラインハルトと同じく私たちも、この公式の処罰で、あの事件には決着がつくだろうと考えていた。

＊

尋問にはベースコー担当のＳＥＤ郡指導部が関わっていた。実際に何を知るべきなのかは知らされていなかったものの、彼女の頭には一つの絵が浮かんでいた。誰か一人を罰せれば充分だ。それはつまり、同級生のハンス＝ユルゲンを指した。ゲオルグ・シュヴェアツの記憶によるとこうだ。

ＳＥＤの郡指導部は、ハンス＝ユルゲンを退学させるように、と要求してきた。だが党員のヴェールがそれに反対したんだ。「誰かを捨て鉢にしても意味がない、その子は国を失うことになる」。それで私たちはハンス＝ユルゲンを、ベースコーのフォルマー校長のところへ送ったらどうか、と思いついた。あれは生え抜きだったからな。生徒は罰せられるのではなく成長するべきだ。そんな風にフォルマーと話していたら、同意してこう言ったのさ、「私が立派な国民に育て上げますよ」とね[20]。

ハンス＝オットー・フォルマーとは何者だったのだろう？　彼はベースコーにあるフリードリッヒ＝エンゲルス高等学校の校長だった。彼が容赦なく厳しいという噂はベースコーじゅうに広まっており、ディートリッヒも何度となく耳にしていた。ディートリッヒはベースコーの八年生小学校に通っていたのだ。その小学校はフリードリッヒ＝エンゲルス高等学校と共同で校庭を使っており、その北側に校舎が建っていた。フォルマーの厳しさは、一九五六年十二月二十日発行の『児童保護を目的とした活動共同体』に掲載された文章からも明らかだ。

独自のものの見方に基づき、フリードリッヒ＝エンゲルス高等学校で働く者は、フォルマー校長の指導のもとで変革が遂行されると理解しており、また第一の憂慮に充分な根拠を持ち、その変化を切々と願っていた。(…)我々が彼らを監督する場合、あらゆる小さな事柄であっても圧力を加え、あるいは彼らに間断なく登校を受け入れるよう迫る場合、彼が校長により与えられた役割を、無批判の意気地ない態度によって折り合おうとしない限りにおいて、彼らのためのしつけ、また成長のために我々の子どもたちはいかにして後の課題に立ち向かい成長しうるべきであろうか[21]。

どうしてハンス＝ユルゲンが生贄《いけにえ》にならなければならなかったのだろう？　仲間思いな奴だったが、イラそもそもハンス＝ユルゲンは、好きで学校に通っていたのではない。先生に対しても挑発的だった。イラと挑発的な行動をとることもあった。私たちに対してだけでなく、先生に対しても挑発的だった。とりわけヴェルナー・モーゲルに対して生意気な口をきいた。後ろ盾があることを彼は承知していた。父親が西側のウルムで弁護士をしており、金銭面で彼の世話を焼いていたのだ。これが大きな態度に出る原因ではなかったが、自分の挑発は強い影響力を持ちうると信じさせるものではあった。

また、彼は捨て身で論じるところがあった。歴史の授業のあと、ディートリッヒ、ヴェルナー・モーゲルと共に教室のグランドピアノの傍に立っていたときのことだ。彼はだらしなくグランドピアノの蓋に腕で寄りかかり、ヴェルナー・モーゲルに打ち明けた。

「ロンメルに関する新しい本が出たんだって。イギリスの反戦主義者の評価が、わかるんだろうね」

ヴェルナー・モーゲルが、どこでその本を目にしたのだと聞いた。ハンス＝ユルゲンが答えるには「西ベルリン」だった。ディートリッヒはハンス＝ユルゲンの靴を踏んだ。ヴェルナー・モーゲルが抗議する。

「まさかそういった類の本を出版できるとはな」

ハンス＝ユルゲンは怯まないで付け加えた。

「そうだけどさ、歴史の教科書よりもいろいろなことがわかるじゃん?」

ディートリッヒが和らげようとする。

「つまり、歴史の教科書も完全じゃないって言いたいんだろ。そういう本が実際に怪しいとしても、そうじゃなくてもさ」

ディートリッヒはハンス＝ユルゲンの肘を掴み、「約束に遅れたらまずいよ」と言いながら教室から引っ張って外へ出した。

「お前、頭おかしいんじゃないか」とディートリッヒ。

ハンス＝ユルゲンは簡潔に言う。

「あいつクソ野郎だな」

実のところ、シュタージはすでに彼を監視していた。フュアステンヴァルデ郡当局からベースコー郡当局に、一九五六年九月十一日付けである報告の照会が送られていた。


D〔ハンス＝ユルゲン〕は母親のもとに住んでいる。D夫人は夫と離別している。人民所有企業の製材工場で会計係として勤務している。D夫人のDDRへの態度は良好であるとしていい。彼女は赤十字の一員であり積極的に協力をしている。

彼女の息子ハンス＝ユルゲンはその正反対である。彼はシュトルコーの高等学校に通っており、

ＦＤＪの団員でもあるが、一度たりとも社会活動を行なっていない。十七時以降、彼は毎日のようにコルピンにあるドレーガーのパブレストランで過ごし、老いも若きも一緒になってビリヤードをしている。彼はコルピンで《ビリヤードキング》と呼ばれている。ある同志の証言によると、彼はならず者だ。年配者にも無遠慮であり、常に言い返す。日常的に金銭の援助を受けている父親と連絡を取っている。その金を西ベルリンまで受け取りに行っているが、母親はいささかも感知していなかった。彼はまた相当量の西側のくだらない娯楽書を買って戻り、他の若者たちに供給している。

同志Ｌがすでに母親と会話の機会を持ったが、彼女は、それではどうしたらいいのか、あの子がまともにならないなら父親のところへ行くべきだ、と答えたと言う。この父親は西ドイツの弁護士である。同志Ｌは、Ｄは学校を終了したのち確実に西ドイツの父親のもとへ向かうと主張している。ＦＤＪの加入も、高等学校での教育が可能になるとの理由があってのことだ。Ｄは住民のひとりひとりを判断することが可能である。彼は配達と貸方の通知もまた承知している。Ｄは他とは異なる方法で一層ＤＤＲを害するだろう。したがって彼は高等学校から放り出さなければならない、というのが同志Ｌの見解である。[22]

一九五七年一月八日、ベースコー郡評議会の同志Ｈが『シュトルコー地区の報告書』でハンス＝ユルゲンに関する提案を書いている。

一九五六年のピース・レース〔自転車のロードレース〕開催時、生徒Dは学級内に、ソビエトの選手が故意にテーベ・シューアを転倒させたために、シューアは区間勝者としてベルリンへ到着できなかったのだ、という西側の論拠を広めた。十月末、生徒Dはシュヴェアツ校長に、休暇中は医者へ通っていたと嘘をついた。だが実際は西ベルリンへ行っていたのだと、自身でまた白状している。教師の申告によると、生徒Dはクラス内でハンガリーに関して否定的な討論を展開したという[23]。

ゲオルグ・シュヴェアツはハンス＝ユルゲンの印象を話してくれた。

RIASの影響で、あえて政治的な扇動ばかりしていた生徒だったな。無党派の教師で決議した教育会議の見解は、「西側の政治を指向するプロパガンダを校内で広めるべきではない」というものだ。それから、「この生徒はフォルマーの高等学校へ転校させ、学生寮へ入れた方が良い」と。家庭での政治的な方向付けに影響があると認められたからだ。誰も知らなかったし、知ることもできなかったことなんだがな。だが彼は転校の罰を受けるべきではなかった。確かに転校すれば、例えば規則正しい学生寮に入ったなら、学生寮支援金を受け取っただろう、百マルクか百二十マルクか。それに、そんなに悪くはない学校へ通っただろうし、ここと同じようにアビトゥーアを受けたはずだ。私はこういう風に言わざるを得ない。「もちろんあの子をそっくり監禁できただろう」。だが、何もしなかったんだ。みんなさしあたりは好意的だったのさ。(24)

クラスメートたちはこの計画のことを何も知らなかった。彼が私たちのクラスから転校させられる日はすでに決まっており、ゲオルグ・シュヴェアツによれば、一月一日の予定だった。だが、先延ばしになったのである。

第六章　国家の暴力的教育

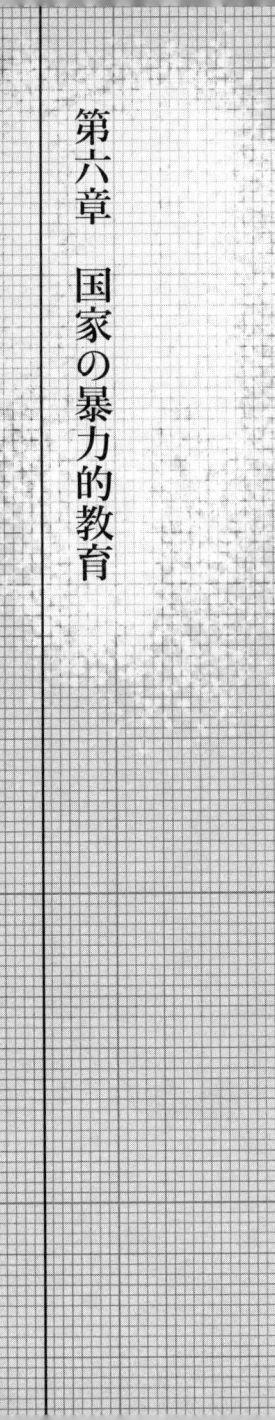

国民教育省大臣が私たちを恫喝する

あれは一九五六年十二月十三日火曜日、二番目の十五分休憩だった。私たちは自然科学用の校舎の生物教室に座っていた。凍えるほど寒く、誰も外へは行きたくなかったが、トイレがあるのは校庭だ。渋々と出て行ったクラスメートたちが、他のクラスの生徒からあるニュースを仕入れて帰って来た。

「校庭の前に大きな黒いリムジンが駐車してて、誰も乗ってないんだってさ」

「中年の男が二人、用務員のパウル・ヴェルナーがいつもいる地下の暖房室へ降りていったんだ。今は職員室にいるらしいよ」

私たちは四人で連れ立って校庭に出ると、道を左へ曲がり、自然科学の建物の張り出した部屋の裏へ行ってみた。すると、あの二台の自動車が見えた。SIM＝リムジンが二台。モロトフ工場製のソ連型。私たちの学校の敷地内では未だかつて目にしたことのないものだった。そういった公用車の使用が許されたのは、国や党指導部の選ばれた高官だけだ。非常に大きく育った二頭の黒豹のように、ほっそり上へ伸びるラジエーターグリルとコンパクトな後部を備えた二台が、ぴったりと並んで停まっていた。

私たちは急いで上の階へ戻った。数学の授業が今にも始まるところだった。五分遅刻してしまったが、数学教師のフリッケは来ていなかった。こんなことは今までに一度もない。しばらく経つと背の低い太った男性が教室に現れた。彼に同伴して来た男がもう一人、そしてフリッケが続いた。教室に入るとフリッケはドアをすぐに閉じた。最初の男性がドアの近くで立ちどまった。同伴者とフリッケも彼の後ろで同じく立ったままでいた。「国民教育省大臣のランゲだ」背の低い男性が朗々と響く声で名乗り、「クラスの生徒と話しがしたい」と言った。そうして振り向き、同伴者と教室の後ろの方を交互に見る。同伴者は教室の奥へ行き、一番後ろの列の空いている席に座る。フリッケは彼に倣い、同じく最後列の空いている席に座ったが、一人分の距離を取った。

国民教育省大臣――聞き間違いじゃないよな？　もちろん、その男性が登場すると同時に、私たちは立ち上がっていた。緊張してこのランゲ氏を見つめた。聞いたことのない名前だった。彼の方も私たちをじっと見ていた。品定めをするような目だ。不意に視線を動かし、きれいに並んだ机の列を見渡した。その視線よりも強い印象を残したのが、みっしりと生えた濃い色の眉だ。右の眉は目の上で穏やかにほぼ水平に伸び、左の眉は鼻の付け根から垂直に、感嘆符のように上へ向かって生えていた。ハート型をした小さな唇が広い卵型の顎を分け、その顎はでっぷりした膨らんだ首の肉にぐるりと囲まれている。広い額と、まっすぐ後ろへ向かって撫で付けられた灰白色の髪のずっしりした頭が、首がないかのようにワイシャツの白い襟の中に埋没していた。滑らかでハリのある肌からは、イボが二つ、丸々と突き出ている。

大臣の顔が支配力を仄《ほの》めかすように示され、私たちは座るよう促された。彼自身は教壇の椅子に座った。真ん中の列に座っていたベルント＝ユルゲンとディートリッヒは、つまり、まっすぐ相対することになった。青く輝くスーツが、新品の既製服から立ち上る病院のようなきつい臭いを放っていた。

数秒後、目の合図でスピーチが始まった。

「諸君はドイツ民主共和国の高等学校に通う生徒である。ドイツ民主共和国における教育システムは社会主義の成果なのだ。両親の収入に左右されず、誰にでも開かれている」

私たちの多くは「この情報は間違っている」と考えていた。一九五三年六月十七日のデモの後、最初に中産階級の子どもたちが、ＤＤＲの高等学校へ通う制限付き許可を取り消されたのだ。クラスメートの何人かは、すでにインターンの申請を出していた。教師の息子ディートリッヒはドイツ国有鉄道に。医師の息子ホルスト・Ｒは営林局に。ランゲは話を続けた。

「西ドイツでは、両親の金で、誰が高等学校へ通えるのかが決まる。我々の国家の寛大な措置は、しかしながら、各生徒の義務をも意味するのだ。よく学び、社会活動に積極参加することで、それに値するのだと証明しなければならない。それでドイツ民主共和国の社会主義が実現可能となるのだ。高等学校の生徒たちは来たるべき未来の若き中核である。その諸君が、偉大な責任を欺いている。労働階級の敵は常に活動している。油断なく警戒しなければならない。私は昔からの共産党員である。私は労働者の敵というものを、直接、身をもって知っている。ファシズムに抗い、闘ってきたのだ。ファシスト共が、私や他の共産党の同志たちをいかに痛めつけてきたか、ここで話して聞かせることもできる。私はゾンネンブルク強制収容所で、この身を通じてファシスト共を知った。だが同時に、同志の連帯をこの身に刻んだのである。我々の闘争は無駄ではなかった。我々の手で勝ち取ったこのかけがえのない社会主義を、階級敵は破壊できると考えるかもしれない。だが、敵を叩きのめすのは我々の方だ。この厳然は、私が共産党員として積み重ねてきた経験の賜物である」

ランゲ大臣がしばらく黙った。私たちは静かにしていた。誰もがうすうす勘付いていた。これは脅迫の導入部分だ。ランゲ大臣が椅子に背をあずける。こうして距離をとると、彼は急にテーマを変えた。

「私はハンガリーにもいたことがある。第二次世界大戦前のことだ。私は農作物の収穫動員に参加した。昼食の時間に外出すると、農業労働者〔農場に通っている労働者〕たちが生垣の前の耕作地で車座になり、持参してきた昼ご飯を食べているのが見えた。だが数人はその輪に加わっていなかった。彼らは茂みの裏の見えないところにいた。五分後に出て来た。何をしていたのだと思う？」

ランゲ大臣は尋ねながら首を傾けて目線をあげると、張り出した眉毛とともに高いところから私たちを見据えた。質問の余波を行き渡らせるために間をとり、手の甲を口に当てて、何度も唇をぬぐった。唇から手を離し、身を起こして教卓に前腕を置くと、問いに自ら答えた。

「こんな風に彼らは口を拭っていた。昼ご飯があるかのように見せるため、口を拭っていた。彼らには食べるものがなかったのだ。貧しく、腹が減っていた。貧しさゆえに恥ずかしかったのだろう。だから他の者が食事をしている間、茂みの中に隠れていたのだ。彼らは口を拭う者(Mundwischer)と呼ばれていた」

彼は長い間黙っていた。ディートリッヒはその時間を利用して、フォークダンスグループの大事な練習があるため行かせて欲しいと願い出た。

「当然のことながら出て行って構わない」

彼は腕を伸ばしてクラスの方へ広げ、物わかり良く非常に礼儀正しく言った。

「用事のある者は、当然出て行って構わない」

だが他に席を立とうとする者はいなかった。ディートリッヒは挨拶をして教室を出た。

フリッツ・ランゲは今日の問題を語り始めた。

「ハンガリー共和国は厳しい道を歩まなければならない。重要なのは農業から工業へ移行していく社会なのだ。人民共和国の労働党はこの途上で重大な過ちを冒した。ドイツ民主共和国においてはこの過ちが回避された。ハンガリーの住民はこの過ちを承知できない状態だった。彼らは正当な不満を抱いている。だが、この不平不満をファシズム的な反革命分子が悪用したのだ。彼らには社会主義を排除するというただ一つの目的しかなかった。故にソ連が介入せざるを得なかったのだ」

*

大臣は急に具体的な内容に入った。

「なぜ、授業中に黙っていた？　何のために黙祷をした？」

クラスの答えは、死んだと思われていたハンガリーのサッカー選手フェレンツ・プスカーシュを悼むためだった、だ。他の答えは得られないようだと承知すると、彼は新しく厳しい質問を浴びせてきた。

「あの行動を唆《そそのか》したのは誰だ？」

クラスの答えは、あの行動はみんなが一緒に行ったもので、誰か一人が企んだのではない、だ。そこで大臣は鋭く、わからせるように、一人一人へ問うように、《私たち》のことを他のクラスメートの陰に隠れて話すのではなく、ただ一個人として話せ、と求めた。しかし、その問いに対しても、クラスの誰もが、「わからない」と繰り返すだけだった。

大臣は怒声をあげた。

「ふざけた話だ！　こんな話は誰も信じないぞ、やっとこでズボンを引き上げるようものだ、実にくだらない。この教室には、一人か、あるいは何人もの首謀者がいるのだ！」

「ハンガリーの反革命連中たちのために黙祷を企んだ奴らを告発し、反乱分子と袂を分かつ者はいないか。プスカーシュがどうのと言っているのではない。ここでは、全く別の要素が絡んでいるに違いない。つまり、階級敵の側に立つ者がいるのだ！　クラス全員が敵側につくなどと、誰が信じるものか！」

その大臣に対し、アルトゥールが発言する。「その一方的な情報をどこから得たんですか？」ランゲはもったいぶらずに答えた。

「なるほど、君には知る権利があると言いたいのだろう」

アルトゥールは、ヴェルナー・モーゲルだと考えていた。

「そいつは僕たちを悪者に仕立て上げたんです。元ヒトラー・ユーゲントのやつだ。そいつが裏で糸を引いてる。そいつのせいで大臣は僕たちのクラスに来てるんですよ」

アルトゥールは論理的に厳格主義なところがあり、しばしば大げさにやりすぎた。大臣はしばらく無言でいた。アルトゥールの質問に答えぬまま、彼の機嫌は変わった。恩着せがましい態度をあらため、声を荒げて言った。

「彼は被告人か？　あるいは我々の方か！」

アルトゥールは引き下がらない。

「すみません、もう少し発言しても良いですか」

「ああ、いいだろう」

「ランゲ大臣、大きな声を出しましたね。いいですか、だからこそ、あなたはすでに正しくないんです！」

不思議なことに、大臣は怒鳴らなかった。一言も発さないまま、アルトゥールに構うことをやめた。アルトゥールは座った。アルトゥールが大臣に対してああも強気に出られたのには理由がある。彼の後ろには父親の権力がついていたのだ。それで多くのことを――私たちのことについても――知ることができる状況にあるのだと、いつも言っていた。父親はＢＤＶＰ（ドイツ人民警察建築業務）の県建築士長であり、影響力のある党員だった。フランクフルト・アン・デア・オーデルの党指導部幹部ともコネがあったのだ。

こうなった以上、ラインハルトもそれが誰なのかを知りたくなった。

「大臣がクラスを否定的に評価しているのは、もしかしたら、大臣がそいつに偏見を植え付けられたからなんじゃありませんか？　だってそいつは、そういうことを聞ける立場にいるんでしょう」

それから彼は「僕たちのＦＤＪ書記をやっている歴史の先生が、あるＦＤＪの集会で、このクラスについて卑劣なことを言ったらしいですね。脅したくはないが、政府は、まさに自身の殺人者である彼らを大学へ送るかどうか、熟慮することになるだろう、って。違いますか？」と言ってやった。

だが、大臣が尻込みすることはなかった。ますます語気を強めて答える。

「ＦＤＪ書記は正しかったのだ。彼は確信していたのだ。諸君は、私の目の前にいる諸君のような者は、ハンガリーで起こったような事件がこの国で起きたときには、私のような大臣がくくられるのを見て、拍手喝采するだけでなく、自らの手で私を殺そうとするだろう！」

しばらく間をおき、再び話し始める。

「ハンガリーの反革命暴動を擁護し、鎮圧措置を批判しようものなら、そいつの顔に一発喰らわせることになるぞ」

大臣の声は三度も裏返った。

気持ちを落ち着けた後、彼は質問の仕方を変えた。次に問われたのは、将来私たちがどうなりたいのか、だった。彼は狙いを定めるかの如く生徒一人一人に聞いた。私たちは立ち上がって、座席の脇に立ち、将来の夢を発表していった。大臣は頷いたり、振り払うように手を動かし、座るように促した。

ディーターの番だ。将来就きたい仕事について聞かれ、ジャーナリストだと答えた。大臣は最初の一言を引き伸ばして言った。

「なあああるほど、ジャァァナリストか！」

大臣はディーターを凝視し、鋭く声音を高める。「ジャーナリストが書いたことは、信用できなくちゃあならないよなあ。西ドイツの様な口先だけの奴ら、嘘つきの報道は誰も求めていないぞ！」

ディーターは座らされた。

ヴァルブルガにだけは信仰心についてを問うた。彼女は本当に信仰に基づいて生きていた。つまりDDRでは珍しいことに、規則ただしく礼拝に通っていたのだ。ヴァルブルガが自分はカソリック教徒だと答えると、大臣は見くびったように強いアクセントで、ゆっくりと「そーおいうことか」と言った。それで彼女の顔は赤くなり、頭を軽く左右に振った。彼女が恥ずかしくてしようがないときにする癖だった。

カルステンは、地理を学んで研究の道に進みたいと言った。続いて両親の仕事を聞かれ、「母は特に何もしていません」と答えた。大臣は気分を害した。母親が何をやっているかではなく、両親が何をやっているかを聞いたのだ。カルステンはもう一度、母親のことを話し始めた。

「コルピンの森林トラクター基地で働いています」

いよいよ父親のことを直裁に聞かれる。カルステンはまたもやぼやけた返答を試みた。

「もうここにはいません」

「そうだな、で、つまりどういうことなんだ？」

強い要求に従い、つい、父親は西ドイツに住んでいることを明かさなければならなくなった。大臣の軽蔑するような「ああ、そうか」が、私たちの学級のイデオロギー的な泥沼に落ちた。大臣はもう一度確認した。

「君の父親は、戦時中、いったい何をしていたんだ？」

「将校だったと聞いています」

「ははあ、なるほどなああ！」

経歴への興味は未だ満たされていなかった。

「その前は何をしていたのかな？」

「プロイセンの山林監視員です」

大臣は感情を昂ぶらせる。

「つまりこういうことで合っているな、君の父親はまず保守的な公務員だった、それからナチ将校となり、その息子は社会主義を傷つけるために学校へ通い、しかも国家がその費用を賄っている！」と怒鳴った。カルステンは座席の脇に立っており、ランゲ大臣からは二メートルと離れていなかった。父親が罵倒されている間、意識の中で時間が引き伸ばされるように感じたが、静かに耐えなければならなかった。

クラス全体の方に向き直り、大臣は落ち着きを取り戻したが、少なからず脅すように声音を変えて言った。

「さて、そういうことなら、諸君は喝采を送るだけではなく、同じ目的を持っているというわけだ、だんだんはっきりしてくるだろう」

カルステンの隣に座っていたホルスト・Ｚの答えが、再び大臣の気持ちを落ち着けた。彼の父親は戦争で行方不明になり、病気の母親は単純労働についている。このプロレタリアートらしい犠牲者の模範像は、しばらくの間だけ効果があった。

しかし、ヴァルトラウトが獣医師になるのが夢だと答えると、またもや声を荒げた。

「獣医師だと！　いうまでもなく、まさに、フンボルト大学の最も反動的な奴らだ！　田舎では獣医師は最悪の存在だった。彼らは農民たちを搾取し、私腹を肥やした。あいつらは出っ張った腹と脂ぎった顔がないと生きていけないらしい」

などとこき下ろした。ヴァルトラウトは父親の仕事を聞かれ「農家の森番です」と答えた。

「ははあ、なるほどなあ！　粗野な農家の下働きというやつか。いかがわしい店を開くために、木材を盗む奴らだったか？」

ホルスト・Ｒの父親が医師であるという答えを聞くと、大臣は再び悪口雑言をぶちまけ、「君の父親は反社会主義であるに違いない」と無理矢理に言い立てた。

「反社会主義、反国家主義だ、党の陰口を叩いていると認めざるを得ないはずだ！」

ホルスト・Rは何も言わなかった。果たしてそれに逆らって何かを言えただろうか？　反論することが許されただろうか？　祖父はナチ以前の時代に広く尊敬されたシュトルコーの町長だった、とでも言えばよかったのだろうか？　そんな事実は全て《プチブルの情けない連中》のくくりに貶められた。

ラインハルトが同じ質問に、父親はライフアイゼン農業信用金庫の管理部で働いており、戦後五年間は捕虜だった——どこで、とは言わなかった——と答えたとき、大臣は「君の父親はつまり、いわゆるファシストだったというわけだ！　言ってみろ、白状したらどうだ、君の父親はファシストだった！」と激しく非難した。ラインハルトは自制した。恐ろしい事実を悟り、胸が貫かれたように感じた。

（大臣は俺たちの個人的な事情に通じている……）

彼は席に戻ることを許された。

ウルズラは教師になりたいのだと答えた。そして最後にギーゼラも、学校では授業を受けるだけでなく、ＦＤＪの会長をやっているのだと答え、難を逃れた。大臣は「いい加減にしてくれ」と椅子の背にもたれかかった。しばらく黙った後、はっきりと落ち着いた声で要約した。

「つまり、君たちは、ここで、ストライキが、反革命行動が敢行されたことを、白状することを、拒絶した。君たちは、首謀者を挙げることを、拒絶した。君たちはその男子生徒、あるいは女子生徒を隠した。だが、首謀者と距離をおいた方が良かったのではないか。君たちはドイツ民主共和国の学校に通いながら、労働階級の敵と結びついてしまった。しかし我々は、君たちへの対応を考えなおしてもいいと思っている」

大臣は私たちに一週間の猶予を与えた。それまでに首謀者である男子生徒、あるいは女子生徒を挙げるように求めた。

「首謀者の名前が明らかにならない場合、クラス全員にアビトゥーアへの参加を認めない。一週間もあればよく考えられるだろう」

大臣にはすでに首謀者の検討がついていた。それ以外の者は罪に問われずに済むことも知っていた。彼は立ち、教室を出て行った。最後列に座っていた付き添いの男がそれに続いた。フリッケは、最初の授業時間が終わると同時に、次の授業のために出て行っていた。

*

クラスのみんなは数分のあいだ教室に残っていた。怒りと無力感が、どうすることもできないというぼんやりした感情の中で混ざり合った。いつも通りに、クソ権威野郎、アゴなし、間抜け、ビンボードカチン、とこき下ろしてみても、気持ちは晴れなかった。大臣の地位はあまりにも高かった。「同級生を計画的かつ意図的に反革命行動へ導いた首謀者」などはいなかったのだ。私たちは何も報告しなかった。たとえ本当にそんなクラスメートがいたとしても、私たちが密告することはなかっただろう。無力感に襲われ、それぞれが途方にくれるような失望に陥った――あれで大臣だなんて信じられない――同時に猛烈な軽蔑の念が湧き上がってきた。自分たちの学生時代が連帯責任によって中断され得るということを、まだ誰も知らなかった。大臣の暴力的なまでの話ぶりにより、私たちは真実を何一つ含まない慣例的な決まり文句を見抜くことを真実だと思った。数学教師のフリッケは、あまり深刻に受けとっておらず「あんなのはこけ脅しだ、彼の言っているようなことは起こらないだろう」と言った。

外へ出る道すがら、ラインハルトが、通学カバンを職員室の近くにある前の教室の準備室に置き忘れてきた、と言い出した。カバンを取って戻る途中、職員室の前を通り過ぎたときに、ロシア語教師のヴェールがあの大臣を説得しているのが聞こえた。

「われわれ教師が、どれだけ苦労の多い仕事を成し遂げてきたのか、おわかりですか。それをあなたは、同志大臣殿、あなたは手を払うだけで壊してしまうと仰るんですか。若者たちをそんな風に扱えるものでしょうか、あの子たちが反革命主義者？　そんなはずはありません。ご自身が、あのクラスで、学校で、党の中で何を引き起こしたのか、よく考えてみましたか——」

声が低くなり、ラインハルトにはそれ以上聞こえなくなった。そうして彼は戻ってきた。

社会主義という理念への忠誠と、社会主義者により非人間的な扱いを受けた個人的な経験が、ヴェールに、大臣に立ち向かう力を与えていた。社会主義と人間個人の尊厳は、この共産党員の中で分かち難く結びついていたのだ。この信念ゆえに、批判的な言葉を重ねる力を得ていた。大臣は言い争うことなく、彼を落ち着かせようとした。リヒャルト・ヴェールがソ連のちょっとした名士たちと親しい関係にあることを知っていたのだろう。

この日に職員室で起こっていたことを、私たちは四十年後になって初めて、そしてその中身をわずかばかり、ほのめかし程度に聞き知ることができた。数学教師フリッケは、あの大臣がもう一人の男性と共に職員室へ入ってきて、国民教育省大臣ランゲだと自己紹介したときのことを覚えていた。大臣は十二年生クラスと話すために来たのだと告げたらしい。この日の午前中はシュヴェアツ校長がいなかったため、校長とは話せなかった。その時点ですでに授業開始時間の五分過ぎだった。大臣はクラスの所在を問い合わせると、付き添いの男と一緒に出発した。この時間はフリッケの数学だったため、単にこの教師を追い回したのである。クラスを訪ねた後、大臣は職員室にとどまり、「反革命行動を画策した首謀者の男子生徒、あるいは女子生徒を、最終期日一九五六年十二月二十一日までに見つけ出すこと」と、教師たちに決定事項を伝えた。他の者には口を挟ませなかったそうだ。

一九五七年一月十一日のＳＥＤ県指導部による報告で、この件も書き留められている。

同日午後および晩、同志大臣、教師陣、同志ツァイドラーの間で協議が行われた。十七時半頃より、同志Ｗ市長およびＳＥＤ県指導部同志Ｄがこれに加わった。上記会議において同志ランゲは、首謀者を暴くため、一九五六年十二月二十一日までに教師陣が生徒ならびに保護者と共にいかに動くべきであるか、指示を出した。[25]

当時の学校長ゲオルグ・シュヴェアツもまたこの時のことを覚えていた。この日、十二月十三日の午後は、シュトルコー近郊の村フィラデルフィアでの教育会議に出席していたため、彼は在校していなかった。その会議では、実践指向の授業導入に関連した学校の変化について、討議されていたということだ。十七時開始の党学校間会議に臨席するため、予定よりも早くシュトルコーへ自転車で戻って来た。学校の前で大きなリムジンを目にしたとき、高官の来訪がはっきりと思い浮かんだという。職員室に入るなり、馴染みのない人々と挨拶を交わした。そのうちの一人が教育省大臣だと名乗り、十二年生クラスを訪問したことを伝えた。そして、この学校では何が起こっているのだ、と問われたシュヴェアツは、全く何も変わりありません、と答えた。「何も」に大臣が反論する。学内ストライキ、政治的抗議行動が、ここで、行われたのだぞ。その後は大臣の独壇場だった。学内管理部と教員たちには、そのような反抗事件に対処していく能力がなかった。大臣は何をどうするかということを彼らに指示する必要があった。そして大臣は最後通告も出したが、結論を匂わせることはなかったのだ。

フランクフルト・アン・デア・オーデル県評議会国民教育部局長同志K女史の証言が、この大臣の特徴を際立たせている。

シュトルコー高等学校の教師陣と行われた協議において、ランゲ大臣は不適切な発言をしたそうです。ある同志が大臣に、大臣の態度は教育的に必ずしも正当とは言えない、と申し上げました。決して連帯責任は取らせない旨を、ある格言から引用して言いました。それに対しランゲ同志はあの名文句《ゲッツ・フォン・ベルリヒンゲン》〔ドイツ農民戦争を指導した騎士ゲッツ・フォン・ベルリヒンゲンを描いたゲーテの戯曲で広く知られるようにった罵倒語。消え失せろ！　糞食らえ！　等罵倒語の婉曲表現〕と言ったのです。あの同志の後ろに座っていた無党派の教師が思わず吹きだしました。ランゲ同志が振り向き、《貴様もだ糞野郎！》と言い放ったのです。[26]

ゲオルグ・シュヴェアツ校長は、党員教師がこのことを話していなかったのにもかかわらず、大臣が学校の党会議は十七時の予定だと知っていたらしいことに驚いた。のちにわかったことだが、大臣は用務員のパウル・ヴェルナーから情報を得ていたのだ。私たち十二年生クラスの面々は他のクラスの生徒から、リムジンの人たちが地下階段を降りて用務員のもとへ行ったという情報をすでにつかんでいた。フリッツ・ランゲ大臣が用務員パウル・ヴェルナーを訪ねた。彼らは共産党員であり、反ファシズムの古い戦友だった。DDRの教育省大臣が、どうして私たちの行動を知り得たのだろう？

> SED中央委員会でのある発言を通し、同志ランゲはシュトルコー高等学校における挑発行動を知った。[27]

ただし、彼が大都市ベルリンから私たちの小さな学校へ来たのには、ある偶然の理由があった。初期の耕作動員の経験によりシュトルコーを知っていたため、自ら現地へ赴くことを決定した。[28]

大臣が私たちのクラスを訪問した。二十人の生徒たち。十七歳と十八歳。私たちの小さくて平凡な学校に。この出来事は私たちだけでなく、郡や県のSED党員をも驚かせた。当分のあいだは彼らも大臣の訪問を知らなかった。大臣は不意打ちのように現れたのである。彼自身もまた、そうであるように振る舞った。論拠なし、意見交換なし、対話なし。ただの叱責、罵倒、侮辱に過ぎなかった。もしかしたら、侮辱されたのだ、と感じたのは、彼の方だったのかもしれない。西側のイデオロギーに毒された挑発的なガキどもが、社会主義の理想を無作法にも嘲っている、と。

*

大臣は、私たちのクラスへの最後通告に連なる要求を教師陣に通知すると、不意に学校を出て行った。この後にポツダム教員養成機関の教育学を専攻する学生たちの前で、教育上の一般政治問題に関する講演をする予定があったのだ。後に私たちの学校に赴任することとなる、当時のポツダム教育大学学生Eは、大臣がシュトルコーに現れたあの日の催しを覚えていた。「教育省大臣ランゲ氏講演会」が予告されていた。

私たちは二時間も待たされたよ。だけど自分から講義室を出ようなんて大胆なことをする学生はいなかった。大臣は、そりゃ、いろいろと忙しいからね。やっと現れたとき、どうも興奮して攻撃的だな、と思った。講演は遅刻の説明から始まった。フランクフルト・アン・デア・オーデルの都市シュトルコーに、予定していたよりも長く滞在しなければならなかった、と。大臣が言ったことは今でも三つだけ覚えている。「ある学校を空中に吹き出してやった」「ある学級を終わらせてやった」「労働者階級の敵がぎゅうぎゅうに詰まっていた」この三つを覚えているのは、一人の大臣の力でクラスを一つ丸ごと閉鎖にできるだなんて信じられなかったからだ。クラス全員を退学にするなんて、そんなことはあり得ないと思ったね。

*

五日後の一九五六年十二月十八日、ランゲ大臣がフランクフルト・アン・デア・オーデルの部局長同志K女史に手紙を書いている。

拝啓　敬愛する同志へ！
シュトルコー高等学校は政治＝イデオロギー的観点から筆舌に尽くし難い危機的状況に支配されている。当地では、ハンガリー事件の際、十二年生クラスが黙祷をするという事態になっていたのだ。校長は慎重を要する調査において無能をさらした。彼の不器用な振る舞いにより、生徒たちが互いに示し合い、《陰謀団体》を組織するに至ったのだ。あの校長はまた、校内の事件に関する適切な報告をも怠っていた。

私個人はかの事件を全くの偶然で聞き知ったのだ。一九五六年十二月十三日の木曜日、地域の現地調査をするために自らシュトルコーへ赴いた。あの学校の生徒たちと話したが、約四時間かかった。(…)「誰が」いわゆる黙祷を主導し、「何が」十二年生クラスの生徒たちによる敵対的抗議行動の原因かが重要なのだ。だが、何かを明らかにするという点においては全く成果がなかったと、認めざるをえない。私は生徒らに、彼らが秩序をもたらさず、反革命分子との見解の相違を表明しない場合、アビトゥーア受験が許可されないことを通告した。四時間のやりとりのあと、この学校の教師らと、さらに六時間ほど話し合った。このとき、校長と歴史教師を除くほかの教師たちが、腐った日和見主義を示したことに気づかざるを得なかった。それが彼ら個人の政治的態度の機能的推理を導くきっかけとなったのだ。

校長が本日電話報告をしてきた通り、さしあたり保護者会が開かれたようだ。保護者も一部の教師もこの十二年生たちの態度を矮小化しようとした。この保護者の中には職業教育学校教師のガルスカも含まれている。ガルスカはベースコーの職業教育学校で化学教師をしている。その息子はシュトルコー高等学校の十二年生クラスで、特にいかがわしい役を演じた。他の者はあまりにわざとらしく西側風の態度だった。現在も高校生たちを守る側に立っている教師たちの中には、ホルツなどと言う男がいる。校長はこの男に関して、一九三三年以前はＳＰＤに所属し、ヒトラーの時代にはナチ党員であった、と主張しているのだ。このホルツは最近《無党派》を自称している。

どうやら一部の教師と保護者は、あの事件の罪を校長と歴史教師に着せようとしている。私は、校長も歴史教師も確かに教育上の不手際を犯したことについて疑念をもたない。だがそれは十七歳と十八歳からなる学級の全員による、明らかな敵対行為を説明しうるものでは決してない。一例にすぎないが、木曜日にほとんど四時間におよび学生たちと話し、議論しあった後であるにもかかわらず、同じクラスが次の日の朝には《真の友情よ揺らいではならぬ》を歌い、一日を始めようとしたのだ。ファシストの扇動者らとＲＩＡＳ情報部員らの真の友情が共有されていることは全く明らかだ。校長が電話報告をしてきた通り、この歌を止めるために、ある教師の介入を必要とした(…)

職業教育学校教師ガルスカと教師ホルツの行動を(…)調査すること。どんな場合も決して、この件全体がいわば、一部の保護者と教師が望むよう、水泡に帰すことを認めない。校内事件に関する規則通りの報告を怠ったため、学校長は懲戒処分の警告を受けることになる。

社会主義万歳

敬具[29]

職員室は再び分裂した。一方に同志モーゲルとシュヴェアツ校長、もう一方にSED党員以外の、大臣に「腐った日和見主義」と言われた教師たちがいた。ヴェールは党員であるのにもかかわらず後者の側だった。大臣に異を唱える者はイデオロギーの腑抜けだった。怠惰は労働者の敵との宥和を意味する、不適切で弱気な資質だった。十七歳や十八歳の若者であろうとも闘わなければならなかった。大臣はディートリッヒのことを、何よりもディートリッヒがいかがわしい役を演じたことを、どこで知ったのだろう？　大臣が私たちを罵倒したとき、ディートリッヒはもう教室にいなかったのだ。だが、ディートリッヒは次のような経験をしていた。

一九五五年の暑い夏の午後、エルンスト＝テールマン通り。私は狭い歩道を駅へ向かって歩いていた。突然、中年の知らない男が私の前に現れ、行く手をさえぎった。彼は素早い動きでジャケットの内ポケットから身分証の類を取り出して、まっすぐ私の顔の前にかざし、サッとそれを戻すのと同時に、自分の名前と何かいわゆる公的機関の名称を言った。けれど、あまりにも早すぎて私には聞き取れなかった。私が聞き返す間もなく立て続けにこう言った。「ドイツ民主共和国の高等学校に通う生徒はこういう服装で通りを歩いたりはしない。このシャツを、以後、二度と着ないことだ」それで立ち去った。私はいわゆるテキサス＝シャツを着ていたんだ。エキゾチックな模様が、ケバケバしいオレンジ色で眩しかった。裾をインしていない上に派手な色のシャツだ。そんな服はＤＤＲにはなかった。夏休みにデュースブルクのおばから贈られたものだった。ちっとも好みの色じゃないのに着て歩いていたのは、気楽だったし、西側製だからだね。あの時より前には見たこともない男だった。それなのに、私が高校生だと知っていたんだ。それ以来、外であのシャツを着ることはなかった。それにこのことは誰にも話さなかったよ。

ディートリッヒが一九八九年の政治的方向転換後に、書籍『小都市の大転換』をパラパラとめくっていると、戦後のシュトルコーの描写の箇所で、ある写真が目に飛び込んできた。パスポートの写真。知っている顔だった。あの道で声をかけてきた男が写っていた。フランツ・ベッカー、シュトルコー前町長。市の歴史家が報告しているように、ベッカーは一九五五から五六年の間に何度もシュトルコーに滞在していた。彼はシュタージの役人だった。フリッツ・ランゲは、私たちについて知るため、このコネをそのまま情報源として使えたのだろう。大臣が私たちの個人情報を把握している、というラインハルトの推測は、どうも当たっていたようだ。

もっとも、他に、あるいは補足的な情報源があった可能性もある。奇妙なほど充分にだ。大臣は学校に到着後、まず校長ではなく用務員のもとへ、厳密に言えば地下室へ向かったのだ。パウル・ヴェルナーとフリッツ・ランゲはＫＰＤ〔ドイツ共産党〕闘争時代からの仲だった。

同志フリッツ・ランゲの経歴は、模範的に社会主義的であり、その厳格な態度の成立を説明できるものだ。彼は一八九八年十一月二十三日にベルリンで生まれた。中等学校の教員資格を得て、第一次世界大戦には下士官として参戦し、戦後はベルリン＝ノイケルンの小学校で臨時教員をしていた。一九二〇年にＵＳＰＤ〔ドイツ独立社会民主党〕からＫＰＤに鞍替えし、共産主義の少年組織、少年ピオニール団の幹部として働き、一九二三年にはソ連へ招聘された。そのため学校勤務からは解雇された。引き続きＫＰＤのために一九二五年から一九三五年にかけて、ベルリン市会議員、共産党中央機関紙『ローテファーネ』写真部の記者、国際赤色救援会部局長、赤色戦線戦士同盟団員として活動した。一九三三年、半年間ゾンネンブルクの強制収容所に拘留され、釈放後はセールスの仕事で生計を立てながら、ＫＰＤの非合法活動に従事していた。一九四二年に懲役五年の判決が下されるまで、ブランデンブルク＝ゲルデン収容所で拘留されていた。

ソ連支配下でブランデンブルク市市長となり、とりわけ財産没収委員会委員長として積極的に活動し、その功績により、ついには国家管理中央委員会の委員長にまで上り詰めた。こうして彼は党の運営に干渉するようになった。一九五〇年からは党中央委員会候補、人民議会議員であり、一九五四年にはエルゼ・ツァイサーの後を継ぎ国民教育省大臣となった。一九五八年、中央委員会候補の地位を失い、第五回党大会において、「青少年に対する社会主義教育の達成」が明らかに不十分と自己批判を勧告された。一九五八年十二月、国民教育省大臣の任を解かれる。一九六〇年、ポツダムのドイツ軍事歴史研究所で幹部職員となり、一九六一年からは年金生活をしていた。一九八一年、ベルリン＝ニーダーシェーンハウゼンで没する。

第七章　最後の試み

両親たちの抵抗

国民教育省大臣の訪問があった次の週、私たち生徒、両親、教師たち、そしてSEDの幹部、誰もが溢れそうな緊張の中で過ごした。シュタージは慎重だった。彼らはまだ、後の時代のように制御不能なほどの全権を握ってはいなかった。ただし、フランクフルト・アン・デア・オーデル県指導部の同志Wが、「シュトルコーの事件におけるシュタージは、全くの無能ぶりをさらけ出したのではないか[30]」と非難の声をあげていた。フランクフルト・アン・デア・オーデルの県SED支部長同志ミュッケンベルガーが、一九五七年一月、詳細に書き残している。

シュタージによる調査は当初、簡略なものであった。党に関わる事件であるという意見を支持しようとするものである。シュタージの同志の一人がシュトルコーで活動したに過ぎなかった[31]。

私たちの件はドイツ民主共和国政府、SED中央委員会レベルの話にまでなっていた。従って、他のあらゆる国家機関は事件の主導権を委ねざるを得なかった。私たちはつまり、大臣の独断のもとに置かれたのだった。

両親たちは能動的に関わるようになった。最後通告の期日までは一週間しかない。彼らは十二月十六日、十七日の日曜日と月曜日に保護者会を開いた。最初の集まりには私たちも参加した。担任のカスナーが二回とも進行役を務めた。

回覧板で出席が取られた。

クラス担任のカストナー(原文ママ!)が時間通りに会を始めた。「この緊急保護者会が開かれた理由は、みなさんご承知のところであります」(…)カストナー氏が事態の緊急性、とるべき決定の重大さを指摘した。彼は我々の子どもたちを災厄から守るため、保護者と生徒の共通の解決策を見つけ出せるだろうと希望を述べた。(…)

議事録を読み上げた後、カストナー氏が保護者たちに、この会議への子どもたちの参加の可否を確認した。その提案は全員一致で同意された。子どもたちが登場すると、クラス担任は生徒たちに、熟慮して真実を述べるようにと注意した。ついでカストナー氏が、大臣は青年教育に強い興味を持っているのだと説明した。一人の女子生徒が、大臣の態度は受け入れがたいと話した。クラスに対する彼の振る舞いは客観的熟慮から生まれたものではなく、怒りの発露であった。

ある生徒は、大臣の両親に関する質問は怒りを含んでいただけでなく、ほとんど侮辱であったことを強調した。(…)

また別の生徒によると、大臣は、生徒たちが利益を得るためだけにＦＤＪに所属しているという見解を示した。

ホルツ氏が、教師モーゲルが生徒たちに対して「人殺し」と発言したかについて聞いた。ある女子生徒が、「モーゲル先生は授業中、頻繁に、不必要なほど声を大きくすることがあります。そういうときに先生は、自分の社会的出自を強調するんです、いつも」と答えた。そのような状況の中、教師モーゲルは次のような発言をしたという。《我々は自らの殺人鬼を大学へ送るべきかどうか熟慮するようになるだろう！》「本当に腹が立ちました」(会場がざわめく) 教師ホルツが、一般教育と教育能力の不足に起因する教育的過失が、いかにして犯されているのかを明確に示し、強調した。「そのような軋轢が生まれているならば、それは学校経営の不全を意味します」

(拍手)

他の生徒が、教師モーゲルが《中産階級のくだらんブルジョア共》呼ばわりしたことを報告し(…)またある生徒は、「モーゲル先生は生徒が申し立てた問題について議論しませんでした」と強調した。それによって生徒たちは誤った結論を導き出し、その結論がのちに、校長シュヴェアツがクラスに対するｘｘｘとして用いた。

メック氏が、授業の中にそのような悪影響が存在するか早急に調査するよう要求した。「民主化は学校経営に関して、即座の批判を必要としている」。続けてある生徒が保護者たちに、「教師ホルツ、カストナー、ヴェール、フリッケに全幅の信頼を置いています」と語った。しかしながら教師モーゲルおよびシュヴェアツは全く信用がならないと。(鳴りやまぬ喝采)

次に発言した生徒は、「学校運営部の指示により転校させられる場合、どう対処するつもりですか」と保護者たちに問いかけた。保護者全員が、いわれのないことなのだから、それを了承することはない、と明確に表明した。

その結果として生徒たちは退学になった。保護者たちは、この状況に対する性急な意思決定はプラスにならないと述べた。彼らはこの会議の議事録を残すとの見解を示した。ガルスカにそれを託し、保護者の声明による拘束力のない暫定的意見陳述書の提出を願った。これは月曜日の十九時半に開かれる保護者会を期限とし、その場に教師陣の参加も求められた(32)。

保護者会の議事録は残されていないが、大臣への意見書の草稿が発見されている。両親たちの目的はただ一つ、「子どもたちへの脅迫的な退学処分を阻止しなければならない」だった。大臣による説諭は全くもって受け入れられなかった。私たちは非難を避けられなかった。両親たちは退学処分命令を何が何でも退けようとした。ただし、大臣を刺激せずに、である。絶対的支配下では困難かつ大胆な企てだ。両親たちは歴史教師を私たちと大臣の間に割り込ませ、濡れ衣を着せようとしたのだ。教師の機能不全が生徒たちの不適切な行動の原因？　だがそれは間違いであるし、上手くはいかなかった。

ともかく両親たちは絶対的立場に応じた彼の要求に、勇気を持って立ち向かわなければならなかった。恭順は当たり前のことでなければならなかったのだ。あの大臣は独裁的な男だった。

我々保護者は子どもたちを通じ、彼らが校内において、亡くなったと思われていたスポーツ選手プスカーシュを讃え、黙祷を捧げたことを知りました。我々は、一般的に述べてその黙祷は不必要な行為であったこと、またこのような場合は、事前に学校運営部の許可が求められるべきものであったことを承知しております。しかしながら我々は、この若者による間違いが、今回のように実情とかけ離れた結果を生徒たちに齎《もたら》すということを、理解できるものではありません。我々は当該教師により導入された授業方法に関する調査が必要不可欠であると考えており、また実施されることを期待します。

全生徒の一致した証言によると、教師モーゲルと生徒の間には正しい関係が築かれておりません。こういった状況により、学校に相応しくない軽率な行為を生徒たちにさせるような、緊張状態が生まれていたのです。モーゲル氏の教授法は、父母会役員の臨時聴講において確認された通り、生徒から拒絶されています。以上により、十二年生クラスが犯した過ちは、教師の教育の結果であると映るのです。十二年生クラスに政治的動機を付与する理由は存在しません。生徒たちの意見によれば、我々は学校運営部のわずかながらの成果も読み取れず、また……（学校運営部により削除）

我々は大臣が子どもたちの特質を把握していたことを、訝しく思っています。我々の見解では、それは全く一方的であり、学校運営部による度を越した情報提供であります。目的にかなった生徒たちに事前に相談することこそが、青少年の利益だったはずです。不十分な教育活動が生徒と教師を遠ざけました。信頼関係を相互不信の関係へと変化させたのです。教育を成功させる基盤がありません。この状況下では子どもたちが憶測上の失敗に責任を取ることも容易です。子どもたちの目論見に対し、大臣という地位の者が口を挟むことは、過度な管理と言えるのではないでしょうか。

我々はこの共和国において、秩序を尊ぶ市民が育つよう切に願っております。

我々は政府による寛大な措置を求め、また教育省大臣殿におかれましては、青少年の間違いを赦し、適切な処置を講じ、このような出来事の再発に備えその原因を取り除くことを願います。(33)

最終的にこの草稿をもとに要綱が作成され、教育省大臣に送付された。自己批判が消え、歴史教師の圧力も消え、ほぼ恭順だけが残った。

出席した保護者たちは次の文書を教育省大臣に宛てることを決定した。

拝啓　大臣殿！

私どもは学校運営部により大臣の訪問を知らされました。十二年生クラスにおける事件の解明に対する大臣の要請も知ることとなりました。

私どもの見解では、子どもたちの黙祷について政治的動機を付与され得るものではありません。敬愛するスポーツ選手の死を讃えた黙祷は不必要であり、また学校運営部の許可を求めるべきでした。生徒たちは誤りを犯したことを理解しております。

我々は政府による寛大な措置を訴え、また大臣におかれましては、彼らの将来を守るため青少年の誤りを赦していただけますようお願い申し上げます。

ランゲ大臣殿、保護者代表による説明の機会を賜りますようお願い申し上げます。

（二十一名の署名が続く[34]）

一九五六年十二月二十日、大臣に関する短い書簡を、彼の担当官である同志シュレーゲルがしたためている。

敬愛する同志K女史へ！

貴殿が大臣の要請に応じシュトルコー事件の解明に従事する場合、こちらの参照および返答を請求する。シュトルコー高等学校十二年生クラスの保護者による書簡の写しを送付する。

大臣は、高等学校の生徒たちが黙祷するにあたり、政治的動機を持ち合わせていなかったとする保護者の見解に与していない[35]。

教育省大臣ランゲは両親たちに返答をせず、話し合いのためにシュトルコーを訪れることもなかった。SEDのフランクフルト・アン・デア・オーデル県指導部、ベースコー郡指導部には、扇動者を見つけ出すよう大臣の指示が出されていた。同志K女史のシュタージへの報告が残っている。

だがこれは行われず、県評議会の側より教育省へ入電があった。県指導部の側より中央評議会との話し合いが行われるべきである。教育省および中央委員会による交渉の結果、県評議会教育部は現在の状況を鑑み、国家規律を保持し、大臣の指示を実行するという結論に至った[36]。

両親にも子どもたちにも、状況は芳しくないように思われた。何か普通ではないことが企てられているのに違いない――そう考えたホルスト・Rの母親は、保護者会以降、非公開の組織から離れた。そして、一九五六年十二月十八日火曜日、彼女はたった一人で誰に相談することもなく、教育省大臣ランゲをベルリンに訪ねた。

ベルリンへ向かう電車の中、大臣に伝えようと思って考えてきたことが、繰り返し頭の中を駆け巡りました。教育省へ向かう歩道ではすっかり考え込んでしまって。忘れてしまったらどうしようと不安だったんです。ウンター・デン・リンデン通りを横断しようとしたとき、車輪がキーッと鳴るのが聞こえたと思ったら、白バイの警官が私に話しかけてきました。「奥さん！死ぬ気ですか！」私は赤くなって道路を渡りました。警察官が自動車の通行を止めてくれたので、反対側へ行けたんです。教育省では守衛さんに身分証を提出しなければなりませんでした。大臣の部屋へ通されました。さして高層階にはなく、大きな部屋でした。部屋の左側に大きな机。机を挟んで大臣と向かい合うように座りました。

目的を聞かれました。用意してきた話を始めました。私は優しい声で、慎重に、お願いをしました。霧の中から言葉が出てくるように感じました。事務机がどんどん大きくなっていくようでした。「私たちの子どもなのです。考えなしの若者がバカなことをしただけで、軽率でした。けれど政治的な意図はありません。大好きなサッカーのヒーローを悼んだだけなんです」彼は私をじっと見て、言いました。「若気の至りなどではない。彼らは充分大人だ。政治的行為だったのだから、政治的責任が取られるべきだ」彼はもう一度、私を見つめました。そして立ち上がり、私の方へ来て、立ちふさがり、襟を開いて、私の方へ身をかがめ、首の深い傷跡を示して言いました。「ナチの仕業だ」彼は椅子に戻ると、再び向かい合って座り、私をじっと見ました。私は「お気の毒でしたね。気持ちはわかります。ですが、それでもお願いしたいんです。もう一度お話させてください」と言いました。大臣は私の話をしっかりと聞き、それからこう言いました。「いいや。私はこの若者たちを信用できない」。しばらく間を置いて「状況が違えば、彼らは何よりもまず変化を求めるようになるだろう。それは自覚的な政治行動だ。それが反革命だ」と続けました。私は繰り返し子供たちのことを話しました。気持ちを込めて訴えました。私はどこまでも母親で、大臣は父親ではなかった。親心はなかった。自分はあくまでも犯罪者に仕立て上げられた犠牲者だと考えていた。大臣は二度と犠牲者にはなりたくなかったのでしょう。だから、あの人は支配する側に回った。人情のかけらもなかった。「首謀者が名乗り出るか、クラス全員がアビトゥーアから排除されるか、どちらかだ」。十一時四十五分から十二時四十五分まで続いた面会が終わりました。

シュトルコーへ戻る道すがら、私はボーッとしてしまって、まるで意識を失ったようでした。

晩になって初めて、大臣と面談したことを夫に話しました。何も説明しないで、ただベルリンへ行ってくるとだけ言って出かけたんです。きっと夫は止めたでしょうから。

ホルスト・Rの母親の勇気、感動的なまでの人情も、大臣の心を動かしはしなかった。冷酷なる同志殿、万歳。

第八章　疑惑

ディートリッヒが西ベルリンへ逃亡する

校長ゲオルグ・シュヴェアツにも、首謀者を見つけるよう教育省から圧力がかかっていた。だが、見つからなかったのである。彼は胃の不調で検査を受け、ベルリンのフンボルト大学付属病院シャリテから、大臣に電話をかけた。

「クラスメートたちと集中的な会話の場を設けましたが、何もわかりませんでした。これ以上、進展することはありません。ストライキの話は出てきませんでした」

大臣は「ご苦労、同志シュヴェアツ」という一言で承知したに過ぎなかった。

週の半ば、フランクフルト・アン・デア・オーデルで、全党書記、県内の全学校長が参加する党集会が開かれた。私たちの学校の校長シュヴェアツも出席した。その場で、彼は短い言い争いを耳にせざるを得なかった。演壇からフランクフルト・アン・デア・オーデル県ＳＥＤドイツ社会主義統一党第一書記ミュッケンベルガーが大声で質問した。

「いったいいつまでシュトルコーの件を好きにさせておくつもりなのでしょう！」それにフランクフルト・アン・デア・オーデル県国民教育担当の女性党書記が答える。

「同志、これ以上は長引かせません。この件につきまして、我々もこれ以上好きにはさせません」

ゲオルグ・シュヴェアツは脅されたように感じた。

重圧は日増しに強くなっていった。「シュタージからは、すでに二人の同志が派遣されていた。彼らは黙祷の首謀者を断定するように指示されていた[37]」同一の報告の中には幾らか具体的なものもある。「五六年十二月十九日、SED県指導部の同志二名が生徒らと個人的に話し合いをした[38]」

ゲルトともう一人、あるクラスメートは、自宅でそれぞれ三時間の尋問を受けた。状況はかなり差し迫っていた。二人は、そのことをクラスの全員にはっきりとわからせるのだ、と要求され、尚かつ道義心に訴えられた。

「君に大きな期待を寄せている家族のことを考えたまえ。アビトゥーアに関わることだ。クラスに正々堂々と立ち向かい、扇動した者には自主するよう促すべきだ。他の同級生は感動し、彼らも同じように行動するかもしれない。そして残った誰かが扇動した者というわけだ」

同志が尋問を続ける。

「君たちはその誰かの名前を知っているはずだ。不審な人物だぞ。ディートリッヒ、ハンス＝ユルゲン、カルステン、ラインハルトだな。彼らの一人か、それとももっと多かったのか？」

二人とも「わかりません」と答え続けた。ゲルトはその尋問で最終的に席順を紙に書かなければならなくなった。黙祷の出発点の可能性が高い一列目だ。そこには、ベルント＝ユルゲンとディートリッヒが座っていた。

*

十二月十九日夜遅く、二十二時頃、水曜日のことだ。ゲリヒツ通り二十一番地の一階にある、ディートリッヒの家の窓を叩く者があった。玄関のブザーは鳴らなかった。ディートリッヒはちょうどベッドに入ったところだった。母親が窓を開け、暗闇に目をこらした。窓の下の壁際に、気落ちした様子のゲルトが立っていた。誰にも見られずに家の中へ入りたがったため、母親は明かりをつけないでおいた。彼がこっそりと静かにドアを通り抜けた頃、ディートリッヒもすでに居間の方へ来ていた。ゲルトが現れて、ディートリッヒと向き合って立った。弱々しいロウソクの灯りが部屋を照らしていた。夜、送電停止の時間帯にはよく使われた明かりだった。ゲルトは前置きも挨拶も抜きに「お前の名前がバレた。俺はさっきまで三時間かけて尋問されてた。あいつら、沈黙の首謀者を俺から聞き出そうとしたんだ」と言った。

ディートリッヒがゲルトに聞く。

「お前、頭イカれてんのか？」

ゲルトが続けて説明する。

「男が二人がかりで尋問してきたんだ、二人とも誰なのか言わなかった。俺はお前に、気をつけろって伝えたかったんだ」

「マジで、お前、ふざけんなよ、俺の名前を言ったのか？」

不安が彼を攻撃的にさせた。ゲルトはまだディートリッヒの前に立ち、大きく揺れ動く瞳で見つめていた。彼の頭は軽くアーチを描いてあちこちにグラグラと揺れ、怒って言った。

「なんだよ、俺はただ、気をつけろって言いたかっただけだ。名前を教えてなんかない、そんなのできるわけないだろ。俺は、だって、誰が始めたかなんて知らなかったんだ」

「じゃあどこから俺の名前が出てきたんだよ」

「質問責めにされたんだよ、あいつらが知りたがっていたのはずっと同じだ、黙祷をするっていう話がどうやってクラスじゅうに広まったのかってことだ。俺は、前の方から流れてきたとしか言ってない。お前の席は、だって、俺より前だろ」

ディートリッヒが非難する。

「前の方のどこかからだった、って言ってもよかったじゃないか」

「あの二人は、とっくに別の情報も仕入れてた、残ったのは一列目の中央の席だけだ、それで、ディートリッヒってことになったんだ。隣のベルント＝ユルゲンじゃない」

ゲルトの話はまだ終わっていない。

「俺にこう言ったんだ、明日、クラスから二人、女子一人と男子一人、扇動した生徒の名前を挙げる用意がある、クラス全員の前で自ら名乗り出るように促す、って。どっちにしろ、あいつらはお前の名前を言うぞ。俺は、あいつらが何を知っているのかはわからない。もうわけがわからないよ。とにかく、クラスの何人かは信用できないってことだ」

ゲルトに感謝すべきなのだと、ディートリッヒはやっと理解した。ゲルトの右肩に左手を置く。彼らはお互いをよく知っていた。一緒に芝居を打った。学校の合唱団でヒットソングを歌った。フォークダンスのグループでも一緒に踊った仲だ。

「わかった。ありがとう」

ゲルトが行こうとする。ディートリッヒの母親が玄関の外へ案内し、フェンスを越えて誰にも見られずに暗闇の中へ消えていけるよう、ゲリヒツ通りではなくブレンデル家の庭へ送り出した。

＊

無論、ディートリッヒの両親もこの会話をしっかり聴いていた。居間の真ん中にあるテーブルを囲み一緒に座るよう息子を促した。父親が生の褐炭をタイル張りの暖炉の中にくべ、もう一度火をつけた。

「さて、私たちの間だけで話そうか。本当は何があったんだ？　話してくれるな」

ディートリッヒは答えを渋った。父親が続ける。

「私たちは親だ、だから本当のことを知る権利がある。お前がその扇動をしたというなら、今ここで言いなさい。お前は息子なんだ、私たちにも責任があるんだぞ。だが責任を負うには、何が本当なのか知る必要がある」ディートリッヒが答える。

「僕から言えることは何もないんだ。疑われてるってことに、僕自身もすごく驚いてる」

父親が提案する。

「明日、自分は何も関係ないんだと学校で説明しなさい」

ウソだろ、そんなの無意味だ。とディートリッヒは考えた。父親が続ける。

「本当はお前が扇動したのなら、今言いなさい、わかっていれば他にもいろいろと考えておける」

ディートリッヒは何も言わなかった。何も言いたくなかった。怒気を含んだ声になり「告発するって、宣告されたんだぞ、一人それっぽいのを見つけた、だから、あいつらは喜んでる。校長のところへ行って、僕じゃないですって言うべき？　僕が何か言って、変わること？　シュヴェアツ自身は、尋問してない、先に別のやつが関わってるんだよ、思いやりなんてないやつらだ。もうおしまいだ。クラスで名前を呼ばれたら、誰も僕を信じてくれない。一人分の名前が記録されればいいんだ。だってこの件に始末をつけるには、それが一番簡単なんだ。僕はもう学校には行かない。これ以上話しても意味がない。ここにいる必要もない。僕は、出て行く。もう帰ってこない。西側へ行く。どっちにしろ、そのつもりだったんだ」と、一息でまくし立てた。

母親はテーブルに肘をついて両手で頭を抱え、彼の名前を一音一音引き伸ばして言う。

「ねえ、ディー、トー、リッヒ、どこへ行くつもりなの？」

ディートリッヒが落ち着いて答える。

「とりあえずはジークリッドおばさんと牧師のアウグストおじさんのところ、シュパンダウ＝ピヒェルスドルフへ行く」

父親が注意する。

「逃げるのが正しい道なのか、よく考えなさい。自分が犯人だと言っているようなものじゃないか」

ディートリッヒは、三ヶ月前にした父親との会話を覚えていた。父親はその話を家から離れたところでするために、ディートリッヒをゲリヒツ通りの反対側へ連れていったのだ。まるで誰かが盗み聞きをしかねないというようだった。そのとき父親は息子に、いつか家族で西側へ行きたいと打ち明けた。ここにいるのはふさわしくないのだと。あの父親が頷き、しかしそこに付け加えて言う。

「私たちも一緒に行きたいところだが、今は、お前一人で行くんだ」

ディートリッヒは恐怖を腹の中に抑え込み、きっぱり覚悟を決めたように装った。しかし恐怖はそのままうごめいていた。話し合いが続き、逃げる算段がつけられた。

逃亡はその夜の間に決行された。息子が一人でとっさに決めた、秘密の決断だと周りに思わせなければならない。両親と弟妹はすでに眠っていて何も知らされていなかった、そして、まるで何も知らなかったかのように見せなければならない。ディートリッヒは「黙祷を扇動したという疑いがかけられていると聞きました。僕の無実が証明されるまで、帰るつもりはありません」とメモを書き、ナイトテーブルの上に置いた。通学カバンにはバターを塗ったパンといつも読んでいる文学史の本を入れた。それだけだった。色々と詰め込むのは疑いの素だ。日帰り旅行のように見せるのだ。二度と戻らないかのように思われてはならない。ディートリッヒは両親に、他のクラスメートにも危険が迫った場合に備え、ピヒェルスドルフの住所を回して欲しい、と頼んだ。そして母親が、ディートリッヒを起こしに行くと言った。目覚まし時計が鳴ると三人の弟妹たちは眠りから覚めてしまうだろう。出発まで二時間は眠っていられる。

ベッドへ入っても、すぐには寝付けそうになかった。逃げるのは正しいのか？　家族、故郷、友達、みんなと離れるんだぞ？　覚醒状態の頭の中を疑問がビリビリと駆け巡った。どうして、よりによって俺なんだ？　西側の、デュースブルクの親戚と連絡をとっていたから？　見知らぬ監視員にたまたま行き遭ったからか？　きっとあの短い邂逅《かいこう》が監視の分かれ道だったんだ。

ディートリッヒは、リヒャルト・ヴェールのロシア語の授業で起きた、穏やかならぬ瞬間のことを思い出していた。十二月初めのその講義のテーマは「人間生活における責任の必要性について」だった。

「青少年であろうとも、その瞬間が要するならば、責任を引き受けなければならない。無論、そのためには勇気が欠かせない、だが青少年にはすでにその勇気があるのだ。自ら行ったことに対して、それが例え誤った行いであっても、自らが行ったことに対してはまっすぐ向き合うということを、若い間に学ぶべきであり、また学べてしかるべきなのだ」

続いて質問が飛んだ。

「そうじゃないか、ディートリッヒ？」

ヴェールはゆっくりとした足取りで窓の方へ移動した。ディートリッヒの方へ顔を向けているあいだ、彼は考え深げに微笑みを浮かべていた。ディートリッヒは何度か飲み込んだ。彼は答えず、びくびくとクラスを見回した。休憩時間には誰もそのことを話さなかった。

もしかしたら校長ゲオルグ・シュヴェアツによるＧＳＴ指導員の任命も、栄誉というわけではなく、当局に長い間監視されていた彼の不適当な態度に執行猶予を与えるための、管理の提案だったのかもしれない。
他の選択肢はない。逃亡だけが唯一の道だった。

*

二時間後、母親が起こしに来た。ディートリッヒはすぐに準備を終わらせた。逃亡をそれらしく見せるため、居間に続くロジア〔目隠し壁に囲まれ部屋から張り出していない半屋外空間〕から庭へ跳んだ。かかとが薄く降り積もった雪に深く沈んだ。ギュッギュッと足跡をつけながら柵のところまで行き、その柵をよじ登って越えるとゲリヒツ通りに出た。バルコニーの方へ振り返る。父親と母親が手を振っていた。街路樹の裏側が見えなかったため、ディートリッヒは手を振り返さなかった。誰かがこっそり隠れて見ているかもしれない。彼にはまだ、父親が母親の肩を抱いているのが見えた。見えはしなかったが、二人が泣いているのはわかっていた。暗闇の中から苦しみと悲しみがそっと忍び寄ってくる。一歩進むごとに不安が大きくなった。道はすでに駅の方へ向かっていた。足の裏がカチカチに凍った砂地の上の雪を踏む。決定的な別れがきしんでいるようだった。三人の弟と妹はぐっすり眠っていて、何も気がつかなかった。

ケーニヒス・ヴスターハウゼン行きの早朝列車の客室は真っ暗で見通せなかった。ベースコー郡からの通勤客はこの列車で仕事のためにベルリンや東側の郊外へ向かっていた。膨らんだジャンパー、無骨な靴が彼らのお供だ。頭が座席の側面や背面にもたれかかり、走行する列車の拍子に合わせて目覚めと眠りの間でがたがたと揺れ動いていた。ディートリッヒの向かいに座っている男だけがジロジロと見てきた。彼のいささか洗練された西側の服がジャンパーの間から覗いていた。男は無言のままだった。とうとう彼の頭もリズミカルに右へ左への振り子運動に委ねられると、ディートリッヒの緊張は和らいだ。ケーニヒス・ヴスターハウゼンでSバーンに乗り換えた。アイヒヴァルト駅では国境警察による身分証検査のため、予定通りの時間に停車した。緊張。不安。ついに来た、これで終わりだ。何も引っかからなかった。電車が走り出す。大都市路線の聞き慣れた唸り声がガタガタと鳴り響き、ディートリッヒを迎え入れた。東側の最終駅、フリードリッヒシュトラーセ駅にたどり着いた。数分の滞在で、駅への不安の気持ちが際限なく膨れていった。バレるか、それともうまくいくか。西ドイツへの逃亡は禁じられている。疲れと戦い、眠っているふりをし続けた。Sバーン〔国営の都市近郊鉄道〕が動き出した。解放された。数分がたち、レールター駅に着いた。西側の最初の駅だ。電車を降りる。ゆっくり歩くんだ。目立たないように。駅構内はまだDDRの領域だ。階段を下る。狭い改札を通り抜ける。今だ、歩道まで走れ。ディートリッヒは、西ドイツに出た。

警官のところまで走っていくと、シュパンダウまでの行き方を尋ねた。まっすぐ向かうならSバーンだが、彼は今しがた外へ出て来たばかりなのだ。

「君は、たぶん、東側から逃げてきたんじゃないか？」

ディートリッヒは頭を縦に振る。警官はバスでの生き方を説明し、「ところで、運賃は持ってるのかい」と聞いてきた。ディートリッヒは否定する他ない。西側のお金は持っていなかった。おそらく東側のお金でも先へ行けるだろうということだったが、警官は「なあ、おい、信じられないな、君みたいな若い子まで、逃げ始めてるのか」と一言添えて、二ドイツマルクを渡してくれた。ついに、ピヒェルスドルフのおばとおじの家の玄関のベルを鳴らした。おばは開いたドアの前に立ったまま、甥の強張った顔を見てぽろっと漏らす。

「あら、あんた、逃げてきちゃったの？」

＊

ここに長居するわけにはいかなかった。マリーエンスフェルデの難民収容所に、亡命者として登録しなければならない。おじから貰った五マルクを持ち、再び出かけた。収容所はひどく混み合っていた。毎日のように何千という人々が西ベルリンへ逃げてきていたのだ。それに、ちょうどクリスマス前だった。ディートリッヒは回覧書類を受け取ると、事務所の流れについて案内を受けた。ツェーレンドルフの青少年難民収容所へ行くことになる。他の若者たちと収容所へ着いた頃、外はもう暗くなっていた。十床置かれたダブルベッドの一つで寝るように指示された。寝る場所と食べ物が用意されていた。十六歳から二十歳の若者たちが一緒で――ディートリッヒは十七歳だった――聞くのは「どこからきたのか、どうしてここにいるのか」くらいにとどめ、込み入った会話はしなかった。ディートリッヒは具体的な話を避けた。誰がどこで聞き耳を立てているのか、誰にもわからない。次の日は、長い時間をかけて聞き取り用紙を埋めていった。逃げてきた理由に、当局からの尋問に由来する驚くべき不信感、と答えた。政治的理由で亡命した者は、それを証明する必要があった。政治亡命者にはその承認を示す、いくつか利点のあるC身分証が与えられたのだ。この承認を得るために、追跡の作り話を考え出して主張していた者もいただろう。ともかく、ディートリッヒはその身分証を受け取った。

収容所の日程は厳しく定められていた。二日目の夜、一時頃、廊下からのけたたましい警笛で眠りから起こされた。監督官がピリピリした声で叫んだ。

「服を着て外へ出ろ！　急げ！」

若者たちは中庭に連れてこられ、軽く傾斜したグラウンドに、ぎゅうぎゅう詰めで整列しなければならなかった。彼らの前にはブーツを履いた喚き立てる男がいて、右手に長い定規を携えていた。彼は叫んだ。

「たるんでいるぞ！」

彼は規律を教えようとしていたのである。

「夜は全くの静けさに支配されねばならない、ここにいるのは烏合の衆だ、抑制というものを今後充分に学ばなければならない、ここでは秩序が支配する、ここでは誰も好き勝手にはできない。君たちは中庭に三十分立っていてよろしい、私も一緒だ、ここでどのように振る舞えば良いのか、じっくり考えることだ」

みんなで三十分間立っていた。監督官もまた立っていた。誰も喋らなかった。ディートリッヒは（俺、いったいどこに来ちゃったんだ？）と考えていた。

クリスマスイブの夜は寮の中で他の若者たちと過ごした。クリスマスツリーとカラフルなお皿が暖かい気持ちの印だった。けれども、家族の代わりにはならない。涙を堪える者もいた。ディートリッヒは親戚を訪ねることもできただろうが、他人の家族とではなく、同じ運命のルームメイトと共に宿無し状態を耐えていた。しかしクリスマスの一日目、今後の処遇が決まるまでの間親戚のもとで過ごす許可を、ディートリッヒの方から寮長に願い出ると、すぐに認められた。十二月二十五日のことだった。

第九章　裁判

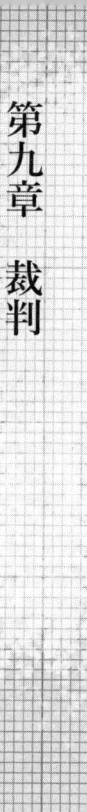

私たちは退学になる

一九五六年十二月十九日。一限目、パウル・ホルツの国語の授業が始まっても、ディートリッヒの席は空いたままだった。扉をノックする音が聞こえる。パウル・ホルツが応じる前に、ディートリッヒの母親がドアを開けて入ってきた。教卓の前に立ち、半分はホルツに、半分はクラスに向かって、大声で叫んだ。

「ディートリッヒはどこ？　あなたたち、あの子に何をしたの？」

手にはディートリッヒの書き残したメモがあった。パウル・ホルツはいつものように落ち着いていて、冷静にそのメモを取り「僕の無実が証明されるまで、帰るつもりはありません」という一文を読み上げた。そして、ディートリッヒの母親をなだめようとするが上手くいかず、クラスに向かって、「誰か知っているか」と聞いたが、一同は、何も知りません、と答えた。

「シュヴェアツ校長のところへ行くのが最良ではないでしょうか。ディートリッヒの不在を知らせねばなりませんし、もしかしたら何かご存知かもしれませんよ」

母親は教室を出て校長室へ向かった。ここでもまた情感たっぷりに「ディートリッヒが出て行ってしまったんです。この、メモだけを残して。あの子、何も言わないで、出て行ったんです」と訴え、シュヴェアツにメモを見せた。彼女は興奮した様子で呆然と話し続ける。

「ディートリッヒが自殺でもしたら！　あの子、だって、行くあてもないんですよ」

ゲオルグ・シュヴェアツは自然と暖かい心で受け入れた。ディートリッヒの母親を抱きしめ「ディートリッヒは大丈夫ですよ、軽はずみなことをするような子ではありません」と元気づけた。

母親は昨晩ゲルトが来たときのことを語る。校長はもう一度メモを見て言った。

「正しくないことはしていないはずです。私たちは待つ他ありません」

ディートリッヒの母親が現れた後、クラスは落ち着きを失い、考え込んでしまった。あいつ、要は、バックレたんだろ。

ゲルトラウトは「もしかしたら首謀者なのかも」と考えた。カルステンは「じゃあ、あいつは大丈夫なんだな」と考えてほっとした。だが心配もあった。――考えを変えた奴がいるってことか？

学校からの帰りにクラスの何人かがディートリッヒの両親を訪ね、事情を聞いた。両親も当然ディートリッヒの逃亡を知っていた。ハンス＝ユルゲンが「ムッツさん、すごい芝居だったぜ！」と賛辞を送った。

*

次の日、一九五六年十二月二十日。最後通告の期限だ。フランクフルト・アン・デア・オーデル県指導部から、ＳＥＤ幹部の四人の調査員が学校へやって来た。彼らの狙いはただ一つ。「大臣の指示に従い首謀者を見つけ出す」こと。一部の生徒を尋問しながら大きな成果をあげられなかった彼らが、とうとうクラスの前に現れたのだ。彼らは、ディートリッヒの逃亡を利用すれば、事は簡単に運ぶと見ていた。

五六年十二月十九日、生徒の一人ガルスカが西側へ逃亡した。かかる状況を踏まえ、生徒らがこの件と関わりがないことを表明するという目的のもと、もう一度話し合いの場が設けられた[39]。

「ディートリッヒが扇動したので間違いはないだろう。この事件を収束させるために、君たちは認めざるを得ないのだ。つまり、彼がクラスじゅうを面倒ごとに巻き込んで、勝手に逃げ出したのだ。とんだクラスメートじゃないか」

個々の、またクラス全員との話し合いの中で、四人の調査員は団結した抵抗に遭った。学級委員のカルステンが立ち上がり「一人でやったんじゃありません。クラス全員で黙祷をやったんです。みんなが関わっています。みんなに責任があるはずです」と打ち明けたのである。

ディートリッヒは教唆したのではなく、その場の感情で、とっさに主導する形になっただけだった。そのことをわかっていたのは、ディートリッヒと仲の良かったカルステン、ハンス＝ユルゲン、ホルスト・Zだけで、自分たちの置かれている状況もまた、よく呑み込んでいた。クラスには首謀者を隠しているという嫌疑がかけられていて、その首謀者にはクラスの中に隠れているという嫌疑がかけられている。ディートリッヒが扇動したのだとクラスで主張したなら、首謀者を、階級の敵を黙認したとして、クラスも非難を受けるだろう。平然と嘘をついた者は非難されても仕方がない。ゲオルグ・シュヴェアツは以前とは打って変わった態度で、すでにクラスと距離を取っていた。もう一度そういう経験をすることになるかもしれない。似た様な結果を生むかもしれない。同級生の誰か一人、あるいは自分自身に罪が被せられる危険を回避するため、三人は打ち合わせをしていた。ヴェルナー・モーゲルの授業の黙祷で、本当は誰から何を聞いたのかを、これ以上は何も思いだせないことにするのだ。また、三時間に及ぶ尋問でゲルトが認めざるを得なかったこと、ディートリッヒの名前が扇動者として噂に上ったことも確認し、話を合わせていた。

「黙祷は反革命行動ではなくプスカーシュに敬意を表した行為だった」という政治とは無関係の説明は最早、調査員たちの関心ごとではないらしかった。明日の十六時にもう一度教室へ来るようにと指示があった。私たちはまた、ランゲ大臣の決定はどうなっているのかと問うた。彼らは答えることなく、肩をすぼめて教室を後にした。

校長室がある建物の前の廊下の南側に、あの調査員の男二人と、ゲオルグ・シュヴェアツが立っていた。シュヴェアツはこのときのことを次のように語った。

それで、一人が上に来て、次にもう一人が来た。それから「我々の決定を伝えましょう。あのクラスは全員退学です。保護者も同席させた上で、彼らを退学させます。そうすれば自殺するような生徒は出ないはずですから。我々はこの学校で良い前例を作り出そうというのです」と言ったんだよ。私は「そんなことをしたら、あのクラスの子たちは東側を出ていきます。国境は開かれているんです。保護者を招くと仰いましたね、いいですか、来るのは保護者だけでは済まされません。退学しなければならないなどと発表したら、そんなことを言ったら、保護者たちだけでは済みませんよ、数百人の警官隊に緊急出動を要請する事態になりかねません!」と言ってやった。そこで、彼らはあのことを出してきたんだ。全く意味のないことだ。この学校にストライキを図っている者がいるなんて話は、私には想像がつかなかった。調査員の連中は、もうプスカーシュを問題にしていなかった。ここで政治勢力が活動していると言ったんだぞ。私はモーゲルと、もう一度、政治的ストライキと称されていることについて話した。あいつも何も知らなかったたんだ。私は「彼らが闘争を企てていただなんて想像もできない。私がもう一度クラスと話そう。一人きりでだ」と言った[40]。

調査員はシュヴェアツに、「DDRはソ連の植民地だ、と同志モーゲルの歴史の授業中に叫んだのはどの生徒かを聞き出すべし」と指示を出していた。徐々に圧力が強くなっていったのだ。このヤジは数週間前に起きたことだ。その日の歴史のテーマは、「帝国主義における植民地政策」で、カリキュラムに沿って進められていた。ヴェルナー・モーゲルは、帝国主義権力による植民地での搾取と、DDRが大きな利点を得ている社会主義諸国における相互依存を対置した。そのとき、後ろの方の席からヤジが飛んだのだ。

「DDRはソ連の植民地だ！」

強烈な一発だ。こういう発言をした者は禁固刑で罰せられた。ソ連は神聖だったのである。だが驚いたことに、ヴェルナー・モーゲルはこのヤジを追求しなかった。聴問会でも、尋問担当の同志がこのことに触れることはなかった。一九五六年十二月二十日のこの件に関連し、モーゲルの名がシュタージ文書に初めて記録された。SED幹部は、おそらく、このときに初めてその成り行きを把握することになったのだ。

さて、ゲオルグ・シュヴェアツがもう一度クラスにやって来た。

私は、「自分の意志で来たんだ」と言ったね。「腹を割って話してくれていい。誓って口外はしない。私はただ、ここで本当に何か起こっているのか、それとも何もないのかを知りたいだけなんだよ[41]」

と、シュヴェアツは後に回想しているが、私たちの記憶では話し始めはこんな風だった。

「もし首謀者というのがいるなら、言いなさい。自分の将来のことを考えるんだ」

ディートリッヒが逃亡したことを、まだ知らなかったのだ。クラスメートたちは繰り返し、反革命行動をとったりはしていない、首謀者はいないんだと主張し、ゲオルグ・シュヴェアツは、額面通りには受け入れられない、と応じた。それから、信用を回復するチャンスをあげよう、と言った。

「DDRをソ連の植民地呼ばわりした者を教えなさい」

クラスとその「誰か」に、この場での発言は外に漏らさない、と約束した。彼は私たちに誓った。つまり、ここだけの話ということだ。なら、プスカーシュを悼んだのだという話も信用するようになるだろう。

教室が静まり返った。すっかり忘れてしまっていたその瞬間の記憶を、どうにか手繰り寄せようとしたのだが、誰があの思い切った発言をしたのか、もう誰にもわからなかった。みんな黙り込んでいた。恐怖で言い出せない者が一人いた。そして他の者はヤジを飛ばしていないし、思い出せもしなかった。ラインハルトは考えた。

（なるほどね、つまり校長は、校内で問題を解決したがってるんだ。誰かが告白すりゃいいってことだ、それでみんな安心できる。今名乗る奴がいなかったら、この件はややこしくなるぞ）

ソ連の植民地、とヤジを飛ばしたのはラインハルトではないし、もっと後ろの方から聞こえてきたもので、本人もそれは重々承知していた。ラインハルトの席はずっと前の方だったのだ。シュヴェアツもいつかその事を知るだろうと思った。ラインハルトが立ち、口を開いた。

「シュヴェアツ先生、もういいですよ、こんなこと、これ以上話し合っても意味がありません。僕たちはソ連の植民地にいて、搾取されているんだ。白状します、ヤジを飛ばしたのは僕です」

彼は再び席につき、（さあて、これで問題解決といけばいい。俺たちは潔白だ）と考えていた。ラインハルトはゲオルグ・シュヴェアツの誓いを信じていたのだ。

ゲオルグ・シュヴェアツもこのラインハルトの告白を覚えている。

それで、あれは、なあ、あれにも弱ったよ。また刑務所行きの案件だ、V〔ラインハルト〕も、私もだよ。さて、私は、つまり、それから、何もすることができなかったし、何か言うことも、できなかった。(42)

ゲオルグ・シュヴェアツはこうして、任務を果たすことなく教室を出て行かなければならなかった。

それから下へ降りていった。それであの男たちに詰め寄られたよ。「で、どうだったんだ、どうだったんだね？」とさ。私はVを見捨てたくなかった。私はだから、そこでは何も言わなかったんだ。「だが何かについては話したに違いないだろう」ときた。それで、私はそのとき、ひどく怒ったんだ。手に持っていた鍵の束を床に投げつけた。疲れ切っていたんだよ、なにしろ何日もそんな調子だったんだ、ずっと同じだ。あの連中はいつもああだった、連中には休みがあるからな。だが私たちには授業があって、授業の準備もしなくちゃならない。午後はまた同じことの繰り返しだ。(43)

ゲオルグ・シュヴェアツが調査員に失敗を告げた後のこと。廊下の反対側に三人の男が立っていたのだが、その内の一人が彼のそばに残り「同志ミュッケンベルガーはあんたの目の前で、あんたの所の状況に判断を下すと言ったんじゃなかったか！」と迫った。このフランクフルト・アン・デア・オーデル県第一党書記による脅迫を、ゲオルグ・シュヴェアツは軽く考えてはならなかった。

授業のあと、ゲオルグ・シュヴェアツはラインハルトと二人きりで話しをした。その場に他のクラスメートは居合わせなかった。校長はラインハルトの誤った行動を注意しなければならなかったし、見逃すわけにはいかなかったのだ。ＤＤＲとソビエト連邦の関係をあんな風に形容してはならない。考えられないことだった。校長はまた、誰にも言わないと誓ったことは守る、とラインハルトに約束したが、ヴェルナー・モーゲルのところへ行き謝罪をするように促した。ラインハルトは、「言われた通りに先生のところへ行きます」とゲオルグ・シュヴェアツに約束した。

*

十二月二十一日、金曜日の午後。自然科学用の校舎の教室にクラス全員が集まった。誰もが自分の席について待っていた。十六時頃、ドアが開き、女性が一人と男性が数人、教室に入ってきた。「ＳＥＤ県指導部所属国民教育局局長、県視学官、Ｅ・Ｋです」。他の委員による自己紹介はなかったが、私たちはその内の一人を知っていた。校内党書記ヴェルナー・モーゲルだ。同志Ｋはクラスの前で教師の机のそばに座り、その左側のスツールにヴェルナー・モーゲル、右側に初めて見た男性が座った。他の四人の男性は教室の後方へ行き、横一列に並んだ。そうやって後ろから、生徒たちと次に起こることを眺めていた。

同志Kが話し始める。前置きもなくいきなり本題に入った。

「このクラスは、罪深くも反革命行動を起こした。教育省大臣同志フリッツ・ランゲは最後通告を言い渡したが、今日がその期限だ。反革命行動と距離を取り、首謀者を報告するよう要求があったはずだ。しかし、この時点までそのような報告はなされていない。このクラスは、誤った仲間意識により、今日まで首謀者を隠してきた。各々が個人の態度表明を行う最後の機会である。今日まで主張してきた立場を撤回する者は、誰でも、このシュトルコー、あるいはベースコーでアビトゥーア受験の機会が与えられる」

彼女はクラスを見渡し、待った。答える者はいない。彼女は別の話を始めた。

「新しい事実が発覚した。一昨日、学級構成員の一人、ディートリッヒ・ガルスカが西側へ逃げたのだ。この生徒が首謀者だという疑いがある。この生徒が首謀者であると学級で認めるならば、何の咎めも受けずに済み、今後も高等学校へ通うことが許されるだろう」

学級委員のカルステンが立ち、答えた。

「首謀者なんて知りません。黙祷はクラス全員で、自然発生的にした行動だったんです。正しくない行動だったかもしれません、でも誰か一人の責任ではありません、全員に同じだけ責任があるんです」

同志Kが、まだ他にも意見のある者がいるか、と尋ねた。クラスは静まり返っていた。

彼女は生徒たちに規則通りに発言すべきことを述べるよう求めたが、同じく成果を得られなかった。[44]

同志Kはもう一度考える時間を与えた。固い表情でクラスを見渡した。一分ほど待つと、机の上に置かれていた赤い表紙の本を勢いよく開いた。彼女の声音は棘を帯びていった。

「全員が同じ考えと言うなら、私は明確に、あなた方の沈黙を受け入れねばなりません」

このとき、彼女の視線がもう一度クラスじゅうを捕らえた。

「いいでしょう、では、次の生徒が学校を出て行くことになります。ハンス＝ユルゲン・D、カルステン・K、ラインハルト・V。あなた方は除名処分となる。この決定は直ちに遂行され、シュトルコーのみならず、ドイツ民主共和国の全ての高等学校に適用される」

張り詰めた沈黙の中、三人の同級生が立ち上がった。彼らは前方のドアへ向かった。クラスの視線が彼らに集まった。ハンス＝ユルゲンが最初に去り、カルステンが続いた。ラインハルトがちょうどドアを押したとき――彼は開いたドアの枠の間に留まり、クラスに背を向けて立っていた――同志Kがもう一度通告した。

「既に、この三名は当学級の一員ではない！」

大きな声だった。この最後の言葉はラインハルトにもはっきりと聞こえた。彼は開いたドアの枠の中でクラスの方へ向き直り、大きな声で言った。

「俺たちはまだ同じクラスの一員だ。これからもずっと、仲間だからな！」

向きを変える瞬間、彼は委員会の者たちに聞こえないよう、小さな声で付け加えた。

「一人、密告したやつがいる」

*

なぜこの三人だったのか？　つまり、彼らは他のクラスメートよりも多くを語ったため、目を引いてしまったのである。

その後、この否定的な生徒三名、D、V、Kは高等学校から退学処分となった(…)この三名の生徒は常にクラスの代弁者かの如く振舞っていた。(45)

クラスのために話す、というのは、同志たちに悪印象を与える行為だった。首謀者を隠すことになるからだ。

Dの父親はハンブルクの弁護士である。Dは繰り返し挑発的な態度をとり、ハンガリーに関して否定的な論争を行っていた[46]。

生徒Kはこの時期、自宅で生徒らと小規模な集会を開いていた。この父親もまた同様に西ドイツに滞在していた。Kも同様、絶えず否定的な討論を教室で繰り広げていた[47]。

Vの父親は以前、シュトルコーのライフアイゼン農業信用金庫の重役をしており（…）一九五〇年までブッヘンヴァルトに拘留されていた。現在は再びシュトルコーのBHG〔農民商業組合〕職員として働いている。Vも同じく、絶えず否定的な討論を教室で繰り広げていた[48]。

Vはおそらくシュトルコー高等学校事件の組織に所属しており、負の集団教育に決定的な役割を[49]（…）

この三人の生徒は、個人の態度表明を問われた際、大胆なことにクラスの代表としてことごとく名乗りを上げたのである[50]。

クラスのために発言したため、罪に問われたのだ。彼らが代弁した理由を、同志たちは社会出自に求めた。通俗マルクス主義が露骨に表れた決定だった。

＊

カルステンは腕時計を見た。ちょうど十六時九分だった。三人は木造の階段を降りていた。お互いに何も喋らなかった。校庭を左へ進むと、二つの境界石の前で立ち止まった。その石が、校庭と独立した休閑地とを分けていた。そこには男が二人立っていて、学校の敷地内から完全に立ち去るよう求めてきた。三人は境界を越えて二メートルほど進んだ。ラインハルトが、カルステンとハンス＝ユルゲンの方を見ずに夕陽へ向かって投げかけた。

「俺たち、これからどうしたらいいんだ」

声の届く範囲でついてきていた二人の男の一人が、これに応じた。

「もし今、誰が首謀者だったのかを言えば、全部元どおりになるぞ」

ラインハルトが「あなたたちとは話さない」と答えた。二人の監視員は、引き退らなかった。

「君たちはまだ若い。国家人民軍や生産部門でやり直すこともできるんだ。党には気前のいい面もある。赦すことだってあるぞ」

ラインハルトは、学校からの追放にどれだけ怒っているか、忘れていなかった。

「もしかして、あなたたちの団体で、とか」

「ありうるだろうな」

簡潔な答えが返ってきた。三人は怪しい男たちから離れると、カールスルストのホテルレストランの方へ向かった。

＊

三人が追放され、教室を出て言ったあと、同志Kはもう一度クラスの方へ向き直った。

「疑いのある生徒が三人追放された。あなた方には彼らと距離を置くという分別があるようだ。今、彼らに唆されたのだと認めるのが、得策ではないか。あなた方は今、真実を述べる機会を、取り返しのつかない最後の機会を得ているのだ。罰を受ける恐れから自らを守っているかのように見せる必要はもうない。返答次第だと、全員が理解しているはずだ」

彼女が期待したのは、それぞれの態度表明だ。順に生徒を指名していった。最初に一列目の壁際、カルステンの席の隣、ホルスト・Zの方を向いた。ホルストはカルステンと仲が良かった。シャルミュッツェル湖の畔、ヴェンディッシュ・リーツ出身同士で仲が良く、学生寮では同じ部屋に住んでいた。友達が出て行ってしまい、彼は打ちのめされていた。だが感銘も受けていた。ラインハルトは同志Kに反抗し、クラスの連帯を尊重し、教室を去ったのだ。ラインハルトの言った事が頭の中に残っていた。言うべきことはわかっている。ホルストは立ち上がり、唇をギュッと前へ突き出した。

「僕の意見は変わりません」

この一言が決定的に響いた。他の生徒は連帯感を抱き、抵抗の足跡に続くことができた。そして、続かざるを得なくなったのだ。「クラス全員のために立ち上がる」そう思わせるのには充分だった。他の者もハッとして続いた。全員が共に行動を起こしたなら、誰か一人だけが他の者よりもより重く、あるいは軽く責任を負うということにはならない。

アルトゥールは、同志Kに付いてきた男のうち二人を知っていた。

「僕はそこの二人を知っています。教室を出た後は、僕も黙っていません」

アルトゥールは、彼らがナチスに関係していたことを知っていた。アルトゥールの父親は影響力のあるSED党員であり、それがこのようなもの言いをする拠り所となっていた。それで事態が紛糾することもなく、同志Kは任務を続けた。アルトゥールの父親を知っていたのかもしれない。彼女はアルトゥールをじっと見て、何も答えぬまま次へ進んだ。アルトゥールは座った。別の生徒がもう一度、三人が退学になったのは不当だ、あの件は全員忘れてしまったのだ、と。追放された三人を引き合いに出した。数名は、何も言えずに長い間立ち尽くしていた。それでも勇気を求めて戦い、最後にはその勇気を手に入れたのだ。告発を要求されたことで、クラスの連帯はむしろ強くなっていた。それぞれが抱く恐れは、このとき、クラスの敵に共に立ち向かうのだという連隊感により、消え去っていた。

十六時半を少し過ぎた頃、最後の生徒が団結した答えを表明した。同志Kがもう一度クラスに呼びかける。

「あなた方は、冷静になることを拒んでいるのだと、自覚するべきだった。あなた方は、ドイツ民主共和国でアビトゥーアを受けるに値しない。これをもって、全員を退学処分とする。ドイツ民主共和国内のいかなる高等学校においても、アビトゥーアを受けることは認められない」

「行こう。ここにいても、もうやることはないよ」

ギーゼラが自分の席からゆっくり立ち上がりながら他の者に呼びかけた。同志Kが厳しく追い討ちをかける。

「直ちに学校を出て行きなさい！」

ギーゼラは机をギュッと掴んで涙をこらえ、やっとの思いで身体を起こした。ゲルトが傍へ行き、肩に手を回して言った。

「今は我慢しよう、外でいっぱい泣くんだ。あいつらの前で泣いちゃだめだ」

私たちは皆、立ち上がった。脚が重かった。ゆっくりとドアの方へ歩を進めた。委員が私たちの様子を眺めていた。下に降り、途方に暮れて、重苦しく、呆然と、校庭に立ちつくした。学歴も、人生の目標も、消えてしまった。この瞬間に、全てが終わったのだ。十七歳や十八歳の人生が、こんな風に終わっていいものじゃない。恐れ、怒り、落ち込み、打ちのめされた。みんなはのろのろとカールスルストのホテルレストランへ向かった。

*

これからどうしよう？　心の中で、どうすることもできないという思いが膨れ上がった。ここからは共通の答えを出すわけにはいかない。それぞれで自分のことを考えなければならない。行く手は遮られていた。最初に出て行った三人は、ここには残らないと言った。ディートリッヒはもう出て行ったのだ、彼に倣うこともできる。女子たちの考えは違った。彼女たちは西側へ行こうとは思っていなかった。ギーゼラとウルズラは母親を一人で置いていきたくなかった。ゲルトラウトとヴァルトラウトには西側に頼れる人がおらず、西側に馴染みもなかった。ヴァルブルガは決めかねていた。彼女はまず、ＤＤＲで看護師かそれに似たような職を得る道を探したかった。ほとんどの男子たちもこれといった考えを持っているわけではなかった。空虚さを無視し、とりとめもなくあれやこれやと論じ合った。何人かはきっぱりと家へ帰った。胸には、両親に学校を飛び出してしまったことを報告する、という恐怖に満ちた決断があった。

クラスのみんなは、カールスルストの運動場で、十二月二十三日の日曜日に会うことを約束していた。その運動場は今、フリーデンスドルフ通り沿いにある。両親と話をした後なら、もう少し確かな話ができるだろう。こうして悲嘆と恐怖を背負ったまま解散し、茫然自失で家族のもとへ帰った。クリスマスイブの三日前のことだった。

クラスメートのうち四人が学生寮に住んでおり、その一人がジークフリートだった。彼は校庭の屋根付き駐輪場から自分の自転車をとり、ビルケン通り沿いに学生寮へ向かった。この寮は、現在では老人ホームとして使われている。ジークフリートが寮に着くと、ラウンジでホルスト・Ｚが彼の方をじっと凝視していた。隣に座る。これからどうしたらいいのか、ジークフリートにはわからなかった。明日には、いつもの週末のように、自転車でケーリクの実家へ帰りたいと思った。数分後、革のコートを羽織った男が二人現れた。彼らはジークフリートとホルスト・Ｚの方へ来て、「ここで何をしているんだ」と聞いた。退学処分が速やかに効力を発揮していた。学生寮は学校に属するため、直ちに出ていかなければならない、最後には建物じゅうに火をつけて追い出しかねないとまで言った。二人は立ち上がり、「せめて荷物をまとめる時間をください、そしたらすぐに出て行きます」と頼んだ。二人の男は頷いた。

ホルストはヴェンディッシュ・リーツへ行くため、フーベルトヘーエ駅までの道を、ジークフリートと共に歩いた。ジークフリートは十二キロメートルの道のりを自転車で走り、ケーリクの両親のもとへ向かう。十七時半頃のことだ。薄く雪で覆われツルツルに凍っている小径や大通りが、街灯の明かりもない薄暗がりの中に続いていた。ホルストは家に着くと急いで中へ入り、両親の揃っている居間のドア口に立ったまま、ただいまも言わず「僕たち、全員、学校から逃げ出してきた」と告白した。両親は、まるで麻痺したかのように固まっていた。息子が高等学校へ通い、大学進学クラスで学んでいる。両親の誇りだった。父親はクラスのための保護者会にも出席した。スピーチをして、誓ったのだ――ぜんぶ無駄だった。

「それで、どうするんだ、うん？」

ジークフリートは肩をすくめ、その姿勢のまま、「明後日、もう一度みんなで集まるんだ。日曜日。運動場で。みんなで話し合うことになってる」と話した。彼は、一部の同級生が企てている逃走計画をほのめかした。

「何をどうしたらいいのか、僕にもわからない」

＊

同志Kの厳しい態度は、言うまでもないが、政治的姿勢による独断的行動ではなかった。

県協議会国民教育局局長K女史との討議において、ランゲ大臣がシュトルコー高校を訪問し、教師および生徒と討論したことが知らされた。その際、大臣は一九五六年十二月二十一日までに首謀者を挙げよとの期限を設けた。教育省側の県評議会からの電話報告はなされなかった。県指導部側から、中央委員会との協議がなされるべきであった。教育省で遂行された協議および中央委員会ののち、県評議会教育局は、現在の状況は国家規律が保持され、大臣の指示が遂行されることにかかっているとの通知を受けた。これは一九五六年十二月二十日〔学校での協議〕に行われた。十二月二十一日、それに基づき教育部門部局長ほか委員数名がシュトルコーへ赴き、当該クラスのアビトゥーア受験資格を剥奪せよとの大臣の指示を遂行した。ランゲ大臣がシュトルコーへ赴きこの措置を取った事実について、フランクフルト・アン・デア・オーデルの誰一人として報告を受けていなかった(51)。

我々に対する判決におけるレゾン・デタの重要性が、ベースコー郡ＳＥＤ郡指導部により書き残されている。

委員会の見解によると、生徒の退学処分は、結論、彼らが集団で共謀し、黙祷の組織者を隠蔽したが故、また大臣の権威が保持されなければならないが故に、下されたのである(52)。

第十章　逃げろ！

西ベルリンへ

一九五六年十二月二十三日、クリスマスシーズンの第四日曜日、クリスマスイブの前日。十四時頃、クラスは学校からさほど離れていない街、カールスルストのサッカー場に集合した。問題は「西へ行くか？　ここに残るか？」だ。共謀計画が注意を引かないよう、シュトルコー＝キューヘンゼー対フォルトシュリット・シュトルコー（現ゲルマニア・シュトルコー）の親善試合を見に行った。クラスメートのヴォルフガングが、一次チームで初めて試合に出たのだ。私たちは集団でいても怪しまれなかった。

男子は全員来ていた。女子のうち二人、ギーゼラとウルズラは家に残った。二人の決断は早く、すでに西側へは行かないと決めていた。ギーゼラは病気の母親を一人で置いて行きたくはなかった。父親が戦死しており、母親は彼女の援助を当てにしていた。ウルズラは父親の死後、母親と共にシュトルコーの祖母のもとで生活していた。家族の繋がりが非常に強かったため、シュトルコーに残ることを選んだのだ。ヴァルトラウトとゲルトラウトは、シュトルコーから八キロメートル離れたブークから自転車に乗って来ていた。ヴァルトラウトの方は東側に残ると言った。ここまでの道すがら、ゲルトラウトは、残るべきかそれとも出て行くべきか、まだ決めかねていた。二人はまず学校のはす向かいに住むヴァルブルガを訪ねたが、ヴァルブルガもまだ西側へ行くか迷っていると言った。

二人は運動場に着くと、男子たちが逃げる道を選んだのだとすぐに気がついた。ヴァルトラウトが一緒に行かないことを告げ、ゲルトラウトがそれに同調したとき、ヴァルブルガはこの決定を男子たちが予期していたことがわかり、二人の考えを変えようとはしなかった。彼らはヴァルブルガに、もうアビトゥーアを受けられないんだぞ、よく考えろよ、それで良いのか、としきりに説いた。ヴァルブルガには、男子たちの方が毅然《きぜん》とした態度を示していたのに対して、女子の方は、また彼女自身も、より不安を感じているように思えた。ヴァルブルガはしかし、両親や家と深く結びついているヴァルトラウトとゲルトラウトと違い、残った方が安全だとも感じていなかった。例え高校を卒業できなくても生活に困らないから、この二人には野心がないのだと思った。ヴァルブルガにはそういう基盤がなかったのだ。ばらばらに引き裂かれるような気がしたが、女子同士で固まったまま、さしあたり男子たちからは一歩離れたところに立っていた。男子たちは、今話し合っていることを女子たちに聞かれたくなかった。知らなければ吹聴されることもない。

数人ずつが交代しながら、雪に覆われて白くなった広場でワーワーと応援の声をあげた。コソコソ話している最中はしかし、サッカー場にいる他の人たちにあまり目を向けなかった。意見はすぐに一致した。危険を冒してでも逃げるのだ。全員で一緒にやり遂げる。軽はずみな冒険心からではなかった。家族を大切にしているのはみんな同じだ。家族を置いて行くこともまた、私たちには恐ろしいことだった。まだ十七歳や十八歳の、両親といるのが当たり前だと思っていた子どもで、ちょうど家族が一緒に過ごすクリスマスの時期でもあったのだ。けれども、俺たちは仲間だ、偏狭な党幹部たちに抵抗するんだ、抵抗しなければならないんだ、という気持ちも、もう一度強くなっていった。プロメテウスのような反骨精神が、薄く雪の被さったサッカー場にわずかながら漂っていた。未知の事だろうと、思い切って敢行するべきなのだ。カルステンが、昨晩、ディートリッヒの所在を知っているかどうか聞くためガルスカ家を訪問し、両親に会ったときの話しをした。ゲルトが、自分も一緒に行ったのだと補足した。

「ディートリッヒは大丈夫だ。青少年のための宿泊所にいて、必要なものは揃ってるってさ。つまり、何も無いところに行き着くってわけじゃないんだ」

二人はベルリン＝シュパンダウに住むディートリッヒのおじとおばの住所を受け取っていた。ひとまずは彼らを頼ることができる。おじは牧師だから助けてくれるだろう。カルステンが住所を回した。

「ジーグリット・バウアーさんとアウグスト・バウアーさん。ザンドハイデヴェク三から五番地、シュパンダウ＝ピヒェルスドルフだって」

書き写すことはできない。メモが見つかったら最後だ。ゲルトが住所の語呂合わせをしようと提案した。

「じっくり扇ぐぞバウアーさん、サンドイッチで吐いてヴェー、太陽サンサン、午後はすっぱりダウン、これ以上食ったらピザ減る太る」

逃亡の手はずは着々と決まっていった。一人では行かないこと。必ず二人で行くこと。行動を開始するのはクリスマスの第一日目、二十五日から大晦日の間に限ること。それぞれの逃げる日は自分で定めること。

サッカーの試合が終わり、ヴォルフガングにも計画が伝えられた。次に会う約束はしなかった。みんな監視の目を怖れていた。望むらくは西ベルリンで再会する日まで、しばらくのお別れだ。

ゲルトラウトとヴァルトラウトは自転車でブークへ戻る途中にもう一度話し合い、やはり逃げないことに決めたのだった。ゲルトラウトによると、当時父親は「他の友達も逃げるなら一緒に行きなさい」と確かに言ったそうだ。だが彼女は、母親のために残りたかったのである。また、西側に親戚がいるわけでもなく、地元を離れたことがなかった。家族との結びつきも強く、実家を出るのは辛いことだったのだ。ヴァルトラウトは承知する他なかった。

あの年のクリスマスイブは誰にとっても重苦しいものだった。女子たちはより自覚して、家族の保護のもとへ帰って行った。しかし、アビトゥーア、つまり大学入学資格取得は、はるか遠くまで続く可能性の地平線を開く、ドアのように想像していたのだ。その失望が快適なはずの家の灯りに影を落とした。男子たちとその家族は、クリスマスイブを、間近に迫った別れの悲しみのうちに過ごした。

ひょっとしたら最後になるかもしれない。クリスマスの灯りは外からも見え始めていた平穏のシンボルとなった。暖かい場所にいると強い憧憬がこみ上げてくる。そしてその背後では胸を締め付けるような恐怖を感じていた。

ベルント＝ユルゲンも、西側へ逃げる決断をしたのだと、母親に報告しなければならなかった。最初の保護者会のあと、彼は、自分たちはおそらく学校を追い出されることになるだろうと話していた。また「そうなったら、僕たちは西ベルリンへ行く」とも言っていた。平静を保つために母親がどれだけの努力をしていたことか、彼は気がついていなかった。彼女は、息子が自分を置いて出て行くかもしれないと不安な日々を過ごしていたのだ。だが、とうとうその日はやってきた、クリスマスイブだ。最終的な決断を伝えなければならない。彼は簡潔に言った。

「僕は西ベルリンへ行くよ」

「だめ」

「いつかは出て行くことになるだろ、そのときも止めるつもりなの？」

兄弟のハンス＝ディーターが口を出す。

「ベルント＝ユルゲンをここに残してもしょうがないじゃん。こっちに残ったって何にもなれないんだよ？」

母親の気持ちが変わるのに大した時間はかからなかった。覚悟を決めて言った。

「なら行きなさい。あんたにとって、それが一番なんだね」

クリスマスの日、病気の祖母と「またね」の一言でお別れをした。長話をしてもしようがない。これ以上逃亡を遅らせたくはなかった。ヘルムスドルフを突き抜ける長い道を進む間、彼は母親の方を振り向かなかった。そうでもしなければ泣きだしてしまいそうだった。泣きたくなんかなかった。それでも涙が溢れてきた。母親に見せてはいけない。空はミルクのように白濁し、雪に覆われた通りに被さっていた。左側からどんよりした薄い鳶色の太陽が彼を見送っていた。シュトレーガンツ丘陵の森の雪道をしっかり踏みしめて進んだ。誰ともすれ違わなかった。真っ暗闇の中二〇キロメートルを歩き、ようやくシュトルコーのクラウス・Sのもとにたどり着いた。

クラウス・Sがベルント＝ユルゲンを迎えた。

四十年後、クラウス・Sは、西ベルリンへ逃げる決断をした理由について次のように書いている。

一部の教師の社会主義システムへの絶え間ない政治的追従は、繰り返されれば繰り返されただけ、どんどん信じる価値がなくなっていったんだ。どうしてあんな常套句を信じられるのか、さっぱりわからなかった。午後の準軍事演習がきっかけかもな。私はあいにくスポーツが好きではなかったし、おまけにあの演習を自由時間の無駄遣いと見ていたから、先生たちを憎み始めたんだ。MとSは私の中に政治システムそのものを具現化したし、彼らの説明や意見は虚偽、あるいは嘘だと思った。立ち向かう力や勇気を、誰も持ち合わせていなかったがね。

だが、黙祷がこれを変えたのさ。突然、私たちは強くなった、それに意見表明が効果的だった。あの永遠に続くようにも思われた黙祷を捧げている間、全員が耐え切って行動が成功しますようにとずっと祈っていた。

徹底対決の時期が始まり、党のそうそうたる親玉たちが私たちのところへ現れるたびに、その機運はどんどん高まっていった。対話の可能性は無い、妥協することもほとんど無理だと、次第にわかっていった。学校から追い出されたときは、どことなくほっとしていたな。まあ、私たちを脅した人たちがそれ以上何かすることはなかった。それから確かな勝利の感情が広がっていった。強くあるという気持ち、それから団結によって心を動かされたこと。私たち全員で、先に西側へ行っていたディートリッヒとの連帯を示し、システムに対抗し、大成功を収めたんだ。自分のクラスが、あんなふうに一致団結した仲間たちが、誇らしかった。遅くとも西へ逃げることをあの運動場で決めたときには、この気持ちが勝った。

だが同時に怖いという気持ちも生まれた。誰かが秘密を漏らしたら？　この計画がバレたらどうする？　それに、この後はいったいどんな風に進んでいくんだろう、という確かな将来への不安が大きな部分を占めていた。あのとき、私は初めて不眠を経験して、将来のことを考え始めたんだ、だってもう家へは帰れないかもしれなかったんだからね。それまでは完全に操られていた。

私はやっと自分で自分の責任を取るってことを考え始めたんだな。

シュトルコーで過ごした最後の数日は、クリスマスだった。息苦しくて、別れを告げたときのことが刻み込まれている。家で過ごす最後のクリスマス、最後の礼拝、庭や鶏のケージに行くのも最後だ。全部忘れたくなかった。隣の部屋にはトランクが用意されていて、必要な物が全部入っていた。シャツ類、下着類、寝間着、全部まとめられていた。逃亡を示唆するような物を持っていてはいけない、親戚のところで二、三泊する程度だ。しかし、自分でも充分疑わしいように思えた。

クリスマスの夜、ベルント＝ユルゲンが来て、我が家で一泊した。まるで《死刑囚の最後の晩餐》だった。二十六日の朝、できる限り目撃されないよう早めに家を出た。幸い近所の人が親切で、Ｓバーンのエルクナー駅まで自動車で送ってくれたんだ。シュトルコー駅から電車に乗って誰かに見られて、密告されるのが怖かったのさ。Ｓバーンの移動中は終わりがないように感じていた。それにとても興奮していた。もちろん心の中でね。フリードリッヒシュトラーセ駅まではまだ一時間以上もある。まるで永遠に続くようだった。緊張が高まっていった。国境ではどうなってしまうだろう？　乗客は全員電車から降ろされるかもしれないよな？　そうなったらとにかく落ち着くんだ。不安な時間を過ごした。しかし、何も起こらなかった。電車が到着した。二人ともしばらくはカチカチに固まって座ったままだった。西ベルリンのレーター駅に停まったとき、私たちは歓声をあげて抱き合った。とうとう西側に来たのだ。あこがれの西側に。私たちは自由で、あらゆる可能性があって、新しい自由が与えられ、極楽のように想像していた消費社会も含まれていた。あらゆる物がきれいで、より優れていて、明るく煌びやかだった。紙のたぐいや、前はこっそり靴下の中に隠して西側から東側へ持ち込んでいた、『ビルト紙』の大見出しさえも輝いて見えた。

ホルスト・Rとゲルト＝ディーターはクリスマスの日の朝九時頃に、電車でシュトルコーからケーニヒス・ヴスターハウゼンへ向けて出発した。地元の長いシュトルコーの医者であるホルスト・Rの父親は、息子を西側へ行かせたくなかった。息子のことが心配だったし、自分の医者という仕事にも不安が襲った。シュトルコーで悪い評判が立つほど度を越して寡黙だった父親よりも、果敢な性格である母親の方が逃亡に関しては思い切りが良かった。幾度もディートリッヒの母親を訪ね、ディートリッヒの様子を聞き、息子が面倒を見てもらえるという確信を得た。ホルスト・Rがエルンスト＝テールマン通りを駅の方へ向かったとき、彼女は閉じたカーテンの裏から彼を見送った。窓から身を乗り出すわけにはいかなかった。逃亡に気がつかれてはならない。ホルスト・Rがもう一度振り返ったとき、彼女はたまらなくなり泣き出した。いつもなら夫は彼女が泣くのを許さなかった。妻が自制しないことを嫌っていた。だがこのときばかりは泣くままにさせておいた。普段からもっと許されるべきだったのだが。

カルステンは病気の母親を置いていかなければならなかった。西側で暮らしている夫とは別々の生活をしていたのだ。クリスマスイブの夜、カルステンは一緒に逃げる約束をしていたホルスト・Zのもとへ行った。二十六日の朝早く、彼らはケーニヒス・ヴスターハウゼン行きの電車に乗るため、シャルミュッツェルゼー駅へ歩いて行った。ホルスト・Zはブリーフケースを、カルステンは小さなプラスチックケースをそれぞれ持っていた。替えの下着だけが入れられていた。Sバーンの電車がアイヒヴァルト駅に停車した。ザクセン訛りのドイツ人民警察二人による検問だった。

「おはようさん、身分証明書を出して」

プラットホームでは赤軍兵士が見回りをしていた。全て順調。

オストクロイツ駅で降車し、よもや追っ手がいた場合には混乱させてやろうと、人でごった返す階段を上へ下へとめちゃくちゃに動き回った。Sバーンの環状線で南回りに乗り込んだ。興奮を抑えるためにタバコを吸い始めた。危険が迫ったらいつでも外へ飛び出せるよう、ドアの脇にぴったりくっついて立った。いまだ東側のとある駅に停車したとき、車掌が呼びかけてきた。

「ちょっと、こっちに来な」

彼らは「なんだよ」と答えて次に起こることを待ち構えた。

「危ないから、タバコは消しなさい。Sバーンの車内は禁煙だぞ」

緊張が解けた。そして、西側へ入ると再び舞い上がってしまい、うっかりシュパンダウ・ヴェスト駅の手前で降りてしまった。二人はピヒェルスドルフの牧師宅まで、一時間かけて歩かなければならなくなった。

ジークフリートは苦しみながら逃亡を決めた。彼の両親は農場を経営し、ケーリクに腰を据えていた。両親は、自分で決めるべきだと、彼に選択を委ねた。だが彼らはこうも言った。

「他の人と違うことはしない方がいい」

彼らはただ、息子のために最善を尽くそうとしていた。ジークフリートは、ホルスト・Zがカルステンと逃げるのだと聞いた。つまり一緒に出発できる友達はいなかった。そこで父親が同行することになった。二十五日、父親と共に自転車でシュトルコー駅まで走り、朝五時半発のケーニヒス・ヴスターハウゼン行きに乗った。父親は少々の衣類と食料品を、D家がいつも持ち歩いていた、ちょっとした旅行にも使えるトランクに入れていた。同じ車両には偶然にも、西ベルリンを訪ねようとしていたディートリッヒの母親が座っていた。お互いに気がつくと、それぞれ車両を乗り換えて別の席に座った。なんの関わりも無いように見せるためだ。彼らは電車に乗っている間ずっと、西側へ入ってもなお、距離を保ち続けた。牧師館へ向かう最後の道中で初めて一緒に歩いた。ゼルヒョー出身で事情を知らされている牧師ビンダーは、ちょっとしたコメントをせずにはいられなかった。

「DDRの成年式を終えてから、西ベルリンの牧師館まで逃げてきたんですね」

ジークフリートは確かに十四歳の信仰告白を終えた上で、社会主義の催し「十四歳成年式」にもシュトルコーで参加していた。両親が、周りに合わせたほうがいい、不参加にはさせないと主張したのだ。

ディーターが他のクラスメートたちと共に退学処分を受けたと話すと、母親は驚き、また同時に途方にくれた。しかし、これからのことについて話し合いが始まり、他の男子たちは全員西へ逃げることを知ると、決心してこう答えた。

「いい？　正しい道はたった一つなの。その道を行きなさい。逃げて」

慎重になりすぎることはなく、利益と不利益の話もせず、決断を彼一人に委ねることもなく、ただ逃げるように促した。十二月二十六日、他のクラスメートと同じような道程を、しかし一人で歩いた。助けになるような連絡を取ることができなかったのだ。

なぜ彼の母親はそう決断をしたのだろう？　戦時中の「褐色の制服を着た独裁者」と戦後の「赤い旗を振る独裁者」が彼女の歴史を物語っている。彼女の夫、つまりディーターの父親は、ベルリンから南の方に位置するルートヴィッヒスフェルデにあった軍需工場、ダイムラー＝ベンツ―航空エンジン生産工場の幹部社員だった。ここでは外国人労働者が強制的に動員されており、その中にはソ連市民一千五百人が含まれた。強制労働従事者たちの世話を焼くのが彼の任務だった。わかりきったことではあるが、ＮＳＤＡＰ〔ナチ党〕の党員資格を持っていた。軍需工場で不可欠の仕事をしていれば前線に出る必要がなかったからだ。

戦争終結から三ヶ月後、彼は訴えられた。三人の男がシャルミュッツェル湖の畔の家へ来た。

「ポルトナーさんですか？　いくつかお伺いしたいことがあります。一緒に来てください。今、すぐに」

ディーターの目の前で起こったことだ。六歳だった。父親は男たちに挟まれて外へ出され、彼らと共に待機していた自動車に乗った。逮捕連行されるとはつまりこういうことだった。ディーターは恐怖でいっぱいだった。まだ六歳だったが、彼はそこで何が起こったのかをすでに理解していた。これから何が起こり得るか、何が起こりつつあるのか、誰もがわかっていた。父親、祖父、おじ、兄たちが逮捕された。母親は息子を慰めようとして言った。

「きっとまた会える」

だが、二度と会うことはなかった。父親は帰ってこなかった。彼は消えてしまった。逮捕後の夫の消息が、妻に知らされることはなかった。彼女の思いは「あなた、まだ生きているの？　死んでしまったの？」という問いに集約されていった。一九四五年末、手書きの便りが届いた。夫の筆跡だった。ソ連に捕らえられ、ホーエンシェーンハウゼンの道路建設作業員として働かされていた。拘留所で働く女性の一人がたまたま近くを通ったとき、夫はくしゃくしゃのメモをこっそり手渡した。まだ生きていることを伝える、妻への便りだった。勇敢にもこの女性はメモを引き受け、妻のもとへ届くよう取り計らったのである。一九四六年以降、知らせは届かなくなった。再びあの問いが浮かんだ。あなた、まだ生きているの？　死んでしまったの？　今はどこにいるの？　いつになったら帰ってくるの？

一九五〇年、五年という長い月日を空け、彼女は夫がまだ生きていることを知る。ディーターはもう十一歳になっていた。「君のお父さんはどこにいるんだい？」「お前の父さんって、何してるの？」五年の間、秘密にして、隠して、それとなくほのめかすか、あるいは信じても良い相手には「逮捕された。それっておおっぴらに話していいことか？　タブーだろ」と説明した。真実が深く刺さり、彼らは黙り込んだ。外の世界では「若きピオニール」という名の少年団に入った。そこで、白いシャツと青いネッカチーフの班長にさえなった。そして小学校ではグリーニッケ橋〔西ベルリンとＤＤＲの境に架かっていた橋〕に向かって歌いさえしたのだ。

僕らが並んで叫ぶとき
僕らが懐かしい歌をうたい
歌声が森にこだまするとき
僕たちは感じる
成功するに違いないと

僕らと共に　新時代が進む
僕らと共に　新時代が進む[53]

五年後、ついに知らせが届く。父親はまだ生きていたのだ。送られてきたのは有罪判決の通知だった。五年もの間、いったいどこに居たのだろう？　占領国ソ連により、彼はザクセンハウゼン強制収容所へ移されていた。閉鎖までの間、ここでは彼と共に六万人が収容され、一万二千人が命を失った。一九五〇年、その多くが釈放されたが、彼はその限りではなかった。彼にチャンスはなかった。かつて外国人労働者の世話役をしていた彼は《戦争犯罪人》だったのだ。

DDRの裁判所に送られ、悪名高いヴァルトハイム裁判で有罪の判決が下された。たった十分という短い訴訟手続きで、新任裁判官が二十年の懲役刑を課した。彼らはDDR建国初期の速成教育で、司法権の容赦ない執行者に育てられていた。その指導的人物が、見せしめのための公開裁判における悪名高い裁判長、ヒルデ・ベンヤミンだった。弁護士をつけることは許可されず、証言も許されなかった。彼が罪を軽減するため、外国人労働者たちに常に充分な衣食住を与えていたことを申し述べると、裁判官たちは五年の刑期を追加した。ドレスデンとライプツィヒの間にあるヴァルトハイムでの懲役刑を、彼は生き延びられなかった。一年後の一九五一年にはすでに両肺の結核を患っており、飢えがその回復を許さなかった。家族が埋葬することも許されず、彼は焼かれ、その骨壷は他の五百人のヴァルトハイムの死者と共に集団墓地へ匿名で埋められた。

有罪判決、家屋および土地の接収後、ディーターの母親はグリーニッケ市役所の秘書を解雇された。彼女は新しい勤め口を、ラードーのシャルミュッツェル湖近くにある小学校の手芸の教師に見つけたが、シングルマザーとその二人の子どもが、その僅かな報酬で暮らせるはずもなかった。父親のかつて働いていた会社が西ベルリンの特別口座に月に百ドイツマルクを送金しており、それはＤＤＲにおいては四百マルクに相当した。時折、以前の同僚たちも援助をした。

ディーターは、人生とは両義的なものであると学んだ。父親の有罪判決を聞いた母親は、当時十一歳と九歳だった二人の息子に言って聞かせた。「みんなと同じようにしなさい。もしかしたらそれがお父さんの助けになるかもしれないの」。彼らは周りに合わせて過ごした。だが父親の助けにはならなかった。それでも周りに合わせ続けると、彼らの学校生活を助けることにはなった。ディーターは《戦争犯罪人》の息子でありながら高等学校の進学許可を得た。三十マルクの奨学金さえ取得したのだ。ディーターは、そういう理由でＦＤＪの青いシャツを着て登校していたのだ。私たちは当時そのことを全く知らなかったし、彼もそのことを話すわけにはいかなかった。

＊

逃げる準備が整うまで、ラインハルトの気持ちは長い間揺れていた。逃げ出すというのは、彼にとっては本当の解決ではなかったし、まったく違うだろう西側の学校へ通う自分の姿も、想像ができなかった。「学校」は放り出されて決着のついたことだ。それに、敵と戦いたいなら、敵のいる場所で戦うべきだ。あっち側でどうしたらいい？ ディートリッヒが逃げ出したことを、彼は卑怯だと感じていた。そんな簡単に逃げちゃいけないんだ。一方で、安全でない地域を確実な足で入っていくことも自分にはできないだろうと、彼自身よくわかっていた。シュトルコー湖の畔でよく考えたが、それ以上わからなくなってしまった。そして最終的には祖母が決定を下した。ブライトシャイト通りの家の廊下で孫を納得させた。

「あんたは退学になったんだ、選択肢はないよ、出て行った方がいい」

彼は取り決めに反して、二十六日に一人で決行した。早朝の列車に乗った。学校カバンに入っていたのはバターを塗ったパンだけだ。後から母親が西ベルリンに住んでいる彼の姉の所へ、トランクを送り届ける手はずだった。彼は早くもSバーンの二駅目で降車した。二人の男に監視されているように感じたのだ。その男たちも一緒に降りた。次の電車に乗ると、その男たちもまた一緒に乗ってきた。オストクロイツ駅で降りると、階段で昇ったり降りたりを繰り返して男たちを撒き、ケーニヒス・ヴスターハウゼン行きの電車で戻った。男たちはいなくなった。バウムシューレンヴェク駅で降りる。そこから歩いて西側へ渡ろうと考えた。バウムシューレン通りで、新たに追われていると感じた。垣根を飛び越えて小さな家庭菜園の中に入り込み、開かれた東屋の中でゆうに二時間は隠れていた。誰も追いかけていなかったと確認したときには、街の姿から西ベルリンにいるのだとわかるほど、すでにかなりの距離を歩いていた。ノイケルンまで辿り着いていたのだ。ここから姉の家まで行き、数日滞在している間に、偶然にも自分のクラスの逃亡についてをＲＩＡＳで聴いた。次の日にマリーエンフェルデの緊急受け入れ難民収容所へ行くと、クラスメートが二人いて、回覧書類の記入や手続きを進め、他のクラスメートがすでに入っていたツェーレンドルフの青少年難民収容所へ行くまでを助けてくれた。西側の諜報機関によるシュトルコー＝キューヘン湖の兵科と兵力に関する詳細な質問に、ラインハルトは感銘を受けた。ＣＩＡの粘り強さは注目すべきだな、と思った。

＊

ヴァルブルガは年を越すまでに、二人の男の訪問を受けた。ベースコーあるいは他の街でアビトゥーアを受けられる、という申し出があった。この刹那、彼女ははっきりと自覚した。自分はDDRでアビトゥーアを受けたくないのだ。だがそうなると、DDRで大学へ行くのはもう不可能ということになる。まわり道をしたらどうだろう？　途方にくれた。父親には助言する能力がなかった。頷くばかりで、彼女の状況をちっとも理解していなかったのだ。看護師になるという現実的な案が浮かんできた。そうすればその先のことも決められるだろう。東ベルリンのヘドヴィグ病院へ至るまで、林立する病院の窓口をいくつも確認して回らなければならなかった。その周辺には病院が林立していたのだ。彼女はカソリック教徒だった。カソリック病院の職員は彼女に疑いの目を向けた。高校生では長く持たないだろう、というのだ。彼女は誓って言った。

「看護師になるのが私の夢なんです」

それから、何年生なのか、アビトゥーアは終えているのかという質問が飛んだ。さて、彼女は退学処分を受けたのだと白状せざるを得なかった。病院側の顔色が変わった。数分後、彼女はあっさりと断られた。信心深いカソリック教徒のヴァルブルガだが、庇護を求められたはずのカソリックの信仰も、安全地帯ではなかったのだ。東側にいては、これ以上未来はないのだと痛感した。西側へ行く決意を固めた。このことは母親にのみ話し、父親には話さなかった。父親は、国家の秩序原理に対して、従順すぎるように見えた。母親は彼女を支持した。ヴァルブルガが自分の進む道を見つける、それが一番いいことなのかもしれない。学校カバンを手に、一九五七年一月三日の早朝、ケーニヒス・ヴスターハウゼン行きの列車に乗った。三歳上の姉が同行したため、母親は安心して送り出すことができた。仲間たちを見つけられる可能性のある場所を、彼女はＲＩＡＳを聴いて知っていた。ホーエンツォレルン通りの青少年宿泊所だ。

＊

アルトゥールは一九五六年十二月二十七日、フリードリッヒシュトラーセ、シュパンダウ＝ピヒェルスドルフ、マリーエンフェルデと見慣れた街道を進んでいた。西ベルリンの祖母を訪ねる、という口実を考えてあったが、聞かれることはなかったし、祖母もまた存在しなかった。彼は父親に、自分の将来について相談した。父親はＳＥＤの党員だったが、息子の西側行きを思いとどまらせようとはしなかった。

「お前の人生じゃないか。自分で決めるんだ。やってみろ。うまくいかなかったら、戻って来ればいい」

父親の影響力のお陰で、東側に戻ったとしても、アビトゥーアを受けるために再び学校へ通える保証があったのだ。十二月十九日に二人の男の訪問を受け、クラスの挑発と関わりがないと表明するならアビトゥーアを受けられるぞ、という提案をされていた。アルトゥールと父親はこの提案に返答しなかった。二人の男は姿を消した。父親がアルトゥールに聞く。「あの提案、どうするつもりだ」。アルトゥールは決めていなかった。運動場で何かが起こるかもしれないと思い、そのときを待っていた。クラスメートとの話し合いを終えて、彼は自分が西側へ行くことになるのだと理解した。

男子で最後に残ったのはヴォルフガングだった。他の男子生徒たちがすでに西側へ渡っていた十二月二十八日になっても、まだ無防備にシュトルコーをうろついていたものだから、買い物中のクラウス・Sの母親が驚いて声をかけたそうだ。

西ベルリンの難民収容所前にて。左からカルステン、ゲルト、ジークフリート、ハンス＝ユルゲン、ディートリッヒの母親(ムッツ)、ディートリッヒ、ホルスト・R。1957年1月。

「どうしてまだ残ってるの？ 他の子はもう行っちゃったんでしょ？」

彼もとうとう気がついた。時間は差し迫っている。そして次の日には、西ベルリンへ逃亡したのである。

第十一章　冷戦のヒーローたち

西側が私たちを受け入れる

マリーエンフェルデの受け入れ施設でも、私たちはグループで行動し、お互いに助け合った。回覧書類を万事整え、全員でツェーレンドルフの青少年宿泊所に入居することができた。

私たちは不安だったのだ。この施設の中でも、私たちは用心深く過ごしていた。夜、横になるときはドアノブに紐をくりつけて、ドアの側に寝ている仲間の脚に繋げた。こうすれば、誰かがそっと忍び込もうとした場合、眠っていても気が付ける。

ディートリッヒはクラスのためにツェーレンドルフの青少年宿泊所へ戻ってきていた。収容所の小路では、だいたいいつも身をくねらせて通らなければならなかった。逃亡した者たちが手続きを待っていた。彼らは立ったり、トランクの上にうずくまったり、座ったり、コートの上に横になったりしていた。実に十五万人が、一九五六年の間にDDRから西ベルリンへ逃げてきていたのだ。

「サッカーチームが丸ごと出てきちまったらしいぞ」

と、叫ぶ声が聞こえたこともある。私たちは二段ベッドの据えられた二階の二部屋に別れて滞在した。それぞれの部屋には二段ベッドが据えられていた。

カルステンが、俺たちは逃げてきた他の若者グループたちに好かれていない、とぼやいた。誰かが彼にからんで「お前ら自分がなんか特別とか勘違いしてんじゃねえか、バーカ」と言ったのだそうだ。とはいえカルステンを不当にバカにしたのではないだろう。カルステンのことだから確かに傲慢な振る舞いをしたはずだ。正確に言うと、私たちの逃亡に関する報道が突然始まり、その子はショックを受けたのだ。新聞に載った顔写真が嫉妬させたのかもしれない。いくつか見出しの例を挙げよう。すべて一九五六年十二月三十一日のものだ。

『ビルト紙』
シュトルコーの勇敢なる最上級生たち、クラス一丸！　自由のために逃げた！

『アーベント・ポスト紙』
クラスの運命、生徒十五人が逃亡。ソ連区域から西ベルリンへ
裏切る者はいなかった。大臣への反抗

『フランクフルター・ナハトアウスガーベ紙』
革命と逃亡、クラス全員で

『ベルリナー・モルゲンポスト紙』
SED幹部、少年少女を脅迫。十五人が選んだのは、自由

『ターゲスシュピーゲル紙』
高校生十五人、共に占領地区より逃亡――ハンガリーへの思いが退学の引き金に

各媒体は月をまたいで報道し続けた。『ヴェルト紙日曜版』に記事を書いていたティロ・コッホ〔当時テレビやラジオで活躍していた西ドイツのジャーナリスト〕との出会いは強烈だった。NWDR放送〔北ドイツ放送〕の番組のためにインタビューを受けたのだ。仕事部屋に招待してくれたのだが、その快適な調度品の数々にはため息がもれた。家具、絨毯、壁の色の上品な佇まいに感銘を受けた。彼は矢継ぎ早に質問を重ねた。ソ連占領地区――彼はDDRとは言わなかった――は何年持ちこたえると思いますか？　ほとんどが五年から十年の間と答え、ディートリッヒは二十五年と言ったが、大げさに言っているようでなんだか恥ずかしく思えたため、小声だった。結局、東ドイツは三十三年間、続いたのである。

RIAS放送、SFB放送〔自由ベルリン放送〕、そしてNWDR放送が取材をしにきた。

ブダペストにソ連の戦車が侵入して、砲撃までしたと聞いて、ソ連政府の措置に今までにないくらい、クラスは大騒ぎでした。

君たちが全員で立ち向かったことは、当然後から、尋問の中で立証されたわけですが、それで、なんらかの方法で、教育庁はそのことに非常に早く気がついていた、ということになります。また、県教育委員会の役人が、一人一人を尋問するために学校へ来たんですね。

学校長が、それから後でＳＳＤ〔国家保安省。シュタージ〕の誰か、あとＳＥＤの、質問攻めでした。あんな状態じゃ誰も何もできません。あいつらはああいう質問でひっかけて、僕たちをお互いに争わせて、漁夫の利を得ようとしたんです。さっき言いましたが、こんなやり方をされたら、何もできるわけがありません。まるでナチの学校のやり方そのものでした。

あとで教育省大臣ランゲ自らがクラスに来て、演説をしました。それから大臣の個人的なことを語る部分があって、僕たちは大して感動したりはしなかったんですが、それから彼は、こんな風に僕たちに向かって話したんです。つまり僕たちは、僕たちは全員、ぐったりしてしまって、もうそれ以上は耐えられませんでした。だってかなりキツい言葉遣いをしていたんですよ。あの大臣は、一瞬だって大臣らしい、あるいは人間らしい態度を取らなかったんです。

あらゆることが大臣の怒りに還元されていたのは明白でした。彼は罪人も見つけ出せていなかったと言います。そうして、誰もが理解しました。何か目的があって来ているのだ、何か探し出すためなんだと。それから大臣は生徒たちをどうにかして怒らせようとしだしました。それぞれの両親のことを侮辱したのです。これが落ちついていられるでしょうか。そして言ったんです。生徒たちに言ったんです。君たちの両親がいったいどんな思想の持ち主なのか言いなさい、と。(54)

自由ベルリン放送では、遅れて到着したヴァルブルガがインタビューに答えた。

私たちは、もしそういう事態になったら、結果にはクラス全員で責任を負うんだ、と誓いました。それを誰も信じませんでした。真実と思いたくなかったというのもあるでしょう(…)

十二月二十一日、フランクフルトから三人、男の人が来ました。それで、もう一度私たちを説得しようとしたんです。けれど、うまくいきませんでした。それから、次に、クラスの三人を学校から追い出しました。前の日に、クラス全員のために発言してくれた子たちでした。それで、その子たちがクラス全員を同じ考えに引き込んだと(…)

それから、この三人を学校から追い出してしまって、私たちがもしかしたら怖くなったんじゃないかと思ったんでしょう。もう一度、しつこく聞いてきました。あの人たちが追い出したばかりの三人と、どんな関係なんだって。それから私たちは誓ったんです。クラス全員で責任を取るって言うなら、三人をクラスの仲間から放り出すなんて出来ないよねって。それで、その結果、私たちは屈服しなかったから、クラス全員が学校から追い出されることになりました。(55)

*

先ほどのティロ・コッホを出発点に、様々な編集室で、真の歴史や歴史の中の真実を初めて知ることができた。私たちは様々な報道写真を見た。SEDの主要人物だったウルブリヒトやDDR初代首相のグローテヴォールには興味を惹かれなかったが、西ドイツの初代首相アデナウアーや、とりわけヒトラーと彼にまつわる事には何でも興味津々だった。編集者たちも面白がっていた。私たちは、いくつかの時代に関して、実在の人物たちの真実の人生を、学校で少しも聞いたことがなかったのだ。特に国家社会主義の時代に当たるものは顕著だった。私たちの頭の中にあったのは概念と構造だけで、それをもとに何でも話すことができたけれども、本当のことは何も知らなかったのだ。歴史を語るとは、すなわち決まり文句を並べるということだった。どんな時代も、どんな個々の人物たちも、歴史の一線上の表象、ただの作用に過ぎなかった。とどのつまり、いとも自然に、名誉なる偉大なソ連から学ばなければならなかったSEDが、矛盾なく社会的地歩を固めるに至ったのである。あの報道写真の数々には、個人、状況、立場といった私たちのもっと知りたかった事が写り込んでいた。ナチ時代のことは共産主義の抵抗という観点からのみ知っていたが、ナチ時代そのものがタブーだった。

青少年宿泊所の中で、私たちは歴史に遭遇した。寮長はナチ時代の国防軍で大尉、あるいは一等軍曹だったらしいと聞いたのである。ディートリッヒは一足先に彼と知り合っていた。私たちには一等軍曹という説がもっともらしく思えた。彼は強引に秩序を追求していた。寮長が一段抜きで階段を上って来るときは、二階にいる私たちにもその足音が聞こえた。殆ど常に携帯していた定規を、上る間じゅう階段の手すりの木の部分の間に差し込んで、けたたましくガチャガチャと音を立て、予告していたのだ。「注意しろ、上官だ！」大晦日の夜、オーナメントで白く飾られたクリスマスツリーの前にすっくと立ち、短いスピーチを行った。青少年宿泊所に集まった者全員に、来るべき未来へ正しい考えを持つよう望んでいた。

「勇敢であれ、歯を喰いしばり忍耐せよ、決然と機会を捕らえるのだ」

それから彼は金切り声で叫んだ。

「我々は社会主義を望まぬ！　我々はドイツであろうと望む！　我々には固有の誉れがある！」

ほとんど誰もが喝采を送った。一部は気分が良くなかった。「あんな風に喋るのって、やっぱナチだよな？」ナチ風の反共主義者など一人もいなかった。カルステンが口を挟んだ「社会主義がどんなものか、わかったよ」

ディートリッヒは頷いた。困惑していた。この険悪な攻撃性が、威嚇のような働きをしたのである。何しろ私たちは、ほんの少し前にそういう所からやって来たのだ。

＊

ベルリンに配属されて少年保護に携わっていたあるアメリカ人の牧師が、私たちの面倒をよく見てくれていた。彼は遠慮のない性格で、私たちは夢中になった。彼の方も私たちを夢中にさせたがっていた。フォルクスワーゲンのブリーに私たちを乗せて様々な教会を巡り、礼拝堂では彼のテープレコーダーからゴスペルソングを大きな音で流し、色々と説明してくれた。とうとうフィナーレまで聴いてしまっても、私たちには、それがヘンデルの『メサイア』のハレルヤだとはわからなかった。そんなことさえ知らなかったのだ。この歓喜のあと、彼は神の崇高さについて説いた。しかし彼は誰かを宗教者にしようとはしなかったし、私たちは、誠実で親切、しかも開かれた人物と知り合えたのだと思った。だがそんな牧師であっても、不信感は拭えなかった。彼が私たちと出発するのは大抵夕方で、暗くなった後だった。いつ誘拐されてもおかしくはなかった。西ベルリンから東ベルリンへ拉致される、という話もあった。公道で簡単にああいう自動車に乗せられてしまうのだ。今日では、壁が建設される一九六一年までの間に、六百人がこの方法で西から東へ連れ去られたことが知られている。フォルクスワーゲンのブリーに乗っている間は、現在地を把握するのが難しかった。よく注意を払っておき、自動車が東の領域に向かい始めたらいつでもハンドルを奪い取れるよう、常に備えておくことを仲間と決めていた。過剰に注意深くなっていた。

＊

当局が私たちをＤＤＲに連れ戻したがっていることは、両親から聞いて知っていた。両親は帰還を説得する場合に限り、私たちと会うことが許されていたのだ。暗くなり始めた頃合いに青少年宿泊所の前の道路に立っていると、ロングコートの男が二人、道路の脇のすぐ見える所に必ずいた。私たちも気をつけていたが、まっすぐ彼らの方に近づいていくと、すぐに消えて見えなくなってしまうのである。

一九五七年一月三日木曜日、午後、カルステンが電報を受け取った。

「ヒドイヤマイ　カエッテキテ　ハハヨリ」

カルステンは混乱して言った。

「俺、どうしよう？」

母親が病気を患っていることは知っていた。だが「ハハヨリ」と書いてよこしたことは一度もなかった。いつも「ママヨリ」だった。母親が住んでいるヴェンディッシュ・リーツから郵送されたのでもなかった。病を知ってはいたが、それでも衝撃が走った。電報が偽造なら行くべきではない。しかし本物であるなら、生きている間にもう一度母親に会いたいと思った。シュトルコー町長のWが確かに言っていたはずの言葉を思い出した。

「復活祭の日には、彼らは全員、ここにいるだろう。必要に迫られて一人が戻れば、他の子たちも帰ってくる」

彼は寮長に助言を求めた。彼の忠告は明確だった。

「行くべきではない。電報は罠だ。向こうへ行ったら二度と戻って来られないぞ」

不安は消えなかった。カルステンはシャルロッテンブルクに母親の友人たちを訪ねた。友人たちは、お母さんは大丈夫だから、と電報をビリビリに破いて捨ててしまうよう勧めた。軍隊にいるかの様に緊張せずにはいられないまま、一晩眠った。次の日の朝、彼は母親のもとへ戻ることを決意した。彼の話を聞く限りでは、私たちにはそれを思いとどまらせることができなかった。彼は十三歳の妹とたった二人で母親を見てきたのだ。父親はカルステンの母親と離れ、西側で暮らしていた。寮長は譲歩せざるを得なかったが、自由意志で東の領域へ戻ることを書面で説明するよう求めた。カルステンがその書面を用意をしているまさにそのとき、事務所にホルストが駆け込んできて、突然大声で笑い出した。

「全部、嘘っぱちだ！　お前のお母さん、下に来てるぞ！」

カルステンが下へ走って行くと、正面玄関へつづく階段に母親が立っていた。彼はあまりにも興奮してしまい、すぐには電報のことを言い出せなかった。母親は暖かい服や何かを運んできてくれたのである。

「電報？　いいえ、私は出してないけれど」

二人のそばに偶然記者が立っていて、この事件をすぐに記録した。その記事は次の日にはもう『ビルト紙』で読めた。そして母親は、その日じゅうにＤＤＲへ帰って行った。

次の日、彼女は見慣れたロングコートの男二人による訪問を受ける。男たちがあの新聞を突きつけた。ＤＤＲの法律では逃亡幇助行為は禁止されており、禁固刑を科される可能性があった。彼女は、「息子を連れ戻そうとしたんです。あの子、防寒着を持っていなかったものですから、冬着を持っていってあげたんですよ」と言い逃れし、この件でそれ以上追求されることはなかった。シュタージがあの電報を発信させたのかどうかは、わからずじまいだった。カルステンはＦＤＪの重要人物である五歳年上の従兄弟のことを考えた。肺結核を患っていた間も、従兄弟には変わらず給料が満額支払われていたのが、どうも奇妙に思えた。影響力を持ち功績のある同僚がいるのに違いない。この気づきとともに、家で起こったあからさまに批判的な会話の記憶が蘇った。もしグレーテル――カルステンの母親だ――が俺の親戚じゃなかったら何をしたかわからないぞ、と言ったのだ。近しい家族以外ではその従兄弟が唯一母親の病気を知っている親戚だった。カルステンは今日にいたってもまだ、従兄弟の放った言葉を本人に問いただしてはいない。

同日、私たちはベルリン市の文化大臣チブリティウスの招待を受けていた。大臣と共に長い会議机を囲んだのだが、その長机は高い壁に囲まれた部屋の真ん中にあり、壁と同じ高さの窓の間に暗い色の家具が置かれていて、それらの調度品が、文化省の気品を醸し出していた。上座に座った大臣の顔は誰からでもよく見えた。彼の顔には、溢れるユーモアや、親しみを持てる人の良い落ち着きがよく表れていた。ＤＤＲの大臣とはまるで反対だった。大臣は私たちの黙祷とまとまった逃亡を讃え、置いてきた両親や家族のことを思いやり、西ベルリンで一九五七年秋のアビトゥーアを元のクラスの仲間たちと共に受けられるよう取り計らおう、と申し出た。私たちは感謝を示したものの、ここは安全でなく、両親たちは私たちを連れ戻すようといつまでも圧力をかけられかねないため、西ベルリンには留まりたくないということを説明した。私たちは西ドイツへ、連邦共和国へ行きたかったのだ。そして具体的な提案が出され、私たちはすっかり惹き込まれてしまった。大臣は私たちの考えを理解してくれていた。

*

当然のことながら、家族や兄弟の訪問が何よりも嬉しかった。私たちを連れ戻せという指示があったため、彼らは私たちを訪ねることができたのだ。家族はまず公式の指示を伝えてから、父親、母親、兄弟らしい会話をした。彼らが口にするのは、心配でたまらないという意味の言葉ばかりだった。私たちは強がって見せた。心配されると弱くなってしまう気がしたのだ。彼らは同志たちとの話し合いについて語った。偽装や、策略に長けた会話。国家に忠誠があるように見せかけようとしたのだ。彼らが私たちに関する証言をするときはいつも、そういうことを毎回、請われたのである。当局の者たちは、子供たちがどれだけ頑固に隠れていることか、どんな説得も反抗心を大きくしただけだ、と聞かされる羽目になった。

一九五七年一月七日、ディートリッヒの誕生日に父親が再び会いに来た。飛行機でフランクフルト・アム・マインへ向かう前日のことだ。私たちは半円を描いて彼の前に立ち、別れの挨拶をしっかり聴いた。

「ああだこうだと言いたくはないが、いいか、お前たちは今から独りで生きていくんだ。両親にあれこれ尋ねることはできない。人生がお前たちを避けられないような特別な状況に導いている。しないではいられなくなったときは、ちゃんとゴムをつけなさい。望まない結果を生むかもしれない、そういうことを先に考えてから、行動するんだぞ」

困惑、そしてにやにや笑い。普通、父親はそんな風に直接的に話すものじゃない。共に過ごせる最後の瞬間だ、というこの状況が性的なことへの警戒心を解き、権威主義的な沈黙をも破らせたのだった。

同日、私たちはマリーエンフェルデで、緊急受け入れ措置による西ベルリン及び連邦共和国の滞在許可証を受け取った。西ベルリン最後の夜、両親たちは家へ帰って行った。ベルント＝ユルゲンとディートリッヒには特別な訪問客があった。それぞれの彼女が、別れの挨拶をするため青少年宿泊所を訪ねてきたのである。四人は連れ立ってホーエンツォレルン通り近くの公園の奥の方へ行き、秘密裏に監視されていないか確認した。それからベルント＝ユルゲンは彼の彼女と、ディートリッヒも彼の彼女と屋根つきの東屋に、お互い邪魔をしないため三メートル離れ、それぞれで腰掛けた。ベルント＝ユルゲンとディートリッヒは仲が良く、キスや思わせぶりな愛撫で若い衝動を解消しても、お互いの妨げにはならなかった。暗闇の中で恋人たちは、したいことと、実際にできることの間の世界に没頭していった。彼女たちは終電車でシュトルコーへ戻らなければならない。いつかまた会えるだろうか？

*

一九五七年一月八日、出発の日。テンペルホーフ空港まで送迎があり、何人かの母親は見送りにきていた。正午ごろに飛行機で出発すると言われていたが、離陸は二時間ほど遅れ、理由を告げられることはなかった。私たちはもう一度、親族と別れを惜しむことができた。抱擁、希望、期待、涙。そうして、私たちはタラップに立つ。飛行場のカフェのバルコニーに並ぶ顔を見ようと振り向く。母親たちの姿が目に入る。最後のウィンク。飛行機のボディに乗り込む。私たちが最後の乗客だった。

フランクフルト・アム・マインに到着した頃にはすでに暗くなっていた。飛行機から出て、階段を下りていく。フラッシュの嵐。レポーターの要望で近くにあった輸送機の上に登り、手を繋いで高く上げ、暗闇の中で笑った。いかにも重要というように見せる演出が、私たちの周りを雲のように取り囲み、新しい故郷へ運んでいった。

第十二章　キャリアの終わり

同志ゲオルグ・シュヴェアツ校長、降格される

私たちは逃亡したのだから、SEDとシュタージは無駄な努力を中止できたはずだ。だが、それで私たちの件が幕引きを迎えることはなく、同志たちは引きつづき任務を果たさなければならなかった。最初に非難の矛先が向けられたのは、ゲオルグ・シュヴェアツ校長だ。

つまり、あの廊下で言ったことが私の命取りになったんだ。君たちは退学になったら開かれた国境を通って出て行ってしまった。小学校教諭のヘルベルト・ミュラーが言ったそうだ。「あのシュヴェアツって奴はグルだったんだな。こっそり逃げ出すことになる、なんてどうして知っていた?」

考える頭があればわかりきったことだろう。十七歳の若者を退学させるなら、その背後には両親がいる。そして彼らはこう言うんだ。私たちの子どもにはアビトゥーアを受けさせたい。そこで何も動かないでいてみろ、どうなるかは目に見えている。あれはまったく不運としか言いようがないが、私の政治的出世は、あそこで絶たれてしまったんだ。書類でも通告されたんだぞ。[56]

ベースコー郡評議会
国民教育局

拝啓

親愛なる同志シュヴェアツ殿！

胃疾患および激しい神経過敏により、貴殿はシュトルコー高等学校の学校長として、学校運営に充分の責任を果たせる状態にない。かかる事由により、真に遺憾ながらシュトルコー高等学校の校長代理としての貴殿の任務を解かざるを得ない。国民教育局は貴殿の全力をもってイデオロギー教育および一般教育に力を尽くし、シュトルコー中等学校校長の補佐を精力的に行うよう期待する。

敬具

ベースコー、五六年十二月二十二日

（H）

部局長[57]

一九五六年十二月二十七日の状況報告で、部局長が校長を厳しく、より直接的に非難しているが、ゲオルグ・シュヴェアツはそのことを知らなかった。

高等学校校長としての完全なる無能および大臣の指示黙殺により、同志シュヴェアツは校長代理の任を即座に解かれた(58)。

ゲオルグ・シュヴェアツは降格され、勧告を受けた。一九九四年、解任されたときのことを、本人は次のように語っている。

それで、まあ、色々なことが起こった。ある日、直ちに校長職を解かれ、政治的行事には二度と参加できないという通知を受けた。党大会は参加不可、あの学校に関わることに助言するのも不可。そうこうする内に学校視学官ギュンター・ヴォルフが、私に代わって、ここの校長職に就いた。私は初級学年の教師としてゲルスドルフ〔シュトルコーの村〕に配属させられた。つまり、罰を受けなければならなかったんだな。刑務所に入れられる代わりに、高等学校教師が初級学年の教師として小さな村の学校へ追いやられたのさ(59)。

とはいえ、ゲオルグ・シュヴェアツはこの左遷に首尾よく対抗したらしい。

シュヴェアツはそれに納得せず苦情を訴えた。シュヴェアツが再び高等学校教師に返り咲くべき立場にあることは考慮されていた(60)。

高等学校ではなく小学校ではあったが、彼は引き続きシュトルコーで教えることができたのだ。半年後の一九五七年七月十五日、部局長の同志Hがゲオルグ・シュヴェアツの査定を書いている。彼は、フランクフルト・アン・デア・オーデルの県党学校に通う適性を認められ、教員としての新たなキャリアの見通しが立った。

国民教育省
シュトルコー中等学校教師同志ゲオルグ・シュヴェアツの県党学校業務に関する査定の件

同志シュヴェアツ、一九二五年四月三十日生まれ。労働者階級出身であり彼自身も農業に従事した。一九四六年、ベルナウの新教員養成課程に通い、一九四六年九月一日より教職に就いている。彼の教師ぶりは非常に勤勉、几帳面かつ熱心である。また生物学の専門知識に優れている。一九四八年よりシュトルコーでの教師生活を中断。専門的および社会的業績に基づきシュトルコー高校の前校長に任命。遺憾ながら同志シュヴェアツは当該高校の教師六名を一つの共同体に結びつけること、また高等学校生徒らの社会主義教育を正しく計画するということを心得ていなかった。教師陣の分裂、生徒らへの不十分な要求、また各家庭との芳しくない協力により、高等学校生徒十六名を一九五六年十二月の資本主義圏への逃亡行為に導くという、階級敵による思想誘導活動を実現させることとなった。右記に基づき、同志シュヴェアツはシュトルコー高等学校の校長職を解任せざるを得なかった。同僚の無党派教師は、しだいに思想教育業務の改善と民主主義的公開の協力を引き出すということを是認していなかった。（原文ママ！）ＢＰＯ（企業内党組織）に同志シュヴェアツは積極参加している。役員解任の内的克服は当初大いなる困難を与えたが、とはいえ教育的に非常な効果を発揮したというのが我々の見解である。

一九五七年七月十五日

署名
（Ｈ）
部局長(61)

ゲオルグ・シュヴェアツはこの通達に関して、四十年後に次のように述べている。

つまり、当局は私をもう一度、幹部にして、味方につけようとしたわけだ。一年後のことだ。彼らが言うには、専門能力のある若者たちが必要だったのさ。だが、私にはもうそんな気はなかった。幹部コースにはリスクが多すぎた。私はもう一度本領を発揮して、数年の間は技術者養成所の所長をしたよ。それから《教育学講義》で学術的な仕事をする決意を固めた。それで、実際にこの方面の仕事をする機会にも恵まれたんだ(62)。

生物学を修めた後、彼は放送大学で五年間化学を学んだ。最終的には二つの分野で大学卒業資格を得たのである。

*

同志シュヴェアツの降格を決定づけた要因は「ＤＤＲはソ連の植民地だ」という発言を巡るものだった。フランクフルト・アン・デア・オーデルのＳＥＤ県指導部所属の同志Ｗが、一九五七年一月三日にシュトルコーの事件に関してまとめた報告に書いている。

当該学級においてハンガリーの反革命運動に捧げる黙祷が二日に渡り敢行された。その数日前、歴史授業の時間、生徒Ｖにより、「ＤＤＲは《ロシアの植民地だ》」とヤジが飛ばされた。校長シュヴェアツはこの生徒に「報告はしない」と約束した。圧倒的多数の学生が西側へ逃亡した後、シュヴェアツはまずこの点を白状した。以上が校長職解任の主原因である。[63]

いったい、なにがあったのか？　ラインハルトの記憶によるとこうだ。

十二月二十一日にクラスが閉鎖になった後で、ゲオルグ・シュヴァアツから家へ来るようにと言われたんだ。それで十二月二十二日の晩にシュヴェアツの自宅へ行った。部屋には入らないで廊下に立ったまま、俺は「なんですか」と率直に聞いた。向こうも率直に聞いてきた。言った通り、歴史教師のヴェルナー・モーゲルのところへ、授業中に「ＤＤＲはソ連の植民地だ」とヤジを飛ばしたことについて謝罪しに行ったのか、って。俺は、ヴェルナー・モーゲルのところへは行かなかったし、行くつもりもないと答えた。どうして謝罪を促されているのかってことをよくよく考えてみて、ヴェルナー・モーゲルのところへは謝りに行かないぞと結論を出したんだ。俺は学校から追い出された。ヴェルナー・モーゲルは裁く側に回ったんだ。ヴェルナー・モーゲルなんかもうどうでもよかった。

シュヴェアツは叱る代わりに別の要求をしてきた。黙っていると約束したが、その約束から解放してくれと言ったんだ。「私は党員だ。私は、党に釈明しなければならなくなる、党がそう要請してきている」。それで俺は「シュヴェアツ先生、先生のすべきことをしてください」と答えた。免除はない。約束は約束だ。俺は背を向けて出ていった。それ以上、シュヴェアツの言うことなんか聞いてられなかった。約束を取り消せるかって聞いてきたんだぞ、心底くだらないと思った。でも同時に、シュヴェアツは怖がっているんだってことにも気がついた。党から責任を問われるんじゃないかって。「ソ連の植民地」というヤジを見過ごした。党員として、校長として、やらなければならないことを怠ったんだ。告発する生徒がいるかもしれない、と恐れていたんだろう。

この考えはゲオルグ・シュヴェアツの心に重くのしかかっていた。当時の思いをこんな風に語っている。

それで、深く考え込んだな――神様、またですか、またあの黙祷のような道を辿ることになるのですか、何故このようなことをなさるのですか？ ――しかし、あのことを後になって尋ねてくる者は一人もいなかった。つまり、公には誰もあのクラスについて何か吹聴して回るようなことはなかったんだよ。だが、私にはすぐわかった。ああ言うことを言って回るのは危険だったんだ。政治家についてはもしかしたら、まだ陰口を言っても大丈夫だったかもしれない。だがソ連のことは、命に関わることだ。殺されるかもしれなかった。[64]

この想定は現実的なものだった。一九四九年施行のＤＤＲ憲法六条には、次のような記述がある。

民主主義制度、民主主義組織に対するボイコット扇動、民主主義政治家に対する殺人扇動、信仰――、人種――、民族憎悪の表現、軍事プロパガンダならびに戦争扇動、その他のあらゆる同権に反する行為は、これを刑法典の趣旨により重罪とする。憲法の趣旨における民主主義の権利の行使はボイコット扇動ではない。

この重罪を犯し処罰される者は、公務、経済的あるいは文化的人生における指導的立場においてもまた活動の権利を失う。[65]

このボイコット扇動に関する条項は、普遍にあらゆる政治的逸脱行為が刑法により訴追され得ると解釈され、また実際に訴追されていたのだ。ソ連に対する侮辱は、全てこの条項に値した。ゲオルグ・シュヴェアツは自らを救うため、筋の通った行動を心掛けていた。

一九五六年十二月二十三日、シュヴェアツがこの事件に関し同志メエーリンクに情報を提供した、しかしながら、同志Wが最初に知らせたのは一九五七年一月二日になってのことだった。(66)この報告はその先も続いている。

引き続きの談話にてシュヴェアツが次のように説明した。一九五六年十二月二十三日、郡指導部の同志メエーリンクがシュヴェアツに、一九五六年十二月二十三日、十二年生クラスの全生徒がシュトルコーの運動場に集まり、申立てによると、ここである話し合いが執り行われていた、と報告をした。シュヴェアツはメエーリンクに、その場で何かを試み、党に通報するのが彼の義務であろうと注意喚起した。この警告にメエーリンクは従わなかった。

同日夜、シュヴェアツは十二年生クラスの女子生徒Gを訪ねた。若者たちが一九五六年十二月二十三日に運動場に集まっていたことを確認。十八時に十二年生クラスの若者たちによる新たな会合が持たれることを知った。この会合の内容に関してGは報告していない。Gはその内容について知らされていないということだった。

この警告を同志シュヴェアツはＳＥＤ郡指導部の職員、同志メエーリンクに回した（メエーリンクは校内問題に責任を負う。また郡指導部以前はシュトルコーの高等学校の校長であった[67]）。

ゲオルグ・シュヴェアツはラインハルトをシュタージの直接介入から守った。彼はクラスの前でした約束を守った。だが、家族を壊される危険があるならば、それ以上約束を守り続けるのは困難だった。深刻な葛藤である。しかし、ラインハルトは二度、救われた。今回は同志ハンス・メーリンク（シュタージの書類では誤記されている）のお陰だった。例の報告は十日後、新年の開けた一九五七年に入ってから、やっと党の県上級職員に転送されたのだ。ラインハルトは前の年の間に西側へ逃げていた。

＊

ゲオルグ・シュヴェアツは、不確実な状況と脅迫に悩まされた当時の精神状態を思い返している。自分自身も逃亡しようと考えたが、もっと大切な家族のことが頭から離れなかったと言う。

それに加えてだ、いよいよ私も逃亡するかもしれなかった。だが私は旧西ドイツのあちこちの州から絶え間なく脅迫状を受け取っていたのでね。特にバイエルンが多かった。「共産主義の豚ども、高校生を追い出しやがったな。いいか、首を洗って待ってろ(68)」

そのほかにも彼は色々と思い悩んだそうだ。

妻は赤ん坊を抱いていた。まだ八週間の、乳飲み子だった。そんな子を残して出て行けるはずがなかった。もう一人子どもがいた、ちょうど四歳だった。あの子の手を握って言った。お父さんは知らないところへ行くよ、田舎に引っ越すんだ。先生として働けるかはまだわからないけれどね。脅迫状も随分受け取った後だ。「豚野郎をくってやる」。つまり、私は亡命者扱いされなかっただろう。住まいを得られるかもわからなかった。戦後のことだ、住むところがないのは想像がついた。この東側には住む家があった。私は逃げることを考えるのをやめて、私は残る、ここに居るよ、ここが私の居場所だ——と言った。そういうわけだ。それから私は「歴史」から距離をとって静かに暮らしてきたのさ。(68)

この話を聞かせてくれたとき、シュヴェアツは、どんな条件が整っていれば自分も逃げただろうか、と改めてじっくり考えを巡らせていた。

一九五七年七月十五日にあの通知を受け取って、それで西ドイツへ行っていたらどうなっていただろう。だが健康上の理由でこの通知が……いつもの手だった、誰かがお荷物になったら、健康上の理由をつけて消してしまうのさ。この通知で、私は西ドイツへも行かれなくなったんだろうな。(70)

DDRに残った理由として、自分の出自を挙げている。その出自が、DDRに対する肯定的な態度と密接に関わっていた。

私は農業労働者の子で、とても質素で貧しい生活をしていたんだ。小学校以上は進学しなかったかもしれない。だがこの国が、アビトゥーア受験と専門学校の卒業を可能にしてくれた。一銭も払う必要がなかったんだよ。私はミュールハウゼンで学んだが、旅費も家賃も国が出してくれた。つまり、あの頃まではドイツのどこであっても、才能ある若者がなんの支払いもせずに学べるなんていうことはなかった。それで腹立たしい出来事があったのにもかかわらず、そうだ、言ったように、これはひょっとしたら脱線かもしれないが、この国は、才能ある若者に可能性を与えて、最も高いレベルの教育を身につけさせているのだから、もしかしたら、ちっとも悪くなんかないのかもしれないとも考えたんだ。私はつまり、政治的に分裂していた。だから言ったんだ、君がここにはもうウンザリだというなら、君たちが実際やったように、向こう側へ行けばいい。でも、こちら側は、なあ、そうだ、そんなに悪くはなかったのさ。[71]

このＤＤＲへの肯定的な姿勢は、生徒たちへの向き合い方にも表れていた。私たちのクラスに対しても同じだった。

君らとは楽しく働いたものだ。どの教師たちも、朝はクラスと会うのを楽しみに目覚め、仕事をしに行き、クラスの面倒をよく見る、そうだったらいいなと思っていた。そういうクラスの一つだった。だからな、そりゃ(…)あのクラスが消えてしまったのは私たちにとっても嫌な話だったよ。[72]

この屈託の無い心情のあまりに、ゲオルグ・シュヴェアツは降格の憂き目にあったのだ。

誰かと連絡を取ろうともしなかった。数年の間ひどく落ち込んでしまってね。実際、親戚連中としか付き合わなくなってしまった。党集会へ行って、党集会から帰宅して、あとは引きこもっていた。まったく、あの頃に何かしら行動していたらなあ。すっかり孤立してしまっていたよ。それから自分で自分を罵り始めた。「お前、いったいなにをやっているんだ？」そうやって自分に問うことで、意気消沈していったのさ。何もかもがどうでもよかった。だがどうにかして乗り越えたかった。[73]

その当時のひどい落ち込みが、今でも尚、ＤＤＲの教育については必ずしも否定をしないながらＤＤＲには批判的な、ゲオルグ・シュヴェアツの意識と結びついている。彼は、シュトルコーを幽霊のように漂い、支配していた当時の不安のことを、次のように話している。

このシュトルコーにいたシュタージの部隊が住民に不安を植え込もうとしていた。結局のところ、あのクラスの子たちが出て行ったのは正しかったってことだ。そうさ、あんなのは予想だにしなかった。私にも思いがけないことだった、当時の体制ってものはな。

そして、

認めるよ、私の不安は意識的に煽《あお》られていたんだと思う。ガツンと一発やられたみたいなものさ。だがまあ、落ち着いたものだった。それから当局はこう考えたんだ。教師たちが逃げたら、私も一緒になって逃げ出すだろうと。彼らは私をもう一度なだめようとして約束したのさ、「大学の講師になれるかもしれない」。それから続けて言った、もし私が反抗するなら、ものすごく大きく、面倒なことになるだろう、そうしたらもう授業はできないだろうなと。当たり前だ、国家に仇なす教師が子どもたちに教えられるわけがない。それは何も新しく始まったことじゃない。党内の意見は完全に一致していた。それで同志Mが私に向かって言った。「だから、なあ、ほら、つまりな、君だって山ほどの失敗を積み重ねてきただろう」――失敗の山とはなんだ。失敗なんかじゃなかった。学校は成長できたはずなんだ(74)。

ゲオルグ・シュヴェアツは次のように推論した。

政治的まぬけに統治されるというのは、国家にとって憂慮すべき事態だ。そういう奴らは、ここ、シュトルコーにもいた。賢い人たちも、もちろんいたよ。シュトルコーにはあの(…)SED郡指導部の奴がいたな。私の考えでは、しっかり理性的に話ができたのは、あの男くらいのものだった。「つまり、この歴史っていうやつは経済のことなんだ、ここじゃ上手くいかない、あちらでだって上手く行きっこないんだよ」――こういう話はごく一部の同志にしかできなかった。誰に話しても大丈夫かは、当然わかっていなくちゃならなかった。後追いでくだらないことをべらべら喋る大多数は、新しいドイツから逸脱しないように注意を払っていた。そうやって新しいドイツは成立していたんだ、ホーネッカー氏もそう言ったように。そうさ、だからみんな巧いことお膳立てしてやらなくちゃならなかったんだよ。あのホーネッカーは全知の人間である必要があった。実際のところ、彼は、抜け目ない連中が自分についてどんな風に書き記しているのか、ちゃんと関知していたのさ。あの同志はなんでも知っていた。牛の乳搾りのやり方も知っていた、金融政策の進め方も知っていた、ともかく何もかも知っていたんだ。

それはつまり《我々は階級闘争をここに示したのだ》というやつだ。実際にはこの間抜けたちは、そっくりそのまま反対のことをした。彼らは自分たちの階級を、国家の指導階級をも傷つけたのさ。[75]

第十三章　嘘をつくのは、ごめんだ

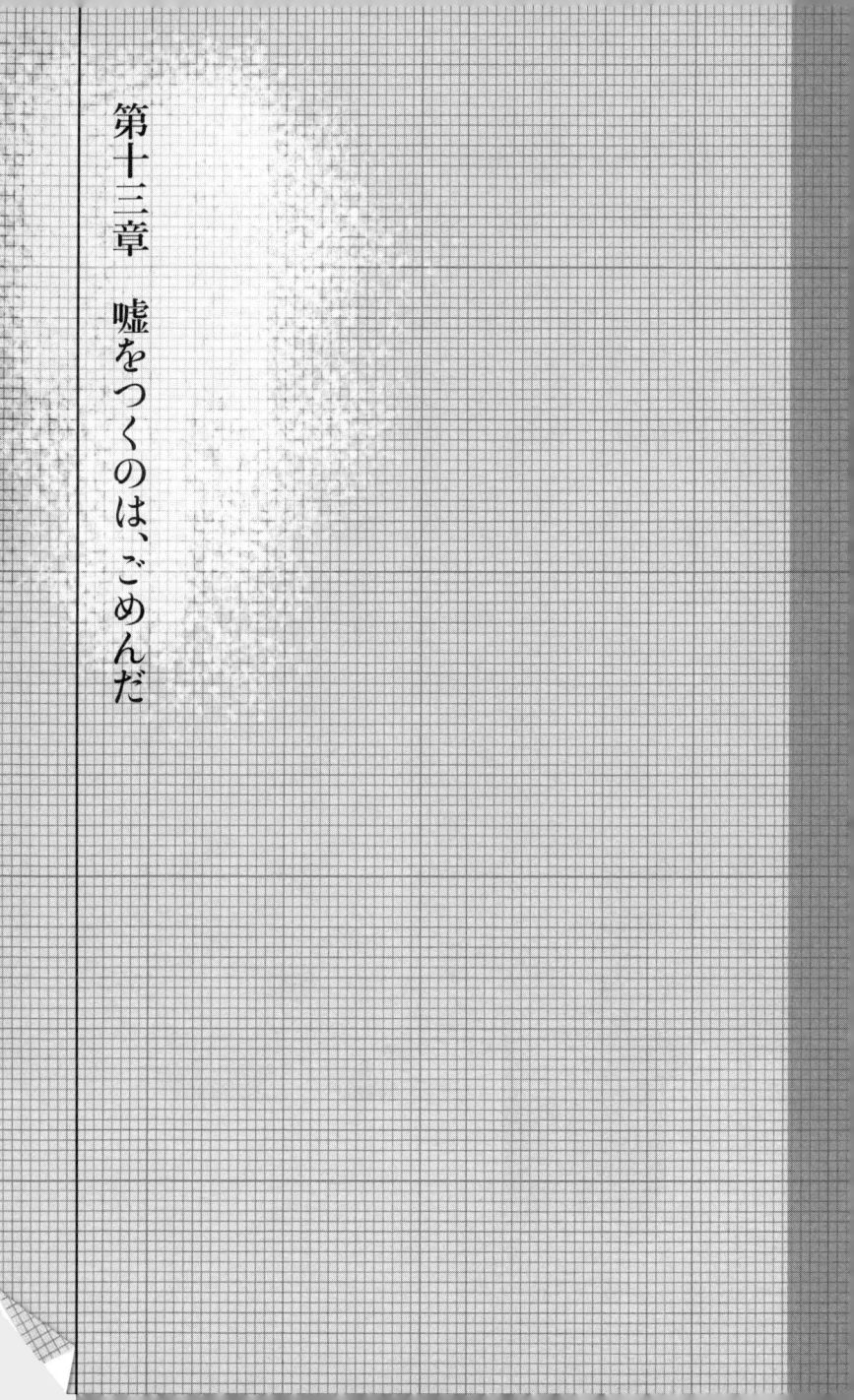

ヴォルフガング・フリッケ先生が逃亡する

数学とラテン語を教えていたヴォルフガング・フリッケは、私たちの退学のせいで難局に立たされていた。エルツ山地の実家でクリスマス休暇を過ごしている間のことだ。年越し前に、ベースコーのSED郡指導部からフリッケに一通の手紙が届いた。この手紙には、ベースコー郡党指導部へ直ちに出頭せよと注意書きがあった。

「国民教育省大臣ランゲについて、根拠のない非難が世間に吹聴されているが、教師フリッケは大臣がクラスに話しをした際、その場に居合わせていた。よって、巷で引用されている大臣の証言は大臣から出たものではないことを、証言して頂きたい。公開の保護者会が開かれる予定である。教師フリッケの発言を要求する」

ランゲの登場場面を目撃した、決定的な証人なのだ――。自分の置かれた立場を、フリッケはまざまざと自覚させられた。フリッケはSEDの党員ではなく一介の教師に過ぎない。ランゲを擁護《ようご》するということは重要な意味をもつ。

フリッケはしかし、ランゲが私たちのクラスに面と向かって、粗野な攻撃性をむき出しにしたところも、陛下の職員室である種の癇癪を起こしたところも、目の前で見ていたのである。彼自身はランゲと会話していない。それでも、クラスを学校から放り出すことなど起こるはずがないと信じていたのだ。遅れてエルツ山地に到着したフィアンセのブリギッテから、クラス全員が退学処分になったことを聞くと、すっかり脱力してしまった。そして一月頭、彼は西側の放送により、クラスの生徒の大半が西ベルリンへ逃げたことを知った。

「嘘はつきたくない」

これだけははっきりしていた。また同時に、ＳＥＤ郡指導部の同志たちが期待する通りに話さなかった場合、自分に何が待ち受けているのかもわかっていた。田舎の学校への左遷か、二度と教鞭を振るえないか、農業生産協同組合で畑仕事と家畜の世話をするか——執行猶予で——だ。彼は逃げる決意を固めた。じっくり考えている余裕がないことも、彼にはよくわかっていた。母親には受け取った手紙のことを率直に伝えた。もしかしたらすぐにでも出て行かなければならない。もしかしたら二度と会えないかもしれない。一月十三日、彼は西ベルリンへ逃げた。

心に重くのしかかっていた学生時代の悪ふざけの嫌な思い出もまた、逃げる動機になっていた。一九五一年の夏、彼は友人たちと安下宿でパーティをしていた。ビールを飲み切ってしまい、全員で二次会の居酒屋を目指して歩きながら《懐かしの皇帝ヴィルヘルムを再び我らに……》と大声で歌っていたところ、人民警察のパトロールにより全員逮捕されてしまったのである。刑務所に突っ込まれ、バラバラに独房へ閉じ込められた。西側の帽子を、フリッケはトイレに投げ捨てた。家宅捜索が恐ろしかった。捕まった全員が尋問され、釈放されたのは朝の四時頃だった。

一九五七年のあの瞬間、そういった国家機関による逮捕の恐怖が、彼の中で蘇ったのである。危険をはらんだ家族の歴史の記憶を思うと、また恐怖が増していった。信念あるナチ理想主義者だった彼の父は、シュヴァルツェンベルク(エルツ山地)のアドルフ・ヒトラー小学校の校長だった。そして戦争が終わり、五月一日以来、自らを新たな権力者に任命した共産党員たちから、父は身を隠していた――占領軍はシュヴァルツェンベルクを単に見落としていたのだが――。憲兵隊が街中をうろつくようになった頃には、活動家であると認めさせることができたため、簡単に害を受けることもなくなった。

さて、アビトゥーアの後、ベルリン＝フンボルト大学で数学を学ぶのが、息子ヴォルフガング・フリッケの夢だったのだが、この夢は自身の足りなさ故に掴み損ねた。彼はアビトゥーアで良い成績を収めていたが、フンボルト大学に入るには、適性証明が足りなかった。校長によれば、社会活動の不足ゆえに入学を許可できない、せめてFDJに加入していればあるいは、ということだった。

仕方なく、フリッケはビスマス鉱石のウラン鉱山の仕事を始めた。坑内の採掘作業ではなく、統計の仕事だった。ビスマス鉱石はソ連に管理されていた、鉱石の所有権は彼らにあったのだ。彼の上司は、つまりロシア人だった。ロシア人は二種類に別れていることをフリッケは学んだ。新聞紙を丸めてタバコを作る《ふつうの》ロシア人と、既製の包装パックからタバコを取り出す党員大学出のロシア人で、彼らはドイツ人を嫌っていた。下士官たちはバラックの中に敷かれた麦わらの上で横になり、士官はしっかりした建物の中に宿営していた。そこで働いているドイツ人には、ロシア人には絶対に逆らわないという、ある種の行動規範があった。フリッケの目標はただ一つ。「いつかここを出る。フンボルト大学へ行くんだ」

フリッケは得意のロシア語を駆使して交渉を試みたのだが、どうにもならなかった。なんとかして、解雇証明にサインをするよう、立坑責任者を仕向けなければならない。――そうだ、夜になるとあいつは頻繁に酔っ払っている。要するに、そのときが狙い目だ――。フリッケは、立坑責任者が良い気分で煙をくゆらせているときを見計らい、解雇証明を目の前に置いた。すると、彼は無意識でサインをしたのである。

さて、ヴォルフガング・フリッケはフンボルト大学に願書が提出されているかを問い合わせた――が、彼の書類は提出されていないと聞かされた。シュヴァルツェンベルクでやっと得られた情報によると、大学での勉強資格に見合った彼の評価を証明する書類は、引き出しの中にしまったままにしておくよう、I市長が担当者に指示したというのだ。これは一人の共産党員による、ナチ党支持だった父親への執念深い復讐の結果だった。そういうやり方でナチの息子を陥《おとしい》れたのだ。フリッケが彼を訴えることはできなかった。

*

それでもフリッケは、一九五一年から一九五五年にかけて、フンボルト大学で数学と物理学を学び、一九五三年六月十七日の暴動も経験している。その日の朝、彼が講義のため学校へ向かい、食堂へ入ると、ＦＤＪの青いシャツがズタボロになった学生たちに出くわした。彼らはマルクス＝レーニン主義に関する必修講義で、出席簿の管理をしていた。つまり、好かれていない、あるいは完全に憎まれている、イデオロギーの強制行事の監視員だった。ウンター・デン・リンデン通りへ出たとき、ＦＤＪの旗が燃えているのが見えた。当時はまだ何もなかった宮殿前広場へ続く道を、ソ連の戦車が群衆の方へ情け容赦なく向かっていた。フリッケは走って帰宅し、西側の物は何もかも隠し、あるいは捨ててしまった。東側を辛辣に風刺している西側の新聞『タランテル』を処分し、西側のお金を見えないところにしまった。それらが見つかれば、禁固刑にさえなり得た。だが、前向きな気持ちも、まだ残っていた。つまり、希望である。このうんざりするような支配は、この抑圧は、終わりへ向かうかもしれない。逃げるという発想はなかった。彼はまだ二十歳で、二百マルクの奨学金を得て、ロシア語からドイツ語への翻訳で金を稼いでいたし、西ベルリンはすぐそこにあった。彼は何よりもまず、勉学を確実な条件のもとで終わらせてしまいたかった。両親との繋がりもまた、保つことができる。

大学卒業後、一九五五年に一通の書面が届く。

「シュトルコー・マルク、クルト＝シュテッフェルバウアー高等学校の教職員募集に応募可能」

シュトルコーってどこだ？　地図帳をひろげて確認し、彼は喜んだ。シュトルコーはベルリンからそう遠くないぞ。下宿を手放さずにおいても、月あたり三十マルクで済む、これで週末はベルリンで過ごせるというわけだ。彼はシュトルコーも学校もすぐに気に入った。夢のような立地、湖の畔に立つ校舎、クラスは少人数でこじんまりとしていた。学生寮も同じ時期に寮長を探していた。フリッケはシュトルコーでの教師生活を終えるまでの間、ここの寮長であり続けた。寮の一部屋に住んでいたのである。

この理想的な条件も、ＳＥＤによる脅迫の前ではどうでもよいことだった。彼自身のＤＤＲでの過去の記憶が、他の選択肢を選ばせなかったのだ。こうして、フリッケは西ベルリンへ逃げた。ベルリンのフンボルト大学へ転職する計画も実現できなくなった。ベースコー郡国民教育局の同志Ｈが、新しい中等学校の開校を祝うため、一九五七年一月十四日にシュトルコーに滞在し、そこで次のように断言している。

同日、我々は高等学校の数学教師フリッケが西側へ逃亡したことを確認した。逃亡の根拠を中等学校校長に書面で報告している。以上により、かつての十二年生クラスに対する追放処分を納得していないことが(…)Fはフンボルト大学の研究員になるため、一九五七年八月三十一日付けで退職届を提出した。一九五七年一月六日、簡単な話し合いの末、ベースコー郡国民教育局は退職届の拒否をFに通告した。つまるところ、かつての十二年生クラスによる事件は、全教師陣の不十分なイデオロギー教育に由来するのである。[76]

逃亡後、フリッケはラテン語を学び、ヘッセン地方ディレンブルクのギムナジウムで、数学とラテン語の教師になった。

第十四章　それでも許可はおりる

残った四人の女子生徒はシュトラウスベルクでアビトゥーアを受ける

ＤＤＲに残った女子生徒四人は、当初、すっかり希望を失っていた。ギーゼラはとりわけ他の女子たちよりも強い絶望を味わった。彼女は貧しかったのである。父親は鉄道職員として一九四四年に召集され、一九四五年二月にゼーロウ高地で亡くなっていた。父親の死体検分に同行できる者はおらず、彼女は一人で向かった。母親は働くことができず、戦争が終わるまでの間チフスに罹《かか》っており、残りの人生も病とともに暮らした。六十五マルクの年金を受け取っており、そこに四十五マルクの孤児手当が追加され、百十マルクで二人分の生計を立てなければならなかった。ギーゼラは貧しさゆえに学校のＦＤＪ代表の役目を手放さなかったのだが、ＦＤＪの指定シャツを持っていなかった。当時は自分で購入しなければならず、一枚二十マルクかかったのだ。彼女にはそんな余裕さえなく、式典の際には学校から借りなければならなかった。家計に関係なく高等学校へ進学するチャンスを得られたのは、才能を見抜いてくれたグリューネベルク先生のお陰だ。彼女は先生に深く感謝していた。高等学校進学という目標にまっすぐ進めるよう、彼女をしっかり導いてくれたのである。ギーゼラは身をもって、正義のある社会主義世界を経験したのだ。「誰にでも平等な機会があって、どれだけお金を持っているかなんて関係ない。私は社会主義の考え方が大好きだった」

そして、アビトゥーアの四ヶ月前、それは終わりを迎えた。「高校生活があんな風に終わってしまって、本当に怖ろしかった。ある側面では、ちっとも悪くなんかなかったのに、あんな結果になるなんて」

私たちの逃亡による変化の主導権は、他の者が握っていた。

高校生らによる西側への逃亡の後、女子生徒GとMがフランクフルト県評議会国民教育局に現れ、他の高等学校への編入を請願した。しかし、未だ首謀者の証言は得られていない。従って、他の高等学校への編入に関しては保留とする。(77)

フランクフルト・アン・デア・オーデル県当局の同志Wが、一九五七年一月三日、主導の成果を報告している。

クリスマスと新年の間に女子生徒二名が(…)国民教育局を訪ねてきた。両生徒は共に明確な姿勢を示した。生徒Gは我々の党の党員であるおじから良い影響を受けているようだ。そして両生徒の就学に許可が下りた。(78)

何が起こったのだろう？　女子たちは建前上のことではあるが「明確な姿勢」を取る必要があった。別の報告には、女子たちは「挑発からは距離を取っていた、と説明した」[79]とある。「首謀者」についてまたもや問いただされた。やはり答えはない。そしてはっきりした態度だ。当局は未だに、首謀者がいないことを認めようとしていなかった。

ウルズラのおじは当時のＫＶＰ（警察予備隊、ＮＶＡ国家人民軍の前身）の少佐であり、信念を持ってＤＤＲを支持するＳＥＤの党員だった。しかし、私たちのクラスへの制裁には怒っていた。社会主義国家が若者たちを路頭に迷わせるなど、彼にとっては、あってはならないことだったのだ。彼は若者の才能を信じていた。道を誤ったのなら、正しい道へ導いてやればいい。彼は受話器を掴み、あっちの部署こっちの部署と電話をかけまくった。説き伏せ、交渉し、地固めをした。

「アビトゥーアを拒否されて良いわけがない、この子たちは西へ逃げることなくＤＤＲに残ったのだ。このような考えなしの若者による愚行が、人生を決定するような結果を招いてはならない」

独裁制がいったいどこまで続くのか、西側はじっと観察しているぞ、などと言う必要はなかった。これ以上電話をかける必要のないところまで漕ぎ着け、ウルズラ、ヴァルトラウトと共にフランクフルト・アン・デア・オーデルの県視学官Ｋを訪ねた。二人は私たちの黙祷行為とは一線を引いていたのだ。首謀者を申告することはできなかったが、おじは、二人のＤＤＲへの将来の忠誠を保証した。

そして一月頭のある日、ゲルトラウトと父親のもとに、夜も更けてから二人の男がやってきた。彼らは決断を思いとどまらせようとした。クラス全員が追い出されなければならないなんて、まったく馬鹿げたことじゃないか、と。そしてゲルトラウトに、シュトラウスベルクでアビトゥーアの受験が可能だと言った。しかし、西側へ逃亡した生徒たちの挑発と距離を取ることが絶対条件だった。二人の男は、転校に必要なことを全て保証した。ゲルトラウトはその日の夜の間にヴァルブルガの家へ行ったが、父親から、「娘は家にいない、ベルリンへ行ったんだ」と教えられただけだった。ヴァルブルガは逃げたのだろうという気がしたが、推測を口にすることはなかった。

ギーゼラのもとにも一月頭に同じ同志が来た。

「ここに残っているということは、君たちはDDRという国家への帰属を証明したことになるだろう」彼女たちはアビトゥーアを受けるチャンスを手に入れた。ギーゼラは「私たちはやり直せるんだ。私たちはここに残る。だっていい子だもの」と考えた。

一九五七年一月八日、ベースコー郡評議会の国民教育局書記同志Hが遂に断言する。

女子生徒GとMが郡評議会を訪れ、再入学の請願をした。女子生徒TおよびHは書面で教育局に再入学の申請をし、西側へ逃亡した生徒たちとは一線を引くと決断した。四人全員がシュトラウスベルクの高等学校へ再入学する手筈となっている。(80)

一九五七年一月十四日、四人は連れ立って電車に乗り、始業日に合わせてシュトラウスベルクへ向かった。学生寮には四人部屋があったが、ウルズラとギーゼラ、ヴァルトラウトとゲルトラウトに分けられ、それぞれのペアが他の生徒との部屋に割り振られた。校長のリートケが四人に挨拶をしに来て言った。

「私は諸君がここへ来た理由を知っている。だが、どこからやって来たのかは言いふらさないでいただきたい。ヒーローのように誇示して回って欲しくないのだ。口外は無用だ。ヒーローは必要ない。もう十分話題になっているんだからね」

そのしばらく後、ＦＤＪ書記が記録を終え、同時に寮長がやって来て同じことを伝えた。彼女たちは新しいクラスで、以前のクラスが閉鎖したため編入したのだと紹介された。退学処分のことは公にされなかった。

勉強にはなかなか集中できなかった。ショックが後を引いていたし、学校には全く馴染めなかったのだ。同級生たちは言うまでもなく、なぜ四人が編入してきたのかを知っていた。ここの生徒たちは休みになるとよくベルリンへ遊びに行っていたのだが、電車の中で——シュトラウスベルクからはＳバーンに乗って三十分でベルリンに着いた——他の子たちが色々と質問をした。前の学校で本当は何があったのか、確かなことを知りたがっていたのだ。噂に聞いたことをあけっぴろげに話し、中には

ＲＩＡＳの放送で聴いたことも含まれていた。四人は余計な話しはせず、あいまいに、一般的に知られていることをテープレコーダーのように繰り返した。校長とＦＤＪ書記の指示が全てだった。

ギーゼラは特に大変な目に遭った。三月に結核を患ったのだ。感染の恐れがないのにもかかわらず、二人部屋に隔離されてしまった。アビトゥーアのペーパーテストを受ける二日前だった。

同級生のロージーがギーゼラの部屋に来て「試験の二日前に隔離するなんて酷いよ、私が一緒にいるからね」と言い、二人で閉じこもることにした。

寮長とＦＤＪの書記はロージーの説得を諦め、ギーゼラに強く訴えた。

「頼むよ、ギーゼラ、自分の立場を弁《わきま》えなさい」

ギーゼラはすぐに事態を飲み込んだ。

(前の学校のことを、クラスメートの前で持ち出すなんて――)

彼女はロージーにアビトゥーアを脅かす危険があることを説明し、納得させた。ロージーは理解して出て行った。試験自体は受けられたのだが、ギーゼラは二週間に渡り、一人で横になっている他はなかった。

一九五七年五月、東側に残った四人の女子生徒が、私たちよりも一年早く、アビトゥーアに合格した。東側とは違い、西側では十二年生ではなく十三年生で試験を受けるのである。

第十五章　追跡妄想

SEDとシュタージが私たちを連れ戻したがっている

一九五七年一月三十日、ディーターが西ドイツのヘッセン州、ツヴィンゲンベルクの学生寮から、グリーニッケの母親に宛てて手紙を書いた。

大好きなママへ！

今日、一月三十日になって、やっと一月二十三日のママの手紙を受け取った。郵便局はすごくゆっくり時間をかけて運んだってことだね。ベースコーでアビトゥーアを受けられるから帰って来なさいって話だけど、誰がママにそんなことを言ったんだ？　すごく驚いた。どうして僕がDDRにいる間に言ってくれなかったんだろう？　だって、僕はアビトゥーアを受けるためにDDRを出たんだよ。

こっち、西ドイツではそのチャンスがあるんだ。僕は自分から進んで家を、故郷を出て来たわけじゃない、僕は敵になったわけじゃない。でもはっきり言わなきゃな。今すぐは帰らない。きっとママはすごく哀しいんだろうけど、僕の決断は揺るがない。

こっちへ来ようとしたり、僕を連れ戻そうとなんてしないで、そんなことしたってしょうがないよ。ママと僕はいつもとてもよく理解しあっていたよね、本気で言い合うことになるかもしれないのは、これが初めてかも。ＤＤＲへ戻るなら、クラスの全員でなきゃ。僕が一人で戻るなんてあり得ないよ。

ママが書いていた通りなら、すごく具合が悪いってことだよね。無理しないで、横になってて。起きてちゃだめだよ。僕が一歩踏み出したせいで、ママとベルベルに面倒をかけるやつがいないといいんだけど。どっちにしろ三週間で成人だ。そうしたら、僕は自分でやりたいことをできるようになる。

そうだ、僕は元気にやってる。昨日はバスでクラスのみんなとフランクフルト・アム・マインへ行った。ゲーテの家、旧市庁舎、ギャラリー、あと博物館と、聖パウロ教会を観光したんだ。すごく面白かった。

今日はこれくらいで。またすぐに書くよ。

ママもベルベルも元気で。

ディーターより

追伸

あまり悲しまないで、僕は大丈夫だから。[81]

ディーターは母親から送られてきた「ベースコーでアビトゥーアを受けられるから帰って来なさい。またママとベルベルと一緒に暮らせるのよ」という手紙に返事を書いたのである。

なぜそんな手紙を出したのか？　西側では望み薄しと見たのか？　東側でなら問題がなかったのか？　そもそもディーターの母は息子の帰りを望んでいなかった。真実はこうだ、母親はそう書かされたのだ。彼女はディーターからの返事を、一九五七年二月六日に《よろしくご参照ください》とベースコー郡評議会の同志Hへ送っている。同志HはディーターがDDRに戻らないことを確認する必要があったのだ。

同志Hは、ベースコーとフランクフルト・アン・デア・オーデルの同志たちが考え出した、ある計画を進めていた。

シュトルコー高校十二年生クラスの生徒十五名による西側への逃亡の件に関わる任務を、V局一課に与える。生徒らの西ベルリンならびに西ドイツにおける現在の滞在先および生活環境の解明に対する措置を導入する。妥当な方法論を適用し、当該生徒らを連れ戻すことを目的とし、（…）

対応策

1、西側へ逃亡した生徒らの保護者の説得および調査。居住地ならびに西側逃亡者の生活環境を確認するため、一部生徒の両親と接触することを目的とする。

2、前記保護者に働きかけ、手紙により、子どもたちの帰還を促すように依頼する。

3、接触できない両親に対しては、M局および既存の非公式協力者により、作戦的監視を実行する。滞在先ならびに逃亡者の生活環境と同様、他の高等学校生徒らとの関係の調査が始められる。

4、既存の非公式協力者および連絡員は、他の高等学校生徒らを西側への逃亡に唆かそうという試みが行われているか否かを突き止めねばならない。

5、FDJ、学校、連絡員、非公式協力者と協働し、高等学校生徒ならびに保護者による他の西側への逃亡者を妨害するため、討論および当該地域での干渉の手筈が整わなければならない。

6、国民教育、新聞、ラジオ関係で活動している、西ドイツに連絡員を持つV局一課の非公式協力者に、逃亡者らの滞在先を確認しなければならない。A局と関係を持つこと。また、滞在地が知れ渡った場合の支援のため、その捜査も要請されなければならない。

以上の計画は党中央委員会普通教育部との調整後、ただちに着手すること。[82]

ＳＥＤ郡指導部での治安検討委員会において、一九五七年一月二日より具体的な措置が試みられた。

1、生徒ならびに保護者に対し卓越した権威を持つ高等学校教師カスナーを利用し、生徒らの保護者との討議において、挑発行動の黒幕を突き止めるようにさせる。

2、ＮＤＰＤ〔ドイツ国民民主党〕党員である秘密諜報員《Ｏｐｉ》に次のような任務を与える。彼の党内での地位を利用して西側へ逃亡した子どもたちの両親と懇談させ、逃亡の原因究明をするよう仕向ける。

3、同様にＮＤＰＤ党員およびシュトルコー市会議員である非公式協力者《クラウゼ》に、第二項で挙げられたものと同様の任務を与える。[83]

一九五七年一月二日の時点ですでに、中尉Ｖと同志Ｌが私たちを連れ戻す準備のためシュトルコーへ赴いていた。まず、彼らは降格処分を受けた校長ゲオルグ・シュヴェアツと話した。私たちの闘争計画について、ソ連の植民地というヤジへの対処について、ＳＥＤ郡指導部同志メーリンクに関するこの事件の情報について、知っていることを聞き出した。

担任教師グスタフ・カスナーはこの二人と会っていない。一九八九年の政治的方向転換後に、彼の妻が色々と話してくれた。シュタージが何度も繰り返し彼と話し、徹底的に攻め立てたこと。しつこい男たちのためにドアを決して開けなかったこと。病気にかかったこと。これらの結果生まれた彼の心の距離を、ディートリッヒは一九七三年になってもまだ経験しなければならなかった。同じ日にカスナーを訪ねたパウル・ホルツから、カスナーは在宅していると聞き、エルンスト＝テールマン通りの彼の家を訪れようとした。だが、何度ベルを鳴らしてもドアが開くことはなかったのである。

さて、中尉Vと同志Lはディートリッヒの父親のところにも来た。父親は、息子の逃亡のことは知らなかったのだと説明した。それでも父親は、息子を連れ戻すために西ベルリンへ行った。

それに続く数日の間、父親は西ベルリンで息子を探して回った。帰って来ようという気にさせるためだった。そこで父親は、居合わせた若者たちにより嘲り笑われ、彼らはすでに過去とは縁を切っており、必要ならば、二度と戻らないことを書面に残すこともできるのだと宣言されている。その青少年のための宿泊所はベルリンのホーエンツォレルンダムに存在する。(84)

息子に帰還を促した、という供述は当然真実とは異なるが、する必要には迫られていた。そうすれば、合法的に西ベルリンの息子に会いに行く許可が下り得たのだ。私たちをDDR連れ戻すという建前上の努力は、中尉Vがディートリッヒの父親を評価する誘因となった。

もし生徒らが再び高等学校へ通えるということになれば、ガルスカは一部の若者をDDRに連れ帰るということをやってのけるかもしれない。私個人としては感銘を受けている。(85)

*

一九五七年一月六日、日曜日。両親たちは再び学校に集まっていた。同志らから「元生徒らをシュトルコーへ連れ戻せ」と要請があった。また彼らは、「いよいよ唆した生徒を見つけ出せるのではないか」とも考えていたらしい。カルステンの母親によると、

保護者は全員、「子どもたちを連れ戻さない」という意見で一致していた。一人だけ「子どもたちは帰ってくるべきだ」と主張する父親がいたけれど。ベルント＝ユルゲンの母親は「あの子たちのことは放っておきましょう」と強く言ってたわね。担任のカスナー先生が、あんたたちの

ために「まあ、確かに、彼らの扱いは不当でした」と発言したのよ。そこに割り込んで「若者は言うことを聞かなくちゃならん。あの子たちはこっち側にいるべきだ」と大声を出す父親もいた。ジークフリートの父親がなだめようとして「私たちが興奮しても仕方がないですよ、あの子たちは立派に育ってくれたじゃありませんか」と言ったわね。ディートリッヒの父親は場を和ませようとして、「今はまだ待つ他はありません、若者らしい時期を認めてやるべきです」って。そこにディートリッヒのお母さんが「自分たちがどこにいるべきなのか、あの子たちだってすぐにわかります。無理強いしたって意固地になるだけです」と補足したんだわ。もう一回あの父親が大きな声で主張したけれど、私たち他の親に言い負かされちゃったのよね。あんたたちが安全な所にいるとわかって、みんな喜んでいたわ。

＊

一九五七年二月一日のフランクフルト・アン・デア・オーデルＳＥＤ県指導部の報告では、私たちを連れ戻そうとするＳＥＤの努力が、はっきりと描写されている。

今日まで、西側にいる生徒らを保護者の手で再び連れ戻すことを目指し、多くの保護者らと共に継続した話し合いの場が設けられてきた。男子生徒Ｍｅの両親および女子生徒Ｇｌの母親は国家機関の代理人による訪問を受けた。最初の話し合いにおいて指名された保護者らは、彼らの子どもに手紙を書き、生徒らを再び家族のもとへ連れて帰るため、しばし西ドイツへ赴くことを了承した。約一週間後、五七年一月二十四日、県評議会国民教育局を通し、指名された保護者らが西ドイツへ赴くことが、件の事由により許可された。その際、西ベルリンより子どもらを連れ戻すことは叶わず、現在はなお一層困難となり、ゆえに西ドイツより連れ戻すのが不可能であることが伝えられた。

引き続き、国家機関の代理人による、生徒Ｄｉ、Ｗｅ、Ｐｏ、Ｚｕの保護者との話し合いが行われた。この話し合いは都合よく進んだ。保護者らはすでに、家族のもとへ戻るよう訴え、子どもたちへの手紙を書き終えている。

（…）

五七年二月四日、月曜日。再びベースコー郡評議会議長同志Ｐと同志Ｈ、生徒ＷｅとＧｌにより、同様の話し合いが行われた。我々には、この保護者らはすでに行われた話し合いの場と変わらず、積極的に見えた。[86]

ヴァルブルガの母親は諦めていた。

一九五七年一月二十二日の保護者の訪問により、我々はシュトルコーには保護者に否定的な影響を与える勢力が存在する、との印象を受けた。Gl夫人は実に用意周到だった。娘を取り返すための何もかもが準備されていた。一九五七年一月二十二日、母親は我々に、娘はどのみち帰ってこないと言い、自分が不在の間誰が家畜や夫の世話をするんだい、と語った。今後はグリニッケのPo、ヘルムスドルフのWe、ケーリクのDi(…)を頼らなければならない[87]。

当局は、首尾よく事が運ぶと考えていた。

シュトルコーの街では引き続き、かつての十二年生クラスの保護者らと話し合いが行われた。成果として、ケーリクのDi氏(勤労農民、七ヘクタール所有)――模範的な配達人――が一九五七年二月八日、当地で話し合いを行うため西ドイツへの旅に出たことを書きとめねばならない[88]。

しかしこの可能性も打ち砕かれてしまった。

シュトルコーの状況は思わしくない方向に変化した。ケーニヒス・ヴスターハウゼン地域ヘルムスドルフ出身のWe夫人、アウスバウのグリーニッケ出身のPo夫人(…)シュトルコーのGl氏が、西ドイツのベンスハイムにいる子どもたちからの手紙を受け取った。その中で子どもたちは、彼らは元気であり、自家用車や乗合自動車でフランクフルト・アム・マインおよび、その他のライン地方の各所へ無料の週末旅行にでかける計画があり、イースターの祝日には無料でオーストリアへ旅行をするのだと報告している。彼らは断固たる姿勢でDDRへの帰還を拒否している。上記の保護者らによるベンスハイムへの旅行は成功の見込みなしと見做され否決された。[89]

ジークフリートの母親、ベルント＝ユルゲンの母親、ベルント＝ユルゲン。徒労に終わった奪還任務。ベンスハイム。

とはいえ、イースター後の精霊降誕祭の時期には、ベルント＝ユルゲンとジークフリートのそれぞれの母親が、息子を連れて帰るという任務を携えてツヴィンゲンベルクまでやって来た。二人はツヴィンゲンベルクで二週間、私たちと同じ宿舎に滞在した。二人とも息子を連れ戻したくはなかった。母親たちは自分の息子と一緒に過ごし、再び家へ帰って行った。この二度目の別れも辛いものだった。次はいつ会えるのだろう？　だが少なくとも、息子たちの良い暮らしぶりは確認できたのだ。

両親でうまくいかない？　では恋人ならどうだ？　一九五七年三月十四日、ＳＥＤ県指導部国民教育局および文化局が次のように書き残している。

十一年生の女子生徒二名が、ＲｕならびにＫｒと書面での連絡を取っている。学校指導部の申し立てによると、彼らは恋愛関係にある。手紙の内容は現在までわかっていないが、女子生徒たちと直接話しをし、主なことは判明している。女子生徒には生徒たちのＤＤＲ帰還を促すよう諭している。さらに、その手紙には、ＤＤＲに残っている他の男子生徒にも、署名するように申しつけた。(90)

あるいは、私たちが信用していた同志教師たちならば、成し遂げられただろうか？

昔のこだま。オーストリアの保養施設前で、教師フリッケが団旗掲揚式を茶化して監視役を務めている。1957年。

校長代理の同志ヴェールに、将来の展望はＤＤＲにこそあるということを伝えるため、かつての生徒Ｐｏと手紙で連絡をとるように指示した。[91]

記録は残っているが、空想に過ぎない。イデオロギーの色仕掛けは実現しなかった。愛は盲目にさせなかった。手紙は届かなかった。信頼できる教師も来なかった。もしかしたらクラスメートとの友情ならば、私たちを戻らせる動機になったのか？

シュトラウスベルクの女子生徒四名との話し合いを検討すべきである。帰還しようという気持にさせるため、西ドイツのクラスメートに宛てた手紙を書かせるのだ。その際、この女子生徒らの大学在籍権が優先的に認められるという可能性が利用されるべきである。将来の展望を描かせることが可能になる。[92]

この手紙もまた、私たちに届くことはなかった。当局は女子生徒たちへの提案を控えたのである。

＊

ちょうどこの頃、ヴェンディッシュ・リーツのシャルミュッツェルゼー駅で、シュトルコーから十二キロメートル離れた村リンデンベルクの元村長であり、その当時はトラック運転手をしていたエーリッヒ・クリューガーと、カルステンの母親がばったり出くわした。カルステンの母親は駅の木材積載場で働いており、長い測定器を使って積み込まれた木材の量を算定していた。ちょうどその仕事を終えたとき、元村長が彼女の方にやってきて「あっちにゃあ、なんとかってのが行ってて、一緒に飯食って、寝てるって話だのお」と言った。ベルクシュトラーセ郡のツヴィンゲンベルクにいた、私たちのことだった。カルステンの母親はそれ以上何も聞けなかった、何も知らされていなかったのだ。

これはどういうことだ？　つまり、クリューガーは私たちと一緒に住んでいるスパイのことを話していたのである。

一九五七年春、同じ年齢の若者が、私たちの住んでいるツヴィンゲンベルクのオルビスヘーエ学生寮に引っ越してきた。絶えず私たちの周りにいたのにもかかわらず、会話に加わることはなかった。何をしているのか確認しようとすると、突然消えてしまった。彼の部屋で怪しげなトランクを見つけ出し、何を隠しているんだ？　と聞くと、君たちには関係ないよ、という答えが返ってきた。

*

ディーターに当てはまることは、私たち全員に当てはまることだった。

「ぜったいDDRには戻らない」

だが、同志たちはいったい何を根拠に、私たちが戻るかもしれない、と考えたのだろう？　彼らの二人、ベースコー郡評議会国民教育局のH、フランクフルト・アン・デア・オーデル県評議会の同志Haの名前を、『ヴェルト紙』の記者ハインツ・シェーヴェが挙げている。シュトルコーで彼らの取材をしたのだ。

我々はしかし、はっきりとわかっていたのだ。首謀者らは最初から別の目的を持っていた。奴らは騒ぎを起こそうとしていた。我々の国家秩序を、とりわけ高等学校を乱そうとした西側の組織に焚きつけられたのだ。だが彼らのクラスメートを教唆した者はあえて黙りこくっていた。他の者を引きずり込むため、プスカーシュを口実にしたのだ。[93]

なるほどな！　私たちの沈黙行動は私たちの考えではなかったということか。私たちのクラスの推定首謀者たちは発起人ではないというわけだ。誰かが《焚き付け》た、厳密に言えば破壊的な西側の《組織》の仕業だ。同志たちは陰謀を信じていて、私たちはその手先だというのである。彼らは私たちの中に迷い込んでいた。脳内では私たちの自然発生的な行動が、戦術的工作に置き換えられていたのだ。若者たちが学校生活を通して社会的にも成長し、自発的にレゾン・デタに反抗した、ということが理解できなかったのである。

この矛盾については、西側の連邦共和国でも、高等政治機関が取り組むほどに注目されていたらしい。執筆者と差出人の名は挙げられていないが、見出しに《重要機密事項！》とある一九五七年二月五日の短い書きつけによると、バイエルン文化省より、この高等学校生徒らの件(西ドイツへの集団逃亡)の注意深い調査と詳細な検討の結果が開示された。また、ボン外務省ならびにバイエルン内閣官房も同じくこの件に関わっていた。以上に加え、機密報告書が存在するとも言われている。社会主義のDDRにおける若者事情に関し、いかなる推論を導きだすかに調査の重点が置かれている。ボンの見解では、若者らを社会主義に熱狂させるのに適したDDRの機関は存在しない、ということだ。アデナウアーさえこの事件に興味を持つよう指示していた。[94]

誰が陰謀を働いたのだろう?

この件にはSPDの東独対策局が密かに関与しているとの疑惑があった。疑惑の根拠は次の通りだ。我々の知る限りでは、一部のシュトルコー市民(今日まで氏名は公表されていない)の親戚ないしは知人が、SPD対東事務室に勤務している。[95]

それどころか、西側の国が私たちのクラスの逃亡に協力したとさえ疑われていた。同一の会談で示唆されている。

諸種の要因が、英国の扇動放送局ＢＢＣ(ドイツ語での放送)による、生徒らの西側逃亡の関与を示している。根拠「一九五六年十二月二十九日早朝のＢＢＣのトップニュースは、一九五六年十二月二十八日にシュトルコーの高等学校生徒十五人が西ベルリンへ逃亡、である」。

他方、シュトルコー市民の何人かは、一九五六年十二月二十九日の朝の時間帯に、まだこのクラスの生徒らを目撃したと申し立てている。その上、一九五六年十二月二十九日のＢＢＣ放送では、約十四日前にはシュトルコー高校の事件を説明する生徒の手紙がすでに提示されていた、という報道もあったのだ[96]。

確かに、一九五六年十二月二十九日二十時三十分のニュースですでに私たちのことが正確に報道されていたのは奇妙だった。彼らの情報源はクラスメートに違いない。逃亡者登録所での聴き取りの際に職員がメモをしたか、あるいは秘密の情報屋がシュトルコーに住んでいて、人知れず活動していた可能性もある。

ベースコー郡評議会国民教育局の同志Ｈが、闘争イデオロギーの激しい言葉で、想定される陰謀を公式文書にまとめている。

生徒らの行動は全て、衝動的あるいは自然発生的な行為に端を発するなどという事実は断じてない。頂上にSPDを擁する西側の犯罪情報組織と英国諜報部の協力によって、計画的に組織されたものである。[97]

彼はまた、私たちのクラスに対する西側の関心の真の狙いについて、知っていることを報告している。

西側当局がこの高等学校生徒らをNATO軍の帝国主義的略奪政策のために、無駄死にさせようと狙っていることは明白である。[98]

彼の立証は、

生徒らは彼ら自身の願望と意志に反し、西ベルリンの高等学校に編入され、西側当局の意向で西ドイツのベルクシュトラーセ郡周辺地域、ベンスハイムに移送されたのである。[99]

だが、なぜ遠く離れた場所をさすらうことになったのだろう?

討議の結果わかったことではあるが、若者の大部分が「統一」という名のスポーツ団体のボート部門に組織化されており、かつてナチの突撃隊の高官であったAという男が、指導にあたっていたのである。そのことが、当地における悪影響の源泉となっている[100]。

私たちが犠牲者だったなら、私たちが学校から追い出されのはなぜだ？　全てこじつけで、強引に作り出され、圧力をかけられていた。現実は、クモの巣のように張り巡らされたイデオロギーの妄想的絡まりの外側で起こっていたのだ。

*

シュトルコーとその周辺の人々はみな動揺していた。私たちは出て行き、戻ってこなかった。一九五七年一月二日に、V局の同志たちがシュトルコーの様子を書き残している。

生徒とその保護者らはクリスマス休暇の間、重苦しい空気に包まれた。保護者らは他の生徒の保護者のところへ行き、シュトルコーの高等学校のことについて意見交換をした。その際、教師陣、とりわけ学校長シュヴェアツ、党幹部モーゲルのあらゆる失策が詳細に論じられた(101)。

シュトルコーから八キロメートル離れたブークに住んでいたゲルトラウトは、一九五七年の一月上旬にシュトルコーでビラが巻かれたらしい、と聞いたことを覚えていた。その一枚を誰かがブークで見せてくれたが、それは新聞紙のようで、一人一人がはっきりと写ったクラスの写真が掲載されていたという。彼女自身はＲＩＡＳの放送で逃亡のことを知った。一月上旬はシュトルコーにいなかったのだが、ブークではクラスの逃亡について話す者はいなかったそうだ。逃亡のことはＲＩＡＳのニュースで知れ渡り、次々と続報が届いたという。

市民がクラスのことをおおっぴらに語り合うことはなかった。あり得ないことだった。シンパと思われれば危険な目に遭うのは容易だ。クラウス＝ディーターのおばが「あのことを話すなんてできなかった。あの時代は壁に耳ありでね。でもね、どういうわけかシュタージは批判的な発言を知っていたんだ。つまり、あいつらは、みんながプライベートだと信じているところにもいて、しっかり見ていたんだよ」と断言している。

＊

シュトルコーの動揺、不平を軽減するためにさまざまな措置を取る必要があった。まずは十一年生クラスの問題の解決である。彼らのクラスも閉鎖が指示された。両親たちが苦情を訴えたことにより、最終的には、十一年生クラスのシュトルコー高校における最後のアビトゥーアを受ける権利が認められた。その後、一九五八年、シュトルコー高等学校自体が消えてしまった。同志K女史がMfS国家保安省〔シュタージ〕の同僚に、シュトルコーの住人を納得させる詳細な計画を報告している。

シュトルコーの状況を食い止めるため、党の側から次のような計画が示された。シュトルコーにおける党指導部会議ならびに市町村議会を、ブルジョア諸政党の代表との間で開くとの計画が出された。その他、民主主義連合の会議も行う[102]。

下部機関がより詳細に計画している。

シュトルコーの敵対的風潮を食い止めるため、次の会合が計画されている。

党地区指導部の会議
国民戦線の地区委員会の会議
シュトルコー内諸企業の党書記の会議
県レベルでのＮＤＰＤ党委員長との討議
全県規模の民主主義連合の会議
シュトルコーでとりわけ力を持つＮＤＰＤ県支部幹部による指導、当地方組織の地域の安定への寄与が達成されねばならない。[103]

これらの会議は一九五七年一月四日に向けて計画された。すべてＳＥＤに管理されなければならなかった。

これらの会議にはその都度、県指導部あるいは郡指導部の同志が参加する。[104]

沈静化とはつまり、全ての人民に向けて国家服従を介して希求されるべき命令と考えられた。不確かな状況に関する討論は禁じられた。同志Ｗが同じ文書の中で不安に駆られた人々に対する独裁的な対処を認めている。

いずれにせよこの件に関する公の住民会議が開かれることは絶対にない[105]。この計画の遂行を、フランクフルト・アン・デア・オーデル県SED第一書記同志ミュッケンベルガーが伝えている。

一月上旬、シュトルコーの党地区委員会の会議、国民戦線の地区委員会の会議および国民連合の地方委員会において協議が行われた。これらの会議の目的は、シュトルコーの一件を当該地域で食い止め、参加者に事件の全ては当初から敵対者により組織された行動であった旨を理解させることである。討論において全てが明らかにされ、とりわけプチプル勢力を促進する住民会議の開催は妨害された[106]。

ベルリンの党中央委員会〔ZK〕もまたこの件に介入している。ZK普通教育部部長ノイゲバウアーがフランクフルト・アン・デア・オーデルSED県指導部文化書記の同志Wに、一九五七年一月五日付けで手紙を書いている。

本日午前、この件に関し同志パウル・ヴァンデルと意見交換を行った。先方は我々の間で申し合わせるとの方針を承知した。また続けて、同志パウル・ヴァンデルの次の指摘を顧慮するよう依頼した。

一、全ベースコー郡周辺地域は、シュトルコーの件が他の高等学校生徒らに連鎖反応と似非仲間意識を引き起こすことなく、対処監督されねばならない。

二、映画『ベンデラートの思いがけない事件(Zwischenfall in Benderath)』は当面の間ベースコー郡で上映しないこと(高等学校生徒が学校を追い出されるものの、真の友情と仲間によりナチ教育者に対抗する協力関係が組織される、という問題が描かれている)[107]。

パウル・ヴァンデルは一九五三年から一九五七年の間、SED中央委員会の文化教育局書記だった。同志ノイゲバウアーによる補足は次の通りだ。

一九五七年一月七日月曜日、国家保安省の同志Aと県指導部国民教育省学校監督局の同志Geが貴殿を訪ねる予定である。彼らはシュトルコー周辺、特に周辺高等学校における、シュトルコーの件の影響がどの程度のものであるか、確認せよとの指示を受けている。

シュトルコー事件の今後の進展に関しては定期報告を求めたい[108]。ベースコー郡評議会国民教育局局長の同志Hは、ベースコー周辺都市にある高等学校の教師に要求された態度を憂慮している。一九五七年一月二十三日の状況報告。

一九五七年一月十五日、シュトルコー事件の評価がベースコー高等学校教育会議で行われた。局長報告ののち、学校教師らの討議では、これらの事件から適切な解決策を導き出すことに力が尽くされた。彼らの学校がシュトルコーとは異なる状況であることを正しく見抜いたが、根本的問題は彼らの学校にも該当するのである。生徒らの活動に関する改善案決議がまとめられた[109]。

シュトルコーとその周辺の住人が変わらず腹を立てていたのは、教育省大臣ランゲが現れたことだった。

それに続き、特に同志ランゲ大臣に関して、大臣のシュトルコー事件に対する姿勢は不適切だったのではないかとの討議がなされた。これに伴い、同志ランゲ大臣の発言は曲解されている。申し立てによると、大臣は生徒らに《君の父親もまたファシストだったのだ》と発言した。また、あの大臣はともあれもう少しまともな教育能力を有するべきであった。そうであればあの高校の問題ももっと別の解決を見られたかもしれないのに、と公に話されていたのである。[110]

シュトルコーでの大臣の振る舞いに腹を立てた住人たちの非難に、中央委員会、県、郡のSEDはどのように応えたのだろう？ ベースコー郡SED第一郡書記の対応が、記録に残っている。

その際、同志マイアーの意見では、実行済みのどの措置も当局は了承しておらず、我々郡当局としては、しかしながら、現在、ランゲ大臣の決定を取り消すことは不可能である。[111]

公に大臣が非難されることはなかった。彼は守られていたのだ。動機の一つは政治的安定のデモンストレーションである。同志ノイゲバウアー、ZK〔中央委員会〕の普通教育部部長によると、

同志らは不可避の課題に取り組む代わり、ランゲ大臣および党による制裁措置の可否について議論を展開したということだ。大臣の意見では、現在重要なのは正否について討論することではなく、市民の沈静化と状況の安定化という不可避の措置を行うことである。同志ランゲ大臣が最後通告を出したあととなっては、大臣と我々の国家機関の恥を晒したくないと望むならば、これ

を取り消すことはすでに不可能だということであった。[112]

政治権力の立場が傷つけられてはならなかった。批判は恥であり、意見交換ではない。常に敵対を意味し、生産的批判などはあり得なかった。

大臣を見捨てなかった別の動機に、イデオロギー上の闘争状況というものがある。

最終的に郡指導部での協議に際し、もう一つの意見陳述がベースコーの郡当局で行われた(…)この討議では同志Hが、シュトルコー高校十二年生クラスの閉鎖に関する、ランゲ大臣による決定の政治的意味を説明した。同志は、我々は労働者と農民の国家として、未成年の高等学校生徒らを敵陣に滞在させ、その先導者らとの関わりへの対処を怠っている現状を甘受するわけにはいかない、と強調している。目下肝要であるのは、西側への逃亡の罪人を探すことではなく、この扇動を行った黒幕を解明するためにあらゆる力を尽くし、策を講じることである。[113]

ＳＥＤは戦略上、大臣を解任した。見当はずれの態度が無能を浮き彫りにしたのである。重要なのはイデオロギー闘争の状況だった。その闘争の中で敵が社会主義を脅かしているのである。私たちは敵側陣営の構成員となったのだ。敵を殲滅する助けとなったものが間違いであるわけがなかった。自分が並んでいる隊列に罪人は不要だった。陰謀論が、同志たちの罪の意識を取り除いたのである。

*

いったいなぜ、当局は私たちを連れ戻そうとしていたのだろう？　家族や友達、恋人たち、元いた学校と再び一緒にさせたかったのだろうか？　大げさな問題だが、ヒューマニズムなのである。彼らが私たちを連れ戻そうとしたのは、つまり、

(…)西ドイツでの逃亡者らの生活の実際の状況を話させ、これをプロパガンダ的に評価すること。これにより高等学校生徒らの西側への逃亡を阻止し、一部の高等学校生徒らの間に存在する、西ドイツでより良い学習環境を得られる、という想像の粉砕が達成されなければならない。(114)

ジークフリートの父親と他のクラスメートの母親が、子供たちを連れ戻すためにベンスハイムへ行くように依頼されたとき、

保護者とは、すでにベンスハイムを訪ねているドイツ放送の代理人と連絡を取るため、五七年二月八日、早い時間にベルリンへ向かうという取り決めが行われた。(115)ドイツ放送側の目論見は、同志ノイゲバウアーが一九五七年一月五日、県都フランクフルト・アン・デア・オーデルの文化書記同志Wに宛てた手紙に書かれている。

同志ヴァンデルがシュトルコーの件について、ドイツ放送を通し次のように報道され、DDRより高等学校生徒らを誘拐し、家族の庇護のもとから剥ぎ取るというDDRの敵の陰険なる目論見が、暴露されるように指示を出した。(116)

こうしてプロパガンダは陰謀イデオロギーにより嘘の中で結実したのである。

差出人の記載がないタイプライターで打たれた短いメモが、プロパガンダ計画の緊急性を今に伝えている。

中央委員会同志ノイゲバウアーからの電話、五七年一月七日、十四時五十分

シュトルコー事件の件

一月八日十時、同志二名、ベルリンの国家放送委員会主筆〔同志E、同志G〕が、ある重要な協議を行うために訪問予定。シュトルコーの件を若干ラジオ放送で流す計画あり。

本日十七時まで、あるいは明日八時以降、確実に同志ノイゲバウアーに折り返すこと。急を要する。(117)

このメモには、鉛筆でいくつかの単語が書かれている。協議の構想かもしれない。

連絡　女子生徒ら　旅
学校　オーデンヴァルト学校　伝統との
ベンツハイム〔原注:ママ!〕　DDR　繋がり
放送局　＋　教員新聞

一九五四年から一九六三年にかけてSED宣伝部部長であったホルスト・ジンダーマンもまた、介入している。

例の件に関し情報を下さいますよう、お願い致します。生徒の一人が戻ってきた場合、ラジオ放送に参加できるでしょう。[118]

とはいえ、同志ノイゲバウアーは最終的に、私たちの事件をプロパガンダに利用しようとする試みを全て中止した。

当該高等学校生徒らによる西側への逃亡は特に深刻なものであるとは見なさない。何故ならば彼らの場合ほとんどが、我々の労働者と農民の国家の発展に思わしくなく、結局はプチブル的な対抗要素に関わる問題であり、遅かれ早かれ彼らは西側へ逃亡するというような事態になったであることは、想像に難くないからである。シュトルコーの住人のほとんどは小市民的俗物根性の持ち主である。工業はほぼ存在せず、高等学校学級の構成もまたそれに応じている。

　同志ノイゲバウアーは、この高等学校生徒らを少なくとも一部でも連れ戻すことに、多大な労力をかけるべきではないという考えである。

同志は次のようにこの見解に根拠を与えている。

当該高等学校生徒らは、我々がアビトゥーア受験および学籍登録の許可に関し譲歩する場合のみ帰還する。そうなれば彼らは勝者のように感じ、帰還後こちらの意向に沿った証言をすることもないだろう。共和国の大学の入学許可を与えた場合、反動派グループの結成に同調しないという保証も、新たに学生らに悪影響を及ぼさないとの保証もない。同志は続けて、西側から詳細な指示を受けた生徒が送られ、その生徒がこちらで特に我々の意向に沿った声明を発表し、その後再び西側へ逃亡、西ベルリンの側で、この発言はＤＤＲにおいて止むを得ずしなければならなかったのだと報告することを懸念している。そうなれば我々は西側の報道機関に新しくセンセーショナルなニュースを提供することとなり、我々の望みと逆の結果を生むかもしれない。

ＺＫは、我々の報道機関において何らかの形でシュトルコー事件に対する立場が明らかにされ、評論家たちによるこの誤りへの説明要求もまた、却下されることはないとの考えである。

高校生による西側逃亡の追随が世間に広まると推定されている。何故ならば我々の共和国の他の一部の高等学校生徒により、シュトルコーと同様の黙祷が捧げられたからである。(119)

同志ノイゲバウアーは見てきたかのように根拠をあげている。社会学上の階級分類は正しかった。しかしながらその階級分類は同時に、私たちの小市民的あり方を、資本主義の側の選択的社会の構想において、統合する能力がないことを明らかにするのだ。労働者と農民の国家の発展のむやみな賛美が私たちを苛立たせた。繰り返し何度も実演される独裁的な階級定義により、私たちは基本的には耐え忍ぶしかないのだと自覚して生きていた。しかし、労働者や農民の家に生まれた子どもではないからといって、それを負い目に感じなければならなかったのだろうか。私たちは個人的に関心を持っていなかったが、プチブルの白昼夢とも言うべき出世への思いは、同志たちの望むことと私たちがどうであったかの間に、はっきりとした違いを生むことになった。私たちの中には、私たちがこの国家に積極的に関わりたいと望むなら、常に自らの正当性を証明し続けなければならないだろうという予感があった。それに加えて「私たちは、絶えず自分たちの信憑性を証明するためにイデオロギーの最前線に踏み出すことを強いられただろう」。労働者と農民の国家の前に立ちはだかる不都合な要素という概念は、私たちがそもそも行動しうる前から、私たちの国家からの追放を意味する表現だ。DDRにおいて、私たちの事件に関して公にすることは、ことごとく禁止されていた。《Sudel《ズーデル》＝Ede《エーデ》》ことシュニッツラーでさえも、労働者階級の敵によるものと思われる、いわゆる「拉致事件」の報道ができなかった。同志たちは私たちの事件を、絶対的黙殺で終わらせた。私たちに関する最後の記録は、一九五七年三月四日付けのシュタージの添付書類である。そしてその後、書類はファイリングされた。彼らは、諦めたのである。

＊

さて、同志たちはシュトルコーの学校をどう扱ったのか？　ベースコー郡評議会国民教育局が、一九五七年四月二日の状況報告で言及している。

学校教員の間では、ＢＰＯと教育における新たな課題ではなく、先月の事件に時間を割く傾向が優勢である。一九五七年一月十四日に会議が設定された。

一九五七年四月一日のＢＰＯ会議で同志ヴェルナーとシュヴェアツは、同志ランゲ大臣が一九五六年十二月十三日の訪問において、学校の問題に対する大臣の個人的見解を表明したと報告した。その後、大臣は学校視学、校則、校紀をあまり評価しないよう指示したということだ。学校視学制度は成功の見込みがないように思われた。

私自身ＢＰＯの同志から非難を受けた。党および国家政党の指導的同志の活動に関してと同様、同志から同志教育省大臣への批判を抑圧したであろうことについてである。私は同志らに、批判の実行は常に熟慮すること、誰に仕えているのかということを、はっきりとわからせた。すなわち我々の国家機関の指導者たちを批判する、他の課題を解決するという特定の状況があった。[120]

党の命令があったとはいえ、私たちをめぐる事件は教師たちの中でくすぶり続けた。黙殺はそれを抑える力とはならなかった。その黙殺は彼らにとって新しいこと、終わり、計画、目論見、義務だった。当時の若き校長は、思い切りよく批判し、大臣という人物を党という事柄から分けたのだ。だが、彼と他の批判的同志らの前に、委員長が壁のように立ちはだかった。「批評それ自体に価値はない。それは誰の役に立ったか。その、誰かとは労働者階級の敵である。強者は無批判だった。そのとき、権力は権力のためにあった」

＊

シュトルコーから大学進学クラスが消えた。私たちは去り、二度と戻らなかった。逃亡から四週間後、『ヴェルト紙』編集者のハインツ・シェーヴェがシュトルコーを訪ね、一九五七年一月二十四日の街の印象を報告している。西ドイツ人による、冷戦の嵐による静けさに包まれた、小さな町の記録である。

シュトルコー——最上級生を失った町

占領地域からの特報「なぜ西へ行ったのか？」

マルク＝ブランデンブルクの町シュトルコーの最上級生、男子生徒十五名、女子生徒一名が占領地域の国境を越え、西側へ亡命してから四週間が経った。十六名はさしあたり、ベルクシュトラーセ郡のベンスハイムで、アビトゥーアに備えている。突然、最高学年の生徒らが消えてしまったこの町は、四週間を経た今、果たしてどの様な姿を見せてくれるだろう？

シュトルコーで降りる乗客はまばらだ。ケーニヒス・ヴスターハウゼンから七番目の駅である。ほんの数分停車すると、列車はベースコーへ向けて再び走り出した。一瞬の間、牽引車の警笛が鞭のしなるがごとく、空気中に余韻を残した。最後に改札口を出たのは私だった。他の乗客はすでに四方へ散らばっている。一月の太陽が冷たい光を投げかける中、駅前の通りに人の姿はない。《真昼の決闘》《High Noon》といった風情である——そう、映画『午後十二時』〔同映画の独題〕のワンシーンのようだ。これが一九五七年のドイツの真実である。シュトルコーの最上級生ら十六名による逃亡は、四週間前、この駅から始まったのだ。彼らは、授業中の沈黙を五分もの間やり抜いたために退学処分となった。それはハンガリーの独立闘争へ向けたものであったと言われている。

彼らの両親、兄弟姉妹はこちら側に残っている。ドイツを横断する、これまでに十六名が越えた境界線は、家族をも分断したのである。

踏切沿いにはガラスの破片が散らばっていた。一台の乗合自動車が動力車の方へ向かって走り、衝突したのだ。負傷者十五名。信号設備が故障していたことを、ちょうどそこで監視をしていた年配の男性が説明した。私たちが話している間、黒い毛皮の帽子を被った一組の夫婦が傍を通り過ぎた。若い夫人はベビーカーを押している。「さっきのは高校の元校長だよ」と先ほどの男性が囁いた。私は次になぜ「元」なのかを尋ねた。《クルト＝シュテッフェルバウアー高等学校》はあっさりと閉鎖されてしまったのだそうだ。この学校が冠するのは、対ヒトラーのレジスタンスだった教師の名前である。その名前は現在、シュテッフェルバウアー中等学校に受け継がれている。

残った最高学年の女子生徒四名は、シュトラウスベルクでアビトゥーアを受けざるを得なかった。「高等学校が閉鎖されたため、ベースコー＝シュトルコー周辺では新しい中等学校が三校設立されました。占領地域の教育計画では中等学校に重点が置かれなければならない状況です。一九六五年には、義務教育を受ける年齢の全ての子どものうち八十三パーセントが、中等学校へ通えるということになります」と、シュトルコーの《国民教育局》の幹部が語った。

かつての校舎までの道はみごとな白樺の森を貫いている。テオドール・フォンターネ通りの景観は、この日、その渋みがかった美しさを見せた。シュトルコー湖は氷結していた。黒、赤、金のドイツ国旗がポールの高いところで寂しげにはためいている。あれが学校に違いない。明るい広場だ。だが、なんと不幸な建築物だろうか！

冷たく未完成のまま、コンクリートブロックが聳え立っている。後ろの壁沿いには未だ石やレンガが積まれている。湖の方向には教室のある一階建ての増築部分が幾重にも直角に重なり合い、屈むように立っている。正面の広々とした校庭に沿い、障害物レースの短いコースが築かれている——平均台、跳馬、塁壁——子どもたちはこの障害物をどれくらい使ったのだろうか？　今や何もかもが死んだように静かで、置き去りにされている。一匹の犬がそばを通りかかり、怒ってキャンキャンと吠えるだけだった。シュトルコーの《城塞》から五十メートルのところで若者たちがスケートをしている。そこに最高学年の生徒の姿はない。

十六名が逃亡して以来、ある種の息苦しさがこの小さな町を覆っている。誰かに話しかけると常に、《最高学年の》というキーワードで誰もが顔を曇らせ、疑い深い視線を向けた。ある女性など、私が西ドイツから来たことを告げると、幽霊に出くわしたかのようにギョッとして私を見つめた。また別のある人は、覗く隙間もないほどに、しっかりと目の前で扉を閉めた。彼女は「ごめんなさい！」と言ったが、この不信感は私たちの間に立ちはだかる壁のようだった。「もしかして秘密警察の方ですか？」三番目の女性は不安げにこう聞いてきた。「その先生も今朝出て行ったばかりです」という話はまた別の場所で聞いた。「その先生は家族全員連れていったそうですよ」――街についてから数時間が経った。どうやら現場は全て回れたようだ。

五分間の黙祷が事件の発端だ。雪崩のような逃亡はそれに由来する。午後、この五分間について、《城塞》の臨時市役所で《国民教育》課の幹部二名と歓談することができた。中等学校の女性事務官の案内について行く。学校事務室の机の上に《十二年生クラス》と書かれた、分厚く黒い表紙の冊子が置かれている。だが、そこに含まれた章はまだ終わっていない。当初の雰囲気はまさしく冷ややかなものだった。その幹部らは三十代半ばといったところか。一人はスポーティでラフなタイプ、もう一人は《ヴォルフガング・ハーリッヒ》タイプ、綺麗にヒゲを剃り、非常にきちんとした身なりをしている。

「西側の報道機関だけですよ、この事件をこうも誇張しているのは」一人が話し始めた。占領地域の新聞は今日までシュトルコーのギムナジウム生徒の逃亡について何一つ報道していない。東部地区の『教員新聞』のみが逃亡について短い論評を掲載している。もっとも《高等学校勤務》年度報告内の数行ではある。「何一つとしてあてぃら、あちらでは問題になりゃ、ならなかった」とシュトルコー《城塞》の人物は噛みながら答えた。

この希望をシュトルコーから持ち帰り、私はケーニヒス・ヴスターハウゼンへ向う、一日十三本の列車の一つに乗った。学校、両親、故郷から一クラスが丸ごと逃亡したが、激しい緊張と強固な弾圧手段はまだ行われていないという希望だ。

恐怖というものは、最後には解体されるべきである。そのときには、シュトルコーの問題は、あらゆる人間特有の悲劇的運命に際し、より有用な意味を持つようになるのかもしれない。あの踏切での不幸な事故のように、これ以上なにも起こり得ないよう、今は監視員が見守っている。

第十六章　真夜中の救出劇

両親と兄弟が逃亡する

ＳＥＤとシュタージは、彼らの権限において、干渉くらいはできると信じていた。

教唆をした人物はおそらくガルスカ一家であると思われる。若者たちがホーエンツォーラー通りに宿泊している間、ガルスカ夫人は何度も現れ、西ベルリンの学校教育主幹局と連合国担当部署の交渉に付き添った。

ガルスカは職業教育学校教師である。**ガルスカ**夫人は女子生徒ヴァルブルガ・Ｇのこともまた西ベルリンへ送り届けている。(121)

何が起ったのか？

ディートリッヒが西ベルリンへ逃亡していたことが学校で知れ渡ると、クラスメートたちは頻繁にガルスカ家に出入りするようになった。ディートリッヒが亡命者宿泊所で過ごしていることもそれで知り、自分たちの逃亡にアドバイスを求め、数日の間には再び現れたのである。

彼らの両親は、危険な目に遭うかもしれないのだから、そう頻繁にディートリッヒの親のもとへ通わないように、と注意した。ホルスト・Rの母親も同じく頻繁に来ていた。来てはいけないことを知っていたのに、である。監視されていることはよくわかっていた。彼女はディートリッヒの様子を聞き、共感していただけなのだが。ムッツは道端で、思いやりの気持ちを表現したい、という女性たちから午後のお茶に誘われたことがある。しかし、彼女は行かなかった。女性たちの知りたがっていることを話したくなかったのだ。この女性たちの誰がスパイでもおかしくなかった。ゲオルグ・シュヴェアツも会いにきた。ディートリッヒの父親に胃痛のことを語り、自身も胃痛持ちであった父親はよく理解した。あの事件の顛末はシュヴェアツの未来に関わるかもしれず、誰もが彼に責任を負わせようとしているが、彼に罪はないという話だった。ムッツの胸には迫るものがあった。だがシュヴェアツは自分のことばかり話しすぎていると思い、わざとらしく対抗して見せた。

「先生、そういうことはもう、どうでもよくなってしまって。私は、私の息子を返してもらいたいだけなんです」

彼女は、一貫してライオンの様に猛々しく子供を追いかけ続けるべきだと思っていた。

一月十八日の金曜日がやってきた。ディートリッヒの両親は家の中にいた。すでに暗くなってきた頃、玄関ドアを叩く音が聞こえた。誰が来たのかを確認しようとしたとき、囁き声が聞こえた。

「明かりは点けないで」

外にはS夫人が立っていた。職業学校教師で、ディートリッヒの父親の同僚でもある。

「逃げて、あいつら月曜日に来るわよ。今日、党集会があったの。あんたたちのことを話してて。あの事件を唆したって疑われてるのよ」

ムッツが答える。

「なんてこと、入って。電気は消しておくから」

S夫人は先ほど話したことを繰り返すだけだった。二人はすぐに決断した。家族全員で出て行くのだ。逃亡の準備は前の週に済ませてある。これ以上話し合う必要はない。こうなった以上、ムッツは手際良く事を進めた。

「お宅で使えそうな物があったら持っていって」

警告は金で報えるようなものではないが、感謝の気持ちを表すことはできる。S夫人はゲリヒツ通りのはす向かいに住んでいた。夫人は暗闇に紛れて使えそうな物を家まで持って帰ることにした。重いミシンを抱えて通りを渡る際、その隠密行動は少々劇的なものとなった。裁縫箱の底が抜け、ガチャガチャと音を立てて敷石の上に散らばったのである。驚いてあちこちを見回す。隠れた敵の監視の遮蔽になる街路樹。息が止まる。何も起こらなかった。立ち上がり、再びコソコソと帰って行った。

夫人の無事を見届けると、逃亡計画の相談に入った。まず父親が一人で逃げる。一家揃っての逃亡、両親と子供三人では成功しないだろう。次の日の土曜日、父親は、アレクサンダープラッツで化学の授業に使う器具の買い出しをする、といういかにもな理由をつけて、ベルリンへ行くことになった。ベルリンの職業学校に通う十五歳の弟ヴィルフリートは、日曜日のスポーツ大会に出場する、という口実を作った。学校の中距離走では二位の実力者だった。ヴィルフリートは一人で西ベルリンまで逃げ、ムッツと他の二人の弟妹が到着するまでの間、たとえ夜までかかったとしても、ヴェストクロイツ駅で待ち続けなければならない。

土曜日、父親がすでにベルリン行きの電車に乗っている頃、ムッツは、家具職人Ｂｒの娘婿、隣人のカール・Ｍｉに、自分と十三歳の息子ライナー、十一歳の娘ジークリットを、自動車でシュトルコー駅の一つ先、フーバートゥスヘーエ駅まで送ることはできないかと聞いた。シュトルコー駅で電車に乗ると、それ以上先へ進めなくなるような気がしたのだ。カールはすぐに承知した。ガルスカ家は《ずらかる》つもりなんだろうと薄々感づいていたのだ。

「こんな所に残ってたってしょうがないよな？」

カールは快活で無鉄砲、スリルを求めるタイプの男だった。

「フーバートゥスヘーエ駅で乗るのも、安全じゃないかもしれないぞ」

カールは、自動車で直接ベルリンまで送ると申し出た。ムッツはシートを張り替えたばかりのソファと椅子二脚を贈呈した。日曜日の朝、四人はベルリンへ向けて出発した。ベルリンの国境には東側のドイツ人民警察が立っていた。

「身分証を出してください」

ムッツとカールは、子供が二人いる夫婦を演じた。末娘のジークリットも、うっかり口をすべらせることはなかった。余計なことを言わないで、ずっとモグモグしていなさい、と言いつけられ、リンゴを持たされていたのだ。どうか、亡命と、亡命幇助の疑いを、かけられませんように！

「おっと、身分証を探さなくっちゃ」

カールは変わり者の夫を演じ、

「あらやだ、キッチンのテーブルに置いてきちゃったのよ、あたしたち。あーもう、きっとそうよ！」

ムッツは忘れっぽい妻を演じた。カールが続く。

「グレートヒェン、ポケットに入れたつもりだったんだけどな、どうも忘れちまったみたいだ」

カールの口から、実際の妻の名前が自然にスルスルと口をついて出た。運転免許証もまた、持っていなかった。ソ連の将校が現れた。グレートヒェンとカールには何も言わず、ただ自動車の中を覗くと、人民警察に何かを伝えた。警官がカールに尋ねる。

「どちらまで？」

「子どもたちとトレプトーの動物園へ行くところで」

グレートヒェンが補足する。

「すてきな動物園なのにねえ、ごめんね二人とも、今日は帰らなくちゃならないみたい」

しかし、人民警察は旅行の許可を出した。

「そういうことですか、では行ってらっしゃい。帰りにもう一度ここを通ってくだされば結構です」

カールはアクセルを踏み、グレートヒェンと子どもたちをアレクサンダープラッツ駅まで送り届けた。グレートヒェンは新しい家の調度品のために持っていたお金を、もっと良いことのために使うことができた。シュトルコーへ戻る際には別の道を通らなければならない。カールは偽のナンバープレートを取り付けた。

Sバーンに乗り込んだ。子どもたちを落ち着かせるため、ババ抜きで遊んだ。ライナーが囁く。

「ママ、おしっこ。どうしよう」

ムッツも小さな声で促す。

「ライナー、出しちゃいなさい」

ライナーはそのままお漏らしした。最後の検問も切り抜け、電車が西ベルリンのレールター駅に到着した。トランプをじっと見ていたある乗客が「おお、やり遂げましたね」と言った。ムッツが驚いて返す。

「どうして？」

「いやあ、あなた、ずっとそれ、そのカード、逆さまに持っていたでしょう」

ムッツと子どもたちはヴェストクロイツ駅まで乗りつづけた。ヴィルフリートが何時間も前から待っていた。

「ああーお腹減ったな」

こうして四人は、父親がすでに待っているマリーエンフェルデへ向けて出発。家族が再び一緒になった。

月曜日、男が二人、ゲリヒツ通りに現れた。ディートリッヒの家族を見つけ出せず、カール・Mが住む隣家のベルを鳴らした。

「——しかしですよ、何かしら気がつかないとおかしいでしょう。家じゅう空っぽなんですよ。家具も持ち出されているんです」

カールの舅が余裕を持って受けあった。

「俺らは何も聞いとらんぞ、工場の裏っかわで働いてるもんで、ガタガタうるさくっていけねえや、他のもんも何かしっか働いてっからなあ」

男たちの一人が機嫌を損ねてあのソファを手の平で叩くと、Ｂｒのおじいさんがたしなめた。

「えい、兄ちゃん、ソファを叩くんじゃない、そいつぁ作り立てだ」

逃亡の手助けのお礼として、所有者の代わったあのソファだ。リンドナーで革を張り替えたばかりだった。おじいさんがホラをふくと、同志たちは退散した。

*

カルステンの母親が出て行ったのは三ヶ月後、一九五七年五月のことだった。彼女はこれ以上ＤＤＲで暮らしたくなくなっていた。ＤＤＲは彼女にとって独裁制でしかなく、自由になりたくて仕方がなかった。逃亡するしかない。息子とまた一緒に暮らしたいとも思っていた。

五月頭、十四歳の娘イリスと共に西ベルリンへ向かった。安全な土地へたどり着いたとき、母親は娘に力強く言った。

「さあ、ここまで来れば大丈夫」

母親が思い通りに運んでいるという風に振る舞わなければ、イリスは一緒に来られなかったかもしれない。彼女はシャルミュッツェル湖に強い思い入れがあり、簡単に離れるわけにはいかなかったのだ。暫く住むことにしたアメリカから、訪問客の形でこの街に戻って来るときは、今でも幸福を感じるそうだ。シャルミュッツェル湖を評価した人物は他にもいた。

「マキシム・ゴーリキーは療養しに来ていたし、ベルリンの人たちも週末はこの辺りで過ごしてた。

マックス・シュメーリンクとか、ハインツ・ルーマン、ケーテ・ドルシュも……」

同じ時期、ディーターの母親も娘のベルベルと共に出発していた。彼女の逃亡は長期の計画だった。ゆるゆると家事を終わらせ、全財産を隣人に分け、偽装した住所に普通郵便で荷物を送った。気に入っていた物、役に立ちそうな物の中から幾つかが救われた。ベルベルも承知していた。二人は一緒に家を出た。

＊

アルトゥールの両親も逃げなければならなかった。二人とも特に警告を受けたわけではなく、父親も直接危険な目に遭ってはいない。だが死活にかかわる絶望的状況に追いやられていた。アルトゥールには、ベルリンの大学で芸術とグラフィックデザインを学び始めたばかりの兄がいた。彼のところにも、アルトゥールを連れもどせ、さもなくば大学をクビになるかだ、と指示が届いていた。それで、こういうことになった。フランクフルト・アン・デア・オーデルでのペンキ塗りの仕事を得た後、彼もまた西ベルリンへ逃げた。嫌がらせで、時間内にはとても終わらせられない仕事量を課されたのである。

二番目の息子が西側へ逃げると、父親は解雇されてしまった、高い地位が理由ではなく、そもそも仕事が問題だった。彼は県の上級建築士で軍の事業を委託されていた。もっとも大きな計画はバード・フライエンヴァルデの原爆攻撃に耐えうる巨大な地下軍用施設で、三万人と重機を収容できるものだった。ところが、急に仕事の依頼が来なくなったのだ。四十八歳。知り合いと建設会社を興そうとしたが、知人の方は許可を出せるが、アルトゥールの父親の方にはできない、と通告された。一九五八年、アルトゥールの両親は西ベルリンへ逃げた。

アルトゥールの父親はSEDの党員だったが、自ら進んで入党したのではなかった。当初は強く勧められ、次にしつこく要求され、最後には選択を迫られた。「党に入るか、地位を失うかだ」――彼は入党する方を選んだ。社会主義の思想には共感していた。人道的社会と社会主義を結びつけて考えていた。だが彼は、政治活動は望んでいなかった。最終的に、DDRの社会主義は想像したようなものではなく、またそうはなりようもないことを悟らなければならなかった。密かに見張っていた同志らは、随分前から、「討論では否定的なSED同志」[122]に彼を分類していた。彼は失望を文章で残している。「褐色と赤〔ナチと共産党〕、何もかも一つだ」そして、とうとう出て行ったのである。

第十七章　新たな幸福の地にて

アビトゥーアへの道

一九五七年一月八日火曜日。私たちはフランクフルト空港に到着した。同日の夜じゅうにベルクシュトラーセ近郊のベンスハイムにある新しい宿泊所、司教区寄宿学校に到着した。入り口の右側に当座の寝床が組み立てられていた。講堂にベッドが十五床、リネンが爽やかな香りを放ち、木の壁が高く聳えているのに落ち着いた部屋だった。食事もすでに用意されていた。パウル・ティルマン博士が来て愛想のよい挨拶をした。私たちは再び見知らぬ人々から歓迎されたのだ。いかにも仮設の収容所といった風情の講堂が提供されたのには、それなりの理由があった。宿泊所はすでに百人ほどの生徒でいっぱいだったのだ。ティルマン博士の方から進んで説明したところによると、私たちが彼の講堂に泊まるのは、ベンスハイムから五キロメートル離れたツヴィンゲンベルクの学生寮の準備が整うまでの間だった。次の日には、その建物を見て回った。背の高い建築物、外側も内側も魔法にかけられたようだ。印象的な階段は吹き抜けで、錬鉄製の柵があり、その手すりはツヤのあるオーク製だった。そこにある物は全て古く、手入れされておらず、どこかしらが常に変わっていて、ドキドキするようにいわくありげだった。

次の日の朝、食堂。学生寮の生徒たちの用意してくれた机がたくさん並べられており、集ってきたのは、男子たちだけだ。私たちは机二台に分かれるよう指示された。前方の高くなった所にティルマン博士が座っていた。彼は身を起こし、全生徒の前で私たちに挨拶をした。拍手喝采。そして、まるきり新しい習慣「お祈り」だ。おいおい、マジかよ、でも、これぐらいは知ってるぞ、頭を下げて、手は重ねて置いて、組み合わせるんだ。気に入ったかというと、違う。だが四週間も経つと慣れてしまった。ティルマン博士の権威が影響した。食事はとても美味しく、充分お腹いっぱいになった。テーブルを並べた他の生徒たちはおかわりもした。

西から東へ、故郷へ送る小包。ベンスハイム郵便局の前で。左からディートリッヒ、ハンス＝ユルゲン、ヴォルフガング。1957年。

なぜ今、ベンスハイムなのか？　ベルリンでは、カソリック教会の機関カリタス同盟が私たちの面倒をみていた。その団体からは《故郷を追われたカソリックの生徒たちのための財団》へ、自然と導かれる。私たちは全員プロテスタントで、カソリックはヴァルブルガだけだった。宗派の違いは、宿泊所ではあまり重要でないと説明されていた。そういうわけでベンスハイムが指定されたのだ。短期ギムナジウムはそこで、DDRの高等学校の教育機構に相当していた。

この寄宿学校では、副校長としても働いていた助人司祭エックハルト・ノスケがとりわけ印象的だった。私たちは彼を「あの人《Eumel》」と呼んでいた。宗教と距離を取っていた私たちのようなDDR市民には、彼は神秘的で魅力のある人物に見えた。彼は一九九七年の筆者宛ての手紙の中で、私たちと出会ったときのことを思い出し、次のように書いている。

あなたがその場にいたかはわかりませんが、会話しているとき(学生ホールの前の廊下でした)、六から八人の男の子のグループの一人が、どうして先生は心を開いた人間として神を信じられるんですか、と尋ねました。もちろん色々と説明しましたね。私が思い出せる限りでは、あのときは、学問と研究の境界について話しました。宇宙の意味性について、あるいは自然界で起こる精密な進行について。すべからく超然と立つ、何にも依存しない偉大な精神を暗示するものについて。私たちはもっと頻繁に会話できたろうと思っています。しかし私は《回心の試み》を避けていました。

私たちは意味性を科学と自然に結びつけていた。何にも依存しない偉大な精神は必要なかった。D

ＤＲの文化的遺産だ。けれども、この司祭を私たちは信じていた。私たちの一部は彼を賞賛していた。もしかしたら、単に彼の人間らしい思いやりが好きだったのかもしれない。利用されるようなことはなかった。彼もまた私たちと相対的だったのだ。

ところで、私はあなた方のやったことに驚嘆していました。勇気を奮い起こしたのですから。故郷、両親の家、学校、慣れ親しんだ環境を信念のために捨て、未知の、ＤＤＲでは軟弱と思われていた西側へ移住したのです。そのために危険な方法をとりましたね。市民の勇気と、良心に従って行動する自由を説明するため、その具体例として、私はよくあなた方のことを宗教の授業で取り上げました。

ベンスハイム出身のプファウエ夫人とフォエッサー博士からは、全く違う援助を受けた。二人は自発的な思いやりから、ベンスハイムの住民から様々な布製品や靴を私たちのために集めてくれた。私たちは逃亡したときに着ていたものしか持っていなかった。私たちを助けてくれる人がこんなにもいたのだ。お礼のために私たちはベンスハイムを練り歩き、ドイツ母性保養会のために、缶を揺すってお金を集めた。

*

最初の週の間には、新しい学校へも案内された。その短期ギムナジウムは古く、窓はひしゃげ、柱は布で覆われており、廊下の床はカラフルなタイル張りで、扉はがっしりした焦げ茶色に塗られたオーク製だった。ドアには印があり、私たちはそれを覚える必要があった。OⅢ、UⅡ、UⅠ、OⅠ。私たちの教室はUⅠ、シュトルコーでの十二年生クラスに相当する九年制ギムナジウムの八学年だった。だが、UⅠはそれ以上のもの──重要で、価値あるものだった。そして隣り合わせで壁ギリギリに並ぶのがゲーテ校。ヴァルブルガが入った学生寮つきの女子ギムナジウムだ。

挨拶をするため、私たちは正方形に広がる学校の一階の廊下に集められた。日付のない『ベルクシュトラーセ新聞』には次のようにあった。

「我々は君たちを立派な人物に育て上げたい」

「黄金色に輝く西側でもアビトゥーア合格者の苦労は尽きない」

ヘッセン州文化大臣ならびに州知事の委任により、高等学校校長ルートヴィッヒ博士が生徒諸君に歓迎の辞を述べる。

「たとえ諸君が未だ感づいていなかろうと、次の事実を近いうちに認めることとなるだろう。いわゆる黄金の西側といえど、楽園ではないのだ」と博士は強調する。「こちら側の人生もまた厳しく、諸君は知識と能力を堅固にするため、学内では個々の興味の分野において、優れた成績を要求されることとなるだろう。諸君の人生は一度きりだからだ。しかし、諸君の習熟と順応を容易にするため、誰もができる限りの力を貸すことだろう(…)

これまでの学習に適合したカリキュラムが組み立てられる予定である。何よりもまず、第一外国語のロシア語である。第二外国語のラテン語履修は一年三ヶ月と、この点に関しては当地の生徒から遅れが出ている」

高等学校校長ルートヴィッヒ博士が続ける。

「自由なる西側の高等学校において、授業とは、ある特定の職業や目的を準備するためのものではない。君たちはこのことに慣れなければならない。君たちは時を通じて批判的にならざるを得ないであろう、輝ける西側の偶像、生活水準、生活の楽しみに感心するのではなく、真の人間的価値を追求し(…)

クラスを代表し、ディートリッヒ・ガルスカ君が感謝の意を示した。親切なもてなしと、とりわけ、特別カリキュラムの準備に非常に驚いたと述べた。ガルスカ君は、彼ら全員が信頼に応えるよう努力していくと固く約束した(…)

*

　新しい教師陣はたいていが年配の男性で、一部は変わり者だった。前の学校のように彼らと個人的な関係を築くことは殆どなかった。一年という期間は短か過ぎた。私たちの新しい担任ゲルハルト・シュヴァーベンラントが最も若く、一九二六年生まれで、つまりシュトルコーのゲオルグ・シュヴェアツやヴェルナー・モーゲルと同じ年齢だった。だが新教員ではない。ここにそういう教員はいなかった。無論、あの戦争は彼のことも打ちのめしている。アビトゥーアを受ける前にギムナジウムから引きずり出され、《最終勝利》後に大学入学資格を付与すると言われ、いわゆる卒業仮証明書を受け取った。彼はシュトルコーの両教師と同じく捕虜になったが、彼の場合はアメリカ側だった。卒業仮証明書は当然大学入学資格とはならず、帰郷後、九ヶ月の特別カリキュラム受講で埋め合わせなければならなかった。後に話してくれたが、素晴らしい学生生活だったということだ。彼は国語、英語、歴史を大学で学び、私たちが到着する二年前に当たる一九五四年、ベンスハイム旧選帝侯ギムナジウ

新しいクラス、新しい岸辺。ラテン語教師バイアー博士と、ライン川沿のヴォルムスにて。1957 年。

ムで学生試補を始めた。つまり、戦後すぐに正規の大学教育を終えた若い教師だったのだ。ＤＤＲではそういう教師に習ったことがなかった。

一九五七年一月二十三日、ベンスハイムのおもてなしに溢れた仮の寄宿舎を出て、ベンスハイムから五キロメートル離れた、ツヴィンゲンベルク方面のオルビスヘーエに引っ越した。プロテスタント系州教会が提供した牧歌的な宿泊所だった。オーデンヴァルト山地に接した一九一三年築の快適な建物で、最も高いオーデンヴァルト山の裾野、メリボクスに位置した。学生寮周辺の景観はまるで楽園だった。

私たちは二階の二人部屋、三人部屋、四人部屋に別れて暮らした。数週間の内に寮長のマリー＝ルイーゼ・リュートゲルトをすっかり信頼し、「ママ」と呼んでタメ口で話すようになった。唯一のＰＴＡ役員として私たちを信用してくれた。そして家政婦長のインゲ・ゲオルギーも、私たちをたくさん暖かい気持ちにしてくれた。私たちの間では「ショルシー」と呼び、やはりタメ口で話していた。ただし、《スプット》が食事に出されたときだけはブーブーと不満の声をあげた。スプットはブリキのバケツから給仕される、太い筒状のマカロニとトマトソースの料理だが、我慢ならないほどに不味かったのだ。

新鮮だったことといえば午後の自由時間である。課外活動もFDJの午後の集会ももうない。私たちの多くはのんびりと過ごした。ヌメルス・クラウズス〔定員制限のための選抜〕はまだなかった。どんな専門教育も、どんな職業も私たちの前に開かれていた。最初の頃はあまり真剣に勉強していなかった。オーデンヴァルトの気候風土が私たちの創作意欲を刺激し、マルク・ブランデンブルク出身者が初めて体験する湿った空気は私たちを怠惰にした。午後の活動はいよいよもって学生寮の女の子に捧げられるようになり、私たちは全く物怖じせず彼女たちに近づいていった。彼女たちの頭からは私たちを取り巻くようなオーラが放たれていて、私たちは気軽に引きつけられた。しかし、リヒター・ダンススクールのお茶の時間のダンスパーティでは、どうも不恰好だった。社交ダンスを知らなかったのだ。上級生が私たちの方へ来て促した。

「なあ、女子のところへ行ってこいよ、俺らじゃなくて、お前らと踊りたがってるんだぜ」

私たちは思い切って飛び込んだ。どんなダンスでも同じステップを踏めばいい。「左左右」がいつでも正解だ。通路の多いどんよりした店、ムッター・クーンにも忍んで行ったものだ。『嘆きの天使』

の教授のように妖しげな、あの誘惑には抗えなかった。

以前と変わらず、異国の人々はとても興味深かった。ドイツ連邦共和国のハンガリー亡命者同盟が私たちを名誉会員に任命したが、私たちは返答をしなかった。なにかそういう団体に加入したいとは思わなかったし、秘密警察のスパイが潜り込んでいないとも限らなかった。それで、私たちはケルンの青年同盟に加入した。決闘クラブの連中とキリスト昇天の祝日に、アルツバッハー城で厳格なコンパを開き、すっかり泥酔してしまったのも良い思い出である。

ベルクシュトラーセはまるで桃源郷だった。ツヴィンゲンベルクの丘陵、オルビスヘーエ、雲に霞む白い果樹の花の間で生活していたのだ。オーデンヴァルトの斜面は、霧がかかったときなどは少々眺めがよくなかった。西側のどこかにライン川が流れており、晴れた日に丘の中腹から肉眼で川を見ようとする者もいた。

丘の上には魅力的なアルツバッハ城とアウアーバッハ城があり、せっかくだからハイデルベルクの古城も見に行ってみよう、という気にさせた。オーデンヴァルトの奥深くでは、キュクロプスのために置かれたおもちゃのような、ゴツゴツした岩山をよじ登った。さらに南の方へ行ったところのグラーゼレンバッハは、伝説の英雄ジークフリートが殺された場所ということだった。本当であるわけはなかったが、オーデンヴァルトとベルクシュトラーセが、涼しげな小川に乗せてドイツの伝説物語を打ち明けてくれるような気がした。その物語は、より良い世界のための階級闘争よりも、奥深いものに思えた。

ベンスハイムで私たちは出入り自由の町というものを初めて体験した。この町は北と南に通じている。北側のフランクフルト・アム・マインにはゲーテの生家、聖パウル教会、皇帝の戴冠式の際にワインが湧き出たという逸話のある泉、そしてきら星のごとく輝く自動車企業がたくさんあった。南のハイデルベルクにはアイヒェンドルフ、哲学者の道とアメリカ人居住地区だ。郡庁所在都市ベースコーでは、棍棒で威嚇するようなソ連軍が高い営舎壁の向こう側に潜伏していた。アメリカ兵はオープンでいい加減、ときには少々横柄な態度で姿を見せた。彼らもまた占領軍ではあったが、私たちに言わせれば自由の守り手だった。

そして何と言ってもブドウである。シュトルコーや周辺のメルキシュ地方の村々では、陽の当たる壁に這うつる植物として知られていた。ベンスハイムやツヴィンゲンベルクでは、地面の上に鬱蒼と茂る。もろく明るい色のマルク・ブランデンブルク地方と違い、ここの土は暗くて固かった。だが、どちらも同じく一万年前の氷河期に生まれたのである。ベルクシュトラーセには緻密で肥沃な黄土が残っており、穴ぼこだらけの地元の砂地に戻ったように感じた。ここで食べていたブドウはワインにもなる品種だった。房の香りが舌と口蓋の間の空間に広がり、酸っぱかった。壁から摘みとるおやつのブドウ。ベルクシュトラーセ近辺の生産物と飲み物と食べ物でいっぱいの、デュオニュソス祭も懐かしい。何千年も昔のぶどうの収穫、圧搾、ブドウ絞り機、発酵、丸天井の地下室に置かれた木樽の中での貯蔵、そういった伝統的儀式への畏敬。お祭りは、一緒にワインを飲んで、思春期のワイン通たちが最初の知識を身につける場でもあった。もちろん、品質が云々よりも健康的な量のことである。

辺境にある私たちの故郷の景色は魔法にかけられたようで、静かな片田舎の松林、そしてライ麦畑に囲まれて魂が夢を見ていた。シュトルコーの中世の城は東のスラヴ人に対抗するための要塞であり、沼地の深いところに沈んでいるように見えたものだ。あの悪名高いミヒャエル・コールハースは守られ、見えないように潜んでいた。ベルクシュトラーセ近郊では、筆で軽く叩いて描いたような花咲く丘の上に山と城館が輝き、酔っ払った学生たちの歌う声がこだまして届いた。通り抜ける人々に開かれた土地。北から南へ、南から北へ、放浪する群衆。この生き生きとした集団は、いつでも何かしら自由なことをしていた。彼らの生命力に溢れた旅立ち、移動、徒歩の旅行《東国への旅路》《Morgenlandfahrt》は歴史のうねりの中にあった。ヘルマン・ヘッセを偉大な旅路に呼び寄せた時代だ。このベルクシュトラーセで、私たちはいつか、その旅に参加するような気がした。

*

私たちが、新たな西側の教師の視点でどのように評価されていたかは、担任教師だったゲルハルト・シュヴァーベンラントと筆者による、二〇〇六年の会話に明るい。

それは驚きだったよ、ああいう依頼を受けるなんてね。それで君たちが、そうだ、いわゆる短期ギムナジウムの、そう——下の学校で待っていて、私は上のギムナジウムにいて、それで、新しい試補として、下に降りて行かなくちゃならなくてね。まだ色々と整理されていなかったし、派遣されてきていた他の教師たちはまだ授業中で、私はあっちこっち右往左往してしまった。

そりゃあまあ、最初は、まず、間違いなく自信がなかった。この子たちとどうやって付き合ったらいいんだろう。この子たちに何を教えたらいいんだろう。いったいどんな子たちなんだろう。「どこでだって最初はそういう疑問が浮かぶものだよ」そう校長に言われたとき、私は、「神様またですか、いったいどうしたらいいんでしょう?」と考えた。上の階のギムナジウムの運営にすっかり慣れて、満足していたんだ。それからああいうことになって。別の学校だ。とはいえ、最初に思っていたよりは、物事はうまく運んだ、と言えるな。

ハンガリー動乱の鎮圧は恐ろしくて衝撃的だったが、もちろん、心理的によい影響も受けた。あれは、本当に、恐ろしく辛かった。まだ覚えているよ、鎮圧される前に、あそこでは革命演説があったんだ。共産党側の秘密警察が、一部ではあるものの、どんな風に撃ち殺されたか、話していた。私は父と他に何人かと連れ立って、ある葬儀のために墓場へ行った。そこでしばらく並んで立って、ハンガリーが確かに解放されたことを話して満足した。そのあと、あの恐ろしい反撃だ。私には初めから確実な予感があった。私にも当てはまることだったからな。それで、あの事件は私の心を軽くした。合意に至ったわけだからね。

あのときのギムナジウムでは、もちろんカリキュラムの構成にも気を配らなくちゃならなかったな。私は変わらずあの学校で働いていて、君たちに国語と歴史と社会を教えることになったんだ。

何しろあれは新しいクラスだったから、「まあまずはどんな子たちなのか、様子を見てみよう」という感じでね。それで、最初の印象は「愛想のいい若者たちだし、特に大きな問題はなさそうだ。私が気をつけなくちゃならないのは、今からアビトゥーアまでこの子たちを正しく導くことだ」だったたな。それから色々と興味深いものも目にした。例えばドイツ語教師として気になったのが、その頃は、後々に多少変わったことだが、いわゆる考察文を書かせるのがポピュラーだった。つまり、根拠を挙げて独自の意見を披露できる必要があった。それから経験したのが、まあ、なんだ、君たちの作文は、テーマがレッシングで、私の思い違いでなければ、つまり、あれは嫌になる程勉強したテーマだった。それであの作文は主に、詩人に関して相応に理解しているか、相応に学んだかをテストするものだった。確実なテクニックというのがあるのだから、それを教えることが大切だったんだ。例えば論拠と反論をまとめる、とかだね。それで、そこから根拠ある結論を出し、態度が決定されなければならない。最終的にすばらしい結果だったはずだよ、私の覚えている限りではね。

ときには他の先生方と、君たちについて、ちょっとした立ち話をしたものだ。例えば、同じように数学の先生も驚いていた。彼はもちろん、数学的思考を教えなければならない。それはつまり、生徒を一歩一歩、ある推論に導くということなんだ。そうやって、最終的には数学の方程式がきちんとわかる、という寸歩だ。それで君たちは「方程式って言いましたよね、あの、僕たちはもうできるんです」と言ったそうだね。

それから、もう一つの経験を教えてあげようか。私が講師をやったのはとても遅くて、昔の選帝侯ギムナジウムだった。私たちは、DDRから来た、ロシア語が必修外国語だった生徒を相当数受け入れた。つまりこちらでは、アビトゥーアでの第一外国語はロシア語選択ということになる。ロシア語の先生の印象は「ここの生徒はロシア語を第三外国語に選んでいました。好奇心から選んだのですから、モチベーションに適ったんですね。結果、四年から五年、DDRでロシア語を学んでき生徒たちに比べて、二年間学んだ当地の生徒の方が、優れていたんですよ」だったな。君たちの方では、そんなには気がついていなかっただろうなあ。君たちを教えていたロシア語の先生は、明らかに君たちの境遇に特別な理解をしていたわけじゃない。ただ、授業では、必要なことをやっていただけだ。

ちなみに、先生の専門の歴史では、イデオロギー教育の影響を感じましたか？

――歴史の授業で君たちが何か言って来ることはなかったな。君たちはよく聞いていたし、受け入れていた。しかしあれは、君たちが言っていたような事情ではなかった。そうだな、全く違うものだったな、私たちが学んだのとはね。見たところ君たちは、それぞれの分野で教えられたことを納得していた。で、論争みたいなことには一度もならなかった。一度もというのは言い過ぎかもしれないが、抑えられていたからだろうな。その代わりに、与えられたものをきちんと受け止めて、受け入れていたんだ。君たちにぴったりの副教材もあったし、そういうもののお陰だった。それに評判も良かったよ。そういう感じだね。

私たちは特に熱心な生徒でしたか？

――いいや。君たちはふつうの十八歳の生徒だった。つまり、根を詰めているようにも見えなかったということだ。徹頭徹尾正当でね。すぐに慣れた。ガリ勉ではなかったんだ。まああの時代は、ここもまだ、比較的のんびりとした学校だったからな。つまりその限りでは君たちが特別目立っていたということはなかった。どんな付き合いも結局は好意的だったよ。教師が何をやられたか言っていたように。六十年代の暴動なんかはまだ先のことだった。

宗教に関してはいかがでしたか？

――クリスマス前に、クリマスの詩とクリスマス用の福音書をいくつか抜粋して、朗読したことを覚えている。君たちはじっと我慢していた。それでヴァルブルガが来て、私に言ったんだ。「先生、そういうことには関わりません」それからは、そういうことはやめておいた。別に宣教したかったわけじゃない。授業でそんなことをしても意味がなかったしね。

ゲルハルト・シュヴァーベンラントは、学校の外の、西ドイツの普通の生活にも私たちを導いてくれた。

君たちを喜ばせてあげようと思って、バス会社のヴェルナーに声をかけたんだ。「あなたの所にはクラスの遠足で何度もお世話になってますね。お金はないんですけれど、このクラスとフランクフルト・アム・マインまで行く、なんてことはできませんかねえ」彼はこの話に乗ってくれた。彼のおかげで大都市の企業を見ることができたんだよ。まあ、君たちは前の遠足でベルリンを見学していたし、それも良い。ともかく、一度は落ち着いてデパートの中を見て回って、私は、ゲーテの生家やそういう類のものじゃなくて、何かあの頃の普通の生活というものを、見せてあげたかったんだ。ああいうことにだって順応しなくちゃやならなかった。

私たちに寄り添ってくれた先生の思いを、ピア・シュヴァーベンラント夫人が教えてくれた。

どちらかといえば、私には社会問題として理解されるべきものでした。学校から追い出されたことや、故郷、両親から離れてしまったこと。個人的に、実家というのは、どこかとても大切なものだったのね。私もゲルハルトのように両親の揃った家を経験していた。何よりも安心を意味するの。戦争のときは、こちら側でもナチの時代にはね、実家というのは守りや支えだった。だから、帰る家を失ったということは、「守るものがない」ということだった。私にとっては、それこそが問題だったのよ。

*

私たちはアビトゥーアが近づくに従い、勉強するべきこと、に集中していった。結果は——全員合格。それは決して簡単なことではなかった。高等学校教育委員会のルートヴィッヒ博士は、挨拶の瞬間に、まだいくつか試験をすると決めていた。それは予定外のことだった。

高等学校卒業記念式典は私たちが注目を集めた最後の公式行事だった。一九五七年三月十七日の『ノイエ・プレス紙』がその様子を伝えている。

特別な高等学校卒業記念式典
彼らはあの囲われた街を突破した

シュトルコー高等学校の生徒十六名―素晴らしいスピーチの数々

ベルクシュトラーセ近郊の多くの高等学校生徒、そして連邦共和国じゅうがこの週に、受験者たちのための式典を催した。彼らはアビトゥーア、すなわち大学入学資格試験の関門を突破し、新たな人生のスタート地点に立っている。土曜日にベンスハイムの短期ギムナジウムで催行された送別会はしかし、卒業生の連なり以上に意味のあるものだった。大学入学資格を受け取ることのできた三十五名には、昨年、ソ連占領地区の故郷シュトルコーから当地へ亡命してきた、あの十六人の生徒も含まれている。

シュヴァーベンラントの高等学校一級教諭は「異動してから暫くは大変なこともありましたが、その困難は異動に由来するものだったのです」と担任挨拶を始めた。彼はまた、生徒の母親が二名、精霊降誕祭の時期にはベンスハイムを訪れ、子どもたちが自信を持てるように励ましていたことも伝えた。他の親族らも足繁く通っていたのだが、現在ではソ連占領地域の役所がそれぞれの訪問を禁止している。このような経緯があり、保護者らは担任教諭に、この式典に代理で出席するよう願い出たのである。氏は教師として、「教育に終わりはありません」と発言している。「協力と共同責任を、学校は君たちに求めて来ました。この二つはまた、人生においても日々強く求められることになるでしょう。そしてそれを肯定できる者こそ、アビトゥーアに合格したと言えるのです」。そして最後に、「あらゆる素晴らしいものを楽しみ、熱中したことを決して忘れないでください」と、奨励とも忠告とも取れる一言でスピーチを終えた。高等学校一級教諭シューフ女史がその祝福の言葉に付け加えて、とりわけクラスの目をみはる学友精神を評価した。

（…）

ツヴィンゲンベルク市長ツーブロート氏は、シュトルコーの生徒たちの勇気と毅然とした姿勢、遠く連邦共和国の境界を越えたことは賞賛に値する、と強調した。「ツヴィンゲンベルクが若い人々に生活の場所を提供できたことを嬉しく思います。どうか、この古めかしい小さな町を忘れないでください」（…）

郡長ロンメル博士が合格者らに祝辞を述べ（…）「まさに学友の信義に対する確固たる信頼こそが、己の力のみを頼りに、東部地区を取り囲んでいた非自由の輪を粉砕することを、若者たちの一団に許したのです」とし、郡長はそのことについて、「我々のあまりに不確かな世界においても、まだ理想が存在するという証拠を目にしたのです。理想へ向かうことは価値あることなのです」と続けた。「世界が唯物主義に固執するなら、皆さんで吹き飛ばしてしまうでしょう。それでも世界がこの精神という価値にたどり着くならば、世界は守られることになるでしょう」と断言した。

外務大臣ハインリッヒ・フォン・ブレンターノが、担任教師ゲルハルト・シュヴァーベンラントに宛てた書簡により、アビトゥーアの合格を祝福した。私たちは彼の選挙区に住み、学んでいた。そして町中で行き会ったこともある。

拝啓　高等学校正教諭様

シュトルコーの高等学校生徒諸君が、この様に印象的な道を選び、とうとうアビトゥーアに合格したことを聞き、大変嬉しく思っています。どうか担任教師として、十五名の紳士、そして若きご婦人に、この優れた業績への私の心からの祝福をお伝えください。この成果は決して簡単なことではなく、多くの努力を要したであろうことは、私もよく承知しております。シュヴァーベンラント先生と、シュトルコーの生徒らがこの挑戦を成し遂げるために関わった全ての関係者の皆さまに率直に御礼申し上げます。合格者の皆さまのこれからの人生の道行が幸多いものとなりますよう。わたくし共はみな、彼らが決して遠からぬ将来、離れた故郷に還ることが許可されることを熱く期待しています。

昨夜連邦議会の外交上の討議があったばかりの本日、この思いをもう一度明確にお伝えしたいと思い、筆をとった次第です。

敬具

皆さまに忠実なブレンターノ

ハインリッヒ・フォン・ブレンターノは、担任の先生を通し、私たちに本を一冊ずつ贈呈してくれた。

卒業式。校長ルース、ディーター、ヴァルブルガ、カルステン、ホルスト・Z、寮母マリー＝ルイーゼ・リュットゲルト（ムッティ）、音楽教師フリッツ・フリュー。

第十八章　同窓会

四十年後の再会

アビトゥーアを終えると、ベルクシュトラーセを離れ、私たちは散り散りになり、それぞれの道を進んだ。様々な職業訓練所を経て、様々な職業の資格を得た。専門教育の間も、自然と小さなグループで会っていた。私たちはアビトゥーアから五年後に『シュテルン誌』の招待でダルムシュタットへ赴き、六十年代初頭にはベルリン＝ブランデンブルク同郷会の誘いに応じて、ヴォルフスブルクへ行っている。ベンスハイムとツヴィンゲンベルクでの卒業二十周年同窓会には、ラインハルト以外の全員が集まった。八十年代の最後の同窓会はこじんまりとしていた。

とはいえ、個々の足跡を追うためにそれぞれで帰って来てはいたのだ。故郷へ――私たちの家族は、ほとんどがＤＤＲに残っていた。一九六一年八月十三日、壁の建設が始まったあの日から、西ベルリンで家族と会うことは叶わなくなった。国境の封鎖により、個人的に会うことができなかったのだ。両親や兄弟姉妹が私たちを訪ねることは許されず、私たちの方がＤＤＲへ戻ることも許されなかった。私たちの西ドイツへの逃亡は罰せられる可能性があった。そして一九七二年、ドイツ連邦共和国とドイツ民主共和国間で締結された基本条約により、特赦を与えられると、特に家族がシュトルコーに住んでいた同級生たちは、たびたび故郷を訪ねるようになった。クラウス・S、ホルスト・R、ラインハルトが頻繁に帰省していた。

ディートリッヒの場合はどの親戚も西側にいたため、シュトルコーへ行ったのは三回だけだ。一九七三年が最初だった。整形外科の診断書を提出すると自動車での入国が許可され、チューリンゲンまで恋人テークラの親戚に会いに行くことができた。そしてシュトルコーへ車を走らせていると、霞に覆われたあの街と学校が現れた。かつての懐かしい牧歌的な風景が、まるで魔法にかかったようにその姿をとどめていた。一基の煙突がセメント工場のように、昔は校門のあった辺りで上へ向かって伸びている。新しい暖房設備が学校全体を暖めているのだ。家庭用燃料の匂いが建物を覆っていた。ディートリッヒはこの匂いに覚えがあった。今住んでいるルール地方の匂いだ。汚いとわかっていても、彼はその匂いが好きだった。ルール地方の面影が湖畔の街シュトルコーにあるとは。しかしその匂いは強くなり、行き交う二サイクルエンジンの排ガスによって悪臭となった。家庭用燃料と自動車がしゃぼん玉のようにあちこちの広場や道を覆い、まるで重くのしかかってくるようだった。

街に残ったクラスメートを見つけ出そうとはしなかった。彼らを困惑させたくはなかったのだ。しかし、パウル・ホルツのところへは行き、一時間ばかり楽しく過ごした。ディートリッヒは何もかも語らずにはいられなかった。ディートリッヒもまた地理を教えていることを話すと、パウル・ホルツはそれを喜んだ。ブランデンブルクの氷河期の地質構造について意見交換をしたときには、目をキラッと輝かせた。

「あの子たちの一人がずっと西の方からやってきて、どれだけ故郷のことに詳しいか、語ってくれるなんてなあ。故郷に思い入れがあるかってことだろう、嬉しいなあ」

帰り際、きっと在宅しているだろう、とヒャーメンの住所を教えてくれた。

ヒャーメンの家を訪ね、玄関のベルを鳴らしても、ドアは閉じたままで、シンとしていた。まだ明るい時間だった。ディートリッヒは知るよしもなかったが、党が何らかの方法で自分を再び苦しい立場に置こうとしていたことを、カスナーは受け入れざるを得なかったのだ。クラスの担任だったカスナーは、絶対に扉を開けなかった。

そして、ディートリッヒがフォルクスワーゲンのケーファーで、ドレヴィッツから西側との国境駅マリーエンボーンを通過するために、検問を受けたときのことだ。国境監視員が書類を手に彼の方へやって来て「百四十キロを二時間で走ってきたんでしょう。規律違反というやつですな」と強く言い張った。ディートリッヒは、途中のサービスエリアで二度休憩を取っていると説明した。

「塩茹でのジャガイモとムラサキキャベツがとても美味しかったですよ」

監視員はディートリッヒをじっと見ると、簡潔に指示した。

「その壁の前、そこへ進んで」

自動車の列から離れて停車した自動車のために一種の木箱を置いた。一時間後、監視室から職員が出てくると持っていた紙を渡して言った。

「先へ進んで構いません」

ディートリッヒは何も言わず、何も聞かず、ただ微笑んで発進した。素朴な故郷のじゃがいもの味に、このときばかりは感謝した。

この様な偏執狂的国家意識による強迫神経症的な任意処理を、東西を行き来する際、私たちは常に経験していた。例えばディートリッヒが社会科見学でDDRの首都、東ベルリンへ教え子たちを連れて行ったときだ。彼らは「ボロボロ、つまらない、格好悪い、汚い、臭い、うぬぼれている」と評価した。彼らはDDRに反感を抱いた。あれはドイツではなかった。ロシアでもなかった。何でもない、荒地だった。

ヴォルフガングは一九七八年に、従姉妹に会うためシュトルコーに十四日間滞在した。街と学校を目にして彼が感じたのは「めちゃくちゃだ」だった。シュトルコーに住んでいる兄弟の義兄弟クラウス・Hと、ヴォルツィヒ湖まで新鮮な魚を買いに行った。男性のグループが彼らの左側、数メートル先に立っていた。彼らは二人を見ると、向きを変えて数歩分の距離を取ったのである。

「彼らは人民警察に関わってるんだ。お前と話しちゃいけないんだよ」と、クラウス・Hが説明した。

ヴォルフガングはクラウス・Hと共に、東ベルリンの半導体研究所に勤める兄弟を訪ねた。二人は企業の敷地から二百メートル離れた所に車を停めた。ヴォルフガングは自動車の側で待ち、クラウス・Hが一人で建物の中にいる守衛のところへ行き、S氏と話せないかと聞いた。守衛は内線電話をかけ「西側からのお客様ですよ」と伝えた。

ベルント＝ユルゲンは、ケーニヒス・ヴスターハウゼンに住んでいる兄弟のハンス＝ディーターに会うため、DDRへは比較的多く通っていた。八十年代半ば、二人は学校を見にシュトルコーへ向かった。かつての学校の脇の道、フォンターネ通りを過ぎた。「放置されて、朽ちて、荒廃し、ただただ気が滅入る」だった。八十年代にもう一度兄弟を訪ねたとき、彼はフリードリッヒシュトラーセ駅近くの「涙の宮殿」で、身分証検査に呼ばれた。身分証を取り出すために書類カバンを開ける。カバンの中ではヴェネツィアの写真が乱雑に重なり合っていた。

「そこに入っているものは？」

「ヴェネツィアの写真ですよ」

カバンから写真を取り出そうとすると手が滑り、多くが床の上に落ちた。そこは身分証検査の監視室だ。ベルント＝ユルゲンは愛想をよくしようとして「ほら、これでよく見えますね、ヴェネツィアはこんな感じだったんです」と笑った。長い時間、厳しい視線がベルント＝ユルゲンに注がれた。

「脇へ寄りなさい」

別の国境兵に隣の部屋へ案内された。彼はそのときまで、その部屋には全く気がついていなかった。ドアは閉じ、窓は無く、明かりは薄暗く、壁にハネ蓋があった。ベルント＝ユルゲンは人生で初めて、目の前が真っ暗になったように感じ、心細くなった。十分後、バンッという音がしてハネ蓋が上げられ、制帽をかぶった顔が数秒の間その部屋を覗くと、ハネ蓋が再びバンッと音を立てて閉じた。二十分後、ドアが開くと、彼はそのハネ蓋部屋から外へ出され、それ以上何も言われることはなかった。

カルステンは八十年代に、オラーニンブルクに住んでいた従姉妹とフリードリッヒシュトラーセ駅の近くで会っている。二人はウンター・デン・リンデン通りを赤の市庁舎まで歩いた。市庁舎の地下食堂へ入ると、客は一人もいなかった。カルステンが窓際の席へ行く。きれいな景色が見える。しかし、窓際のテーブルの全てに予約プレートが立っていた。

「予約席、十四時まで」

食堂に立っていた女性に尋ねる。

「客はいつくるんですか」

「知らないよ」

「窓際に座りたいんですよ」

「ダメダメ、予約があるんだから、見えないのかい」

カルステンが不機嫌に続ける。

「何様のつもりだよ」

「私はね、座席案内係同志だよ」

「窓際の席にご案内いただけませんかね？　誰もいないじゃないですか」

座席案内係同志が答える。

「私がご案内いたします」

二人は食堂の真ん中の席に案内された。柱の周りを囲うように置かれた丸テーブルだった。二人は十四時まで滞在したが、客は一人も来なかった。それ以上は何も話さなかった。従姉妹は目立ちたくなかったのである。

一九八一年、カルステンはあの学校を初めて再訪した。彼は従姉妹とその夫と一緒だったのだが、自動車から出て学校の写真を撮ろうとすると、従姉妹が制止して言った。

「ちょっと、やめて、面倒なことになるでしょ。ここで撮るのはダメ、公共の建物なんだから」

「どうしてダメなんだ？」

「スパイだと思われる」

「ああ、そういうことか」

カルステンはオラーニンブルクで居城の写真を撮ったときのことを思い出した。近くにいた男性が声をかけてきたのだ。

「西側の方ですよね？　ここで写真を撮るのは禁止ですよ」

男性は「城の中からシュタージの職員が見ている」とは言わなかった。それじゃあ、俺たちの学校はどうだろう？

「――わかったよ、怒らせたくはないしな」

一九九二年、ＤＤＲの解体から二年後、学校は冷淡な場所になっていた。カメラをお腹の位置に持ち、校舎へ近づいて行く。何枚か写真を撮る。年配の男性が近づいて来た。カルステンの意見では、百メートル離れたところに、その同志を見ている者がいた。

1990 年代半ばの校舎。

「ここで何をしているんだね？」

刺すような声音。

「ご覧の通り、写真を撮っています」

「ここでは禁止されている」

「ふざけないでください。ＤＤＲなんてもう過去のことでしょう」

「訴えてもいいんだぞ」

「どうぞ訴えてください。私はこの学校の元生徒なんです」

「だからなんだ、言うだけなら誰でもできる」

カルステンは踵を返し、自動車に戻った。

ディーターは、一九八六年に初めてＤＤＲを旅行した。彼が空軍中佐をしていた頃、ＤＤＲは敵だった。訪問も禁止されていたのだ。一九八九年の政治的方向転換の後、やっとシュトルコーへ行くことができた。三十五年後の印象は「なんてこった。学校は期待はずれだ、ＤＤＲにあるものは、何もかもまるっきりみすぼらしい」だった。シュトルコーをぐるぐると歩き、ウルズラを探して回った。玄関ベルを鳴らすと、ドアが開き、そこにウルズラが立っていた。そしてただ「ディーター」とだけ言った。温かい気持ちが溢れた二人は、またすぐに友情を取り戻した。

*

あの大転換が起こった。ウルズラと夫のエーリッヒは共に、新しい建物の方ではあったが、私たちの母校の先生になっていた。二人は私たちの物語を振り返り、生徒たちと一九五六年の事件をまとめようとした。ウルズラは私たちの住所をいくつか明らかにし、一九九二年に手紙を出している。

一九九二年九月二十日、シュトルコーより

親愛なる――！

きっと私からの知らせに驚いていることでしょう。次の説明で事情をわかってもらえたらと思います。

私は一九七一年から、国語とロシア語の専任教師として、カールスルストの母校で働いています。私たち十二年生クラスがバラバラに別れてしまってから、随分いろいろなことが変わりました。

一九九二―九三年の学年が始まるのに合わせ、この学校にもギムナジウムに相当する上級学年が導入されました。州政府の同意を得るまでに要した労力は大変なものでした。どうにか十一年生クラスを二つ開き、その一つの担任を私が受け持っています。

クラスの生徒たちは、当時の私たちの《運命》に取り組むことに興味を持ち、皆さんとお近づきになりたいと考えています。もし三年後にアビトゥーアの記念パーティと私たちのクラスの同窓会を共催できたなら、とても嬉しいです(…)

かつてのクラスメート、ウルズラより心からご挨拶申し上げます。

ウルズラ(…)

この手紙が届いた中で返事を書いたのは六人、ウルズラが併せて送付した当時の状況を振り返るアンケートを埋めて返したのは、四人だけだった。

ベルント＝ユルゲンは、返事を書かなかったことについて色々と理由をあげている。

「何年も経ってからだったし、アンケートで聞かれてるようなことに、直接関わりたくなかったんだ。何のために使われる？　誰がどんな目的で協力してる？　ってね。自分では判断できなかったから放っておいたんだ」

そのプロジェクトの成果は、校内のパーテションとシュトルコー町当局の壁に掲示された。シュトルコーの人々は興味深げに眺めた。そこに描かれていた出来事をほとんどの人が知らなかったのだ。

*

ディートリッヒは壁崩壊直後にベルリンへ向かった。解体屋から借りた大きなハンマーで、ブランデンブルク門の近くのコンクリート壁を打ち、三十三年間の分割を頭の中から象徴的に打ち出そうと考えたのだ。壁そのものには近寄れなかった。武装した国境警察が見張っていたのだ。クアフュアステンダムだけはいささか象徴的に歩行者専用区域となり、自動車は走っていなかった。中央分離帯の両側には新聞やプラスチックのコップ、ビニル袋の類いが散乱していた。アスファルトで舗装されていた。《鉄血宰相》の立像がある高台に、一台のトラビーが、進行方向に対して横向きで止まっていた。後部座席の車窓から、壁崩壊の大見出しが躍る『ビルト紙』が見えた。

シュパンダウ＝ピヒェルスドルフの牧師の未亡人となったディートリッヒのおばと共に、エルベ川の支流の中洲へ行き、テーブルを囲んでコーヒーと手作りの焼き菓子を楽しんだ。ガレージの住人らを連れ出し、エルベ川の岸辺に立って、そして彼らとともにドイツについて語った。それで、シュトルコーは？　いいや、シュトルコーの話はいつかまた。

一九九四年、かなり後になってからのことだ。

「ねえ、シュトルコーへ行ってみる気はない？」

妻に聞かれ、ディートリッヒは、シュトルコー湖の畔で休暇を過ごすのもいいな、と思った。妻は電話をかけ、一九九四年の夏のバカンスに向けてシュトルコーの貸別荘を予約した。妻はホフマンという自身の苗字を使っていたため、ディートリッヒの苗字が予約の際に知られることはなかった。妻がシュトルコーからの予約確認証を見せる。貸主の名前を一瞥する。シュヴァルツか、シュヴェアツか、はっきりは見えなかったが、その数秒で充分だった。知っている名前だ。シュトルコーの校長だろうか？　三十八年も前の話だ。そんな偶然はないだろう。他の誰かに違いない。頭の隅に置いて忘れてしまった。仕事が疑問を押しのけた。

十四日後、夫婦は自動車でシュトルコーへ向けて出発した。A12号線がすでに故郷のようだった。ヒトラー時代にできたアウトバーン。規則正しく車体に響く、コンクリート敷石の間に渡されたタール舗装の排水路。樹脂を集めるために刻まれた松の幹の傷。車道の脇は森で、道と森を分ける路肩もガードレールもなかった。メルキシュ地方の御影石でできた高価な敷石が、回転する車輪のため走行跡の上でブンブンと音を鳴らした。崩壊した城塞の脇を過ぎ、カールスルスト方面へカール＝マルクス通りを進む。通りの名前は今も同じだろうか？　世界に広く心を開いた反抗的なマルクスと、湿っぽい草地の、霧にけぶる田園風景、そして滔々と流れる小川。似つかわしくない。その二つが調和したことなどなかったのだ。ついにフォンターネ通りへ入って行く。こんな風に母校の近くへ来られるなんて。

貸別荘の鋼鉄製の門の前で自動車を降りる。貸主は自動車のナンバーで新しい客を見分けていたようで、庭から出て門まで来ると、片方の扉を開けてくれた。お互いに笑顔を交わす。ディートリッヒは妻の後ろに控えていた。

「やあ、よくおいでになりました。いらっしゃいませ。こんにちは、ホフマン夫人。ようこそ、ホフマンさん」

貸主の妻の方の挨拶は、愛想に欠けていた。ディートリッヒは控えめに距離をとり、貸主を観察した。本物だ。あの校長が、目の前に立っていた。歳を重ね、髪が白くなり、深い皺が刻まれている。

シュヴェアツの方はディートリッヒに気がつかなかった。そのときは唐突に正体を明かすようなことはせず、そのままにしておいた。後でわかることだ。

次の日も、ディートリッヒは悟らせるようなことはしなかった。驟雨《しゅうう》がサラサラとシュトルコーの街に降りかかる。ガレージから出て来たシュヴェアツはびしょ濡れだった。ディートリッヒが見ると、ショベルとバケツで水を取り除こうと骨を折っているところだった。ディートリッヒも手を貸し、一時間かけてガレージの水をすべてかき出した。とんだガレージだ！　そのガレージはＤＩＹのための倉庫だった。全ての棚に余り物が並んでいた。布地、ケーブル、ネジ、釘、紐類、おまけにあらゆる種類の工具だ。ディートリッヒの妻は、そこを「エマおばさんのネジ屋さん」「ＤＤＲのがらくた置き場」と名付けた。困窮するＤＤＲでは必要不可欠な備蓄庫だった。

「ホフマンさん、お客さんにこんな風に助けてもらったのは初めてですよ。明後日にぜひとも夕ご飯をご一緒してくださらなくちゃ。ベランダがいいんだが、今日明日は残念ながら使えないのでね」

とシュヴェアツ。ディートリッヒは、よし、そのときに正体を明かそう、と考えた。仕事を終え、汚れて汗もかいている、今はそのときじゃない。約束はしたのだ。

ディートリッヒの妻には、校長は昔の文化の切れ端のように思えた。「礼儀正しい、気が利く、好意的、親切、愛嬌がある」彼の中には古い世代の節度が息づいていた。彼はこの機会を利用して、色々と語ったり、教師のように弁じ立てたりしたそうだ。

「まさに君のように、彼らも付け加えて色々言ったものだよ」

彼女はエコロジー問題を話す校長に喜んで耳を傾けた。旧校長のエコロジー転換である。

ヴェランダで食事をする夜がやってきた。テーブルには赤ワインと水、軽い焼き菓子類がある。最初は当たり障りのないおしゃべりだ。「そのとき」までの数分の間、ぺちゃくちゃと明るい会話が続く。シュヴェアツ夫人はほとんど聞いているだけだった。そしてゲオルグ・シュヴェアツが自分のことを語り始めた。

「私はブランデンブルク民じゃないんですよ、実はポンメルン民なんです」

「メルク民」

ディートリッヒが逆らって言う。

「私たちはブランデンブルク民とは言いません。私たちはメルク民と言うんです」

驚いているシュヴェアツに向かって言葉を続ける。

「私は、本当は西ドイツ人ではありません、東ドイツ人です。それに、この辺りの出身なんです」

ディートリッヒはそれ以上のことを話さずにはいられなかった。シュヴェアツにもわかるだろう。個人的な思いを表さずにはいられなかった。到着したときに名前を伝えていたらどうなっていただろう。なに、それはそれだ。いいから言ってしまえ。

「それだけじゃありません、私たちは、私たちは色々と、一緒にやったこともあります。私は、ここ、シュトルコーで学校に通っていました。あまり良い終わり方ではありませんでしたが」

もう、これで充分わかったはずだ。次は校長の番だ。ゲオルグ・シュヴェアツはとても静かで、ディートリッヒを見ると、ほとんど独り言のように小さな声で言った。

「ということは、一九五六年の」

「ええ」

ディートリッヒの妻には、彼の顔から、あまねく習慣性のものが剥がれ落ちていくのが見えた。

「それじゃあ、あなたは、あなたは、つまり……ディートリッヒか」

ついに名前を呼ぶ。

「はい」

「そうか、あれは、大変な時代だった」

疲れた目でテーブルに視線を落としている。彼は何も見ていなかった、自分の記憶を辿っていた。

そしてほとんど囁くように言った。

「今でも少し、心が痛むよ」

深い物思いから我に返り、シュヴェアツは再び口を開く。

「それなら、今、ちょっと言わずにはおられないんだが。私は裏切っていない。私からは何も言ってないんだ。ベースコーから、事件のあらましを説明せよ、扇動者を見つけ出せ、と指示があった。だが私自身は何も知らなかった。私たちを邪魔しないでいてくれたなら、全部私たちだけで解決できただろうに――」

当時どれほど苦しい立場に置かれていたのかをシュヴェアツが語る。今まさにそれを経験しているかのような話ぶりだった。そして、君たちはどうしてああいうことをしたんだ、と聞いた。

「私にはわからないんだ。聞いたこともなかった。私とあのことを話す者はいなかった。あの子たちは、私がクラスを裏切ったんだろうと考えているだろうな」

彼は静かに、そして興味深く、ディートリッヒが当時のクラウメートたちについて知っていることを話すのに、耳を傾けた。シュヴェアツは共感して言う。

「今こそ一緒にあのことを話すべきなんじゃないか、あの歴史はきちんと振り返られるべきだ。だが誤魔化しのない誠実なものであるべきだ」

ディートリッヒは、彼のリハビリに付き合っているような感じがした。

四十年の時を経て、ゲオルグ・シュヴェアツは傷つけられたような気持ちに襲われていた。まるで今ここで苦痛を与えられているかのようだった。私たちの物語を、彼は忘れていなかった。昔の話ではなかった。どうでもよい過去のことにはなっていなかった。無意識のうちに抑えこんでいた。記憶を守る覆いは、もうなかった。ディートリッヒは、なぜ今自分の正体を明かしたのか、なぜゲオルグ・シュヴェアツだとわかったのかを説明した。

「この再会を祝して乾杯しましょう、素晴らしい再会に」

ディートリッヒが促すと、場の空気が和んだ。

夕暮れが暗闇に変わり、厄介なブヨがわいてきたので居間に移動した。シュヴェアツがアルバムを取り出す。当時の学校の写真だった。

ゲオルグ・シュヴェアツ。2006 年。

私たちのクラスメートも写っている。ページをめくる。こいつはこいつだ、あっちはあいつだな、そっちはそいつだ。シュヴェアツは古い物語をあまり長く話したくないようだった。自分のこと、避けられなかった苦しい経験のことを話したがった。仕事部屋に消えると薄いクリップファイルと共に帰ってきて、その中からタイプライターで書かれた書類を取り出した。そこには、彼が校長職を罷免されたことが記されていた。

「これを見れば、当局が私をどんな風に扱ったのかがわかる」

ディートリッヒは、私に罪悪感を抱かせようとしているのか？　と思っていたが、妻の方は、この老いた校長は自分だけの物語を話して聞かせたいんだわ、と考えていた。彼が話したかったのは、名誉毀損についてだった。年金の金額に話題が及ぶと、彼は罵り始めた。

「東側の教師はどっちみちみんなばかなんだ、最初から金額に等級があるんだからな」

その後、二人は何度も話し合った。シュヴェアツは降格通知のコピーをディートリッヒに託した。彼はまた、ある小冊子を見せた。それは生物学を教えるDDRの教師の研修のために書いた《教育的成果》だった。シュヴェアツが興味を持っていた、自分が受けた不公平のこと、そして教師として、また教員養成者としての成果についてを話した。ディートリッヒが経験したこと、彼や、また他のクラスメートがあの後どうなったのかということに関しては、シュヴェアツは多くを聞かなかった。生徒たちとの過去を、彼は克服していなかった。それが彼を悩ませてもいた。ディートリッヒは彼の気持ちを理解し、好きな様に話させた。シュヴェアツが打ち明けたのは、自らを見失うことなくついて行かざるを得なかった、屈折した時代の転換点における人生の履歴だった。ディートリッヒはシュヴェアツの話に耳を傾け続けた。基本的には野心の強い元教師が好きだったし、彼からは多くを学んだと思っていたからである。

＊

一年後の一九九五年、シュトルコーでアビトゥーアを祝う式典が催された。進学クラスの生徒たちは、住所を教えていた元生徒の私たちを招待してくれた。全員は来られなかった。来たくない者もいたのだろう。

西側からアルトゥール、ディーター、ラインハルト、東側からはギーゼラとウルズラが参加した。何十年ぶりの再会だった。ギーゼラとゲルトラウトは不安で緊張していた。誰が来るだろう？　みんなはどう変わっているだろう？　二人が駐車場へ行くと、近くに西側のナンバープレートをつけた自動車が止まっていた。もう来てる人がいるの？　運転手が出て来る。

「あらまあ、アルトゥールじゃない！　ちっとも変わってないのね」

三人はカールスルストのホテルで食事をした。

アルトゥールの話ぶりは以前と変わらない。ギーゼラも以前と同じように話している。ゲルトラウトは控えめにしていた。周りの人は過去の出来事を知っているかもしれないのだ。

夕方のパーティはクーアマルクカゼルネで催された。ここでは招待を受けた全員で同じテーブルを囲み、思い出話に花を咲かせ、あの後の自分たちのことを語った。そうこうするうちにダンスが始まった。アルトゥールは踊らない。ラインハルトは踊る機会を逃してきた。ロックミュージックの演奏。ラインハルトがギーゼラを誘う。

「来いよ、これこそ俺たちの音楽だ」

1958年以降シュトルコーでは最初となるアビトゥーアのお祝い。舞台左から、マイクを向けられているギーゼラ、ディーター、ゲルトラウト、アルトゥール、ラインハルト。

ギーゼラがはねつける。

「そんなに私と踊りたいの？　無理だって！」

ラインハルトが懐かしそうに答える。

「前はどんなバカも一緒にやっただろう、来いよ。早く、なあ、前とは違うぞ」

ラインハルトがグラスを掴む。ギーゼラはハッとした。ラインハルトと私は似たタイプなんだ。私と話すときのラインハルトは、とても自然だった。彼が自分の人生について話したとき、なんだか前に聞いたことがあるような、知っているような気がした。堅苦しくなくて、まっすぐで。——そうだ、他の人が考えていることなんて、どうだっていい。

ディーターもまた、ラインハルトと集中して話しをした。互いの対照的な経歴に惹きつけられたのだ。ディーターは空軍中佐で、ラインハルトは生活保護受給者だった。

彼らは最後、舞台上に呼ばれ、「退学処分を受けた一九五六年クラス」と紹介された。マイクを通し、会場に座る人たちへ向けてスピーチをした。ディーターは、再びシュトルコーにいることの喜びを表現した。学校が一九五六年クラスと当時に思いを馳せてくれたことを喜んだ。彼には、それが私たちとの結びつきを象徴していたのだ。ラインハルトもおなじように話した。アルトゥールは基本的になんでもハッキリとぶちまけるタイプだ。日々を無為に過ごさず、ほったらかしにせず、人生を能動的に形作るようにと注意を促した。それはむしろ、ほとんど要求だったのだろう。続いてラインハルトがアルトゥールの方へ向いて言う。

「必要だったか？　今のはポジティブな意味じゃなかっただろ」

アルトゥールの主張はこうだ。

「若者の目を覚まさせなくてはならない」

そしてギーゼラが、締めくくりの一言を添えた。

「私たちはみなさんに、この東側にいても何かにはなれるんだ、ということだけはお伝えしたいです」

＊

同年一九九五年秋、《シュピーゲルＴＶ》のディレクターからディートリッヒに電話がかかってきた。

「皆さんの《シュタージ＝アーカイヴ》〔シュタージによって集められた文書をアーカイブ化したもの〕を発見しました。ご興味はありませんか？」

「それで、私になんのご用件でしょう？」

「皆さんが一堂に会する機会を作りたいと考えています」

一週間後。二人のディレクターがエッセンにあるディートリッヒの自宅を訪ね、居間で資料を並べて見せた。

「どうして私たちの《シュタージ＝アーカイブ》を？」

「そういった提案があったものですから」

ディートリッヒは書類を確認し、ため息をついた。私たちについての監視結果が纏《まと》められていた。

シュピーゲルの目的は、私たちの映画を撮るというものだった。彼らが必要としているクラスメートは五名。ディートリッヒは、住所を入手することと、映画への参加に興味を持ちそうなクラスメートの名前を挙げることを約束した。多くの者が音信不通か、時間がなかった。最終的に、その気になったベルント＝ユルゲンとカルステン、ベルリンに住んでいたラインハルトとヴァルブルガがシュピーゲルに招待された。ジークフリートはアメリカで訪問を受けた。

五人はベルリンの《ホテル・エスプラネーデ》に集まった。一階の受付ロビーに最後に現れたのはディートリッヒだった。二十年ぶりに見た顔。ラインハルトに至っては四十年ぶりだった。ラインハルト以外の全員がふっくらとしていた。ラインハルトはスマートなままだったが、その顔には人生の紆余曲折が刻まれていた。私たちが彼の物語を知るのはもう少し先のことだ。髪は灰色まじりの白。相変わらず頭の上から足の先までふらふらと揺れていた。髪の白くなったベルント＝ユルゲンがラインハルトと抱き合う。以前と変わらず二人は親しかった。カルステンがもったいぶって手を伸ばし、

「おお、まるでアーティストだな」

と長く伸ばした巻き毛を指摘した。ヴァルブルガは首をまっすぐ伸ばしてディートリッヒを見上げた。彼女がこんなに小さかったなんて、彼はすっかり忘れていた。彼女のかつての魅惑的な瞳からノスタルジーが消えて無くなった。まるで、眺めることはまだ許すが、それ以上覗くことは許したくないというように、目を細めた。

撮影チームから撮影開始の声がかかったため、あまり話している時間はなかった。撮影チームと、運命の分かれ道となった駅を三箇所回った。母校のあるシュトルコー、フリードリッヒシュトラーセ駅とレートナー駅の間、亡命者宿泊所のあるツェーレンドルフへ向かうＳバーン、そして、四方に脚

を広げていたシュタージ・クラーケンの中心地。シュタージ＝アーカイヴ、ミールケの部屋〔国家保安大臣エーリッヒ・ミールケの執務室〕、公文書保管室、紙くずのぎっしり詰まった袋、密閉されたガラス容器の中の容疑者の臭いのサンプルの綿球、その廊下のわびしい感覚はどこまでも続く。

シュタージ・アーカイヴをめくっていると、ラインハルトが笑った。

「あいつら、こんだけよくやったよな。これも、これも、これも、記録されてんのか。それで、どうだ？　紙ばっかだ、ただの紙きれじゃねえか。俺たちは外で生きてたんだ。こんなのは、なんだ、こんな、書かれたものなんか、死人だ。信じらんねえな、お粗末なもんだ」

笑い声が口からカッカッと漏れ、全身を揺すぶった。

そして、シュトルコーでの、母校との邂逅。当時のままの階段教室。ヒャーメン帝国とモーゲルの歴史の時間。四十年前と同じ座席と机。なにもかも残っていた。その部屋は展示室になっており、壁かけの時計以外はそのままだった。階段教室の真ん中の通路は、踏まれてへこんでいた。

「みなさんの席はどちらでしたか？」

狭い。こんなに狭かったのか。こんなに近くにいるのに、とても遠く感じる。五人はかつての自分の席に座った。そして静まり返った。いったいどういうことだ？　どうして彼らは黙っている？　撮影チームは理由を知りたがっていた。後ろの席のウルズラが口を開く。

「ああ、あれは愚かな若者がやった、ただの悪ふざけだったのにね。あんなに誇張されてしまって」

「違うよ。そういうことじゃなかった。私たちは自分が何をやっているのか、わかっていたんだ。愚かな若者がやった悪ふざけ？　違うさ」

ディートリッヒの言葉に他の者が頷く。それから、上の階の教室を一目見に行った。二度目の沈黙を敢行した教室だ。ここにも古い家具は残っていたが、実験机それぞれに水道がつき、新しくなっていた。撮影チームがベルリンへの帰路をせき立てた。

＊

一九九六年になった。退学四十週年だ。ベルリンでの同窓会が決まり、ディートリッヒが幹事を申し出た。彼は夏期休暇中に再びシュトルコーへ行った。『メルキシュ・オーデル新聞』の編集者H・Kが会いに来て、自分たちの新聞が同窓会を取材するべきだと主張し、ディートリッヒに随行した。彼は《歴史的》同窓会だと言った。市長フーダクは、「その同窓会はシュトルコー全域にとっても事件ですよ」と言って興味を示した。政治と報道機関には注意を払わなければならない。ディートリッヒは巧みに連絡を取り合った。この同窓会は新聞で告知された。かつての同級生がこの告知を読んで来てくれたら、と願っていた。四十年ぶりの再会なのだ。

ディートリッヒは担任教師だったカスナーの妻を訪ねた。二人は何よりも先生について話しをし、ディートリッヒは、決して語られることのなかったカスナーの物語を聞いた。さらにジークフリート、ホルスト・R、カルステンの母親を訪ねた。真心のこもった会話の中で、彼らはもう一度、共通する過去を懐かしんで過ごした。

*

だが、もう一つの課題が残っていた。FDJ書記、そして当時の歴史教師だったヴェルナー・モーゲルの話を聞きたかったのだ。突然押しかけるようなことはしたくなかったし、単に電話をするだけで済ませるのも嫌だった。そこでディートリッヒは、訪問しても構わない日を確認する、短い手紙を出した。提案した日付が合わない場合に備え、休暇中の住所も添えた。

八月が始まったばかりのある日、彼はテオドール＝シュトルム通りに出かけた。一軒家ではなく、シュヴェアツ宅のようにDDR時代の集合住宅の一室である。呼び鈴を鳴らす。インターホンがパリパリと音を立てる。インターホンに向かって名乗る。女性の声が答える。

「ああ、どうも」

歓迎している声ではない。その声はひどく警戒しているように聞こえた。玄関に入ると、ルース・モーゲルが廊下に立ったまま居間を指し示した。部屋の真ん中に、戸口の方を向いたヴェルナー・モーゲルが立っていた。もし、何も知らずに会っていたら、ディートリッヒはそこにいるのがヴェルナー・モーゲルだと気がついただろうか？　記憶の中の彼よりも随分と小さくなっていた。黒髪は灰色と白になっていたが、眼差しは変わらず黒く生き生きとしていた。唇にも紫色の絹の名残があった。かつての湿っぽく鈍い輝きだけが欠けていた。握手。久しぶりですね。座る。ヴェルナー・モーゲルは斜め向かいの肘掛け椅子に座り、脚を足台に乗せた。ルース・モーゲルはソファに腰を下ろし、ディートリッヒは二人の真正面に当たる肘掛け椅子に座った。彼のすぐ前にガラスケースがあり、入っている本が博物館の展示物のように目を引いた。真ん中にブルーノ・アピッツの『裸で狼の群れのなかに』がある。もちろん、DDRで知らない人はいないだろうな？　でもこんなふうに展示

1996年、展示を見つめる歴史教師ヴェルナー・モーゲル。シュトルコー。1956年、氏の授業中に最初の黙祷が行われた。

するだろうか？　ガラスケースに陳列されたアンチ・ファシズム。家具でいっぱいの小さな部屋には、まだまだたくさんの本があった。快適な生活空間だ。

ルース・モーゲルは夫の健康状態を説明し始めた。彼は病気で、腎臓を移植していた。脚を高く上げ、尿検査をし、薬を飲んでいる。ディートリッヒは、状態がよくなった頃に日を改めて来ます、と申し出た。いいえ、と夫人が答える。良くはなりませんから。そして、夫の病気を理由に訪問を避けるため、色々と試みたのだと言う。ディートリッヒに会うため、彼の自宅の大家のところへ行ったが、今はベルリンに行っている、帰って来るのは夜遅くだろう、と言われてしまったそうだ。最終的には夫が「来て貰えばいいさ」と折れた。ルース・モーゲルが付け加える。

「夫は、まだ何年かは安らかな余生を過ごせるはずです。私は気をつけてあげなくちゃなりません。邪魔をするようなものは取り除かなくちゃなりません」

つまり、歓迎していないということである。ヴェルナー・モーゲルを労らねばならない。対決はできない。それなら、彼に話してもらえばいい、もしかしたら何か興味深いことを語るかもしれない、と考えた。

ヴェルナー・モーゲルが口を開く。

「あの事件に関して話すのは、これが最後になればいいんだが」

ディートリッヒはこう考えた。最後の話で口火を切るということは、心を開いていないということだ。僕はまだ、この人と僕たちのことについて話したことがない。ソファの前のミニテーブルに『メルキシュ・オーデル新聞』の、私たちの同窓会について書かれた記事が置かれていた。

ヴェルナー・モーゲルがPDS〔民主社会党〕党員であることを知っていたので、ディートリッヒはまず、自分が生きて経験した、旧連邦共和国（西ドイツ）におけるネオマルキシズム運動についての話をした。

「それで、今では何もかもが変わってしまいました。私たちは劇的な事件の事実に即して、そして正直に描写しようと、努力しなきゃあいけないでしょう」

ヴェルナー・モーゲルの返答は簡潔だった。

「勝った側が歴史を書くんだ」

「それは特別なことではありません、いつだってそうだったんです」

ディートリッヒが否定的に答える。ヴェルナー・モーゲルは同意して小さく頷いた。

ディートリッヒが仕切り直す。

「しかしDDRはもう存在しません。結局、歴史的、史的唯物論で説明しようとすれば、DDRは生産力の欠如によって没落したんです」

ヴェルナー・モーゲルが率直に反応する。

「そうだ、レーニンもそう言っている。生産力こそが、社会の存在を決定づけるのだ」

ディートリッヒの頭には『偉大なる創意』からレーニンの言葉が浮かんだ、「人々は、もっとも遠く離れたものの為であっても、なお偉大な創意を用いて活動できなければならない」。これは主意主義の古典的な例だ。現実の人間を忘れて、観念的に考えている。ディートリッヒは、ふと思った。対決は避けた方がいいのではないか——そう判断した。ヴェルナーは今でも、手にハンマーを携えた理想主義者だったのだ。

「ですが、ＤＤＲの政治生命はモスクワで決められていた。それはやはり違うんじゃありませんか？」

ヴェルナー・モーゲルが言い返す。

「そうだな、そのせいだけじゃない。ここでも間違いはあったんだ」

それから彼は考え込み、足の先をじっと見ていた。ルース・モーゲルが代わりを務める。

「私も一度西側へ行きました。ですが、何度も聞かされていた物質的豊かさを、驚いて見るということはありませんでした。あちらのマーケットで見かけた人は、ほんの少ししかオレンジを買えなかったとはありませんでした。ああ、そうなの、と思いました。ここにも貧しい人はいるのね、と。普遍的な豊かさなんて、嘘ですよ」

それから、彼女のお気に入りのテーマ、音楽の話が始まった。彼女は熱烈な音楽好きで、今もそうであるが、失望せずに聴いていられるのはラジオ放送で流れる聖歌だけだそうだ。彼女はヴェルニゲローデの優れた少年合唱団のことを考えている。

「あの合唱団以上に素晴らしいものは、もうありませんよ。美しいものをあんなに壊してしまって」ディートリッヒがここでヴェルナー・モーゲルの自分史について尋ねると、彼は詳細に描写するのだった。

「そうか、こういうことなら、私たちは一緒に話し合える」

もしかしたら彼は、反共産主義野郎の征服者が来るのだと思っていたのかもしれない。ルース・モーゲルがディートリッヒに、一九五七年春に一枚のハガキが届いたことを語る。彼女はその文面を覚えていた。

「共産主義の豚が！　てめえの首をくくる準備はできてるぞ」

彼女はハガキを人民警察に届け出た。消印はハンブルクで、ハガキに差出人の名前はなかった。それからは落ち着いた日々を過ごせたそうだ。


ヴェルナー・モーゲルは彼の人生経験の総決算をした。

ある考えが深く根ざしていて、いつも私を苦しめた。もう戦争はたくさんだ。それから、自分自身に課した使命だ。若い人たちの世話をする、というものだった。私は常に、孤児院の院長になる夢を抱いていた。若い人たちが私を囲んで座り、私は人生について語る。ＦＤＪの仕事もそんな風に考えてやっていた。上からの指示は、やらなければならないものだ。党の政治に関わる仕事は私の中心ではなかったんだ。私は、仕事では良い結果を残すべきだと考えていて、それで、君たちがＦＤＪに入ってきた。

彼は、自ら私たちのことに言及した。ディートリッヒの方から尋ねる必要はなかった。

よく覚えている。あれは朝早く、一時限目のことだ。《フロイントシャフト》の挨拶のあと、授業の目的を話して、復習を始めた。誰も応じなかった。誰かの名前を大声で叫んだ。無言。もう一人。無言だ。君たちは全員、教室に掛かっている時計を見ていた。それで、君たちは私をからかいたいんだと思った。自分の学生時代を思い出していた。毎日蝶ネクタイをしてくる先生がいてね。イライラすると、いつもその蝶ネクタイをピンと引っ張った。私たちは、全員で蝶ネクタイをして登校すると決めた。それで、蝶ネクタイを付けて、教室の椅子に座った。無言のまま、示し合わせたようにゴムバンドを前の方に引っ張って離すと、首のところでバチンと音が鳴った。そう言うことだと、つまり、私は考えたんだ。どうする、時計を見ているぞ、誰も何も言わない。落ち着け、お前の授業だ。最後に、ギーゼラに聞いたな、ＦＤＪの代表だった、だが何も言おうとしない。だが、そうか、あの子はただ、なんでもありません、とだけ言ったな。それで授業は再開された。私にしてみればなんの意味もないことだった、何か悪ふざけの一種だろうと考えていたんだ。次の日の朝、同僚の一人が挨拶して言った。「昨日、君の時間に、あの子たちが黙祷をしたんだって？　ハンガリーのために？」私は「まさか、だったら私も気がついているはずだ」と言った。私には全くどうでもいいことだっだ。

ランゲが議長をした教員会議のこともまだ覚えている。彼は私たちに、どんな間違いを犯したか、それをいかに正さねばならないかを語った。その先の談話には、私はいなかった。

クラスが立ち去ったとき、私たちはエルツ山地のＦＤＧＢ〔自由ドイツ労働組合同盟〕宿舎に行っていて、ここにはいなかった。戻ってから、同僚のフリッケの婚約者に会った。重いトランクを持ち、彼女は大急ぎで城塞沿いの草地を横切り、駅の方に走って行った。クラスが出て行ったことを聞いたとき、私はひどく怒った。ショックを受けたんだ、大ごとになりすぎていたから。初めから私の意見は、そんなことで先生が怒ると思うな、だ。あれは、そうだ、まさに若者たちの愚かな悪ふざけに過ぎなかったんだ。あれにはそんな、超政治的な意味なんかなかった。

それ以上の記憶はないようだった。ディートリッヒは質問を続けるのは控えた。もう遅い時間だった。三時間もここに座っていたのである。薬の時間だ。病がモーゲルの一日のリズムを決めていた。

彼の妻の気遣わしげな視線が会話を終わらせた。別れのとき。「お二人ともお元気で」両者との握手。外に出るとディートリッヒの胸はざわついた。「当時のことをちっとも聞けなかった」。ソ連の植民地の歴史、人殺したちからの引用、裏切りの非難。だが話を聞いている最中には、これらの疑問はそれほど明確には存在しなかったのだ。ディートリッヒはこの瞬間から、古い物語に積極的に関わり始めたのである。とにかくヴェルナー・モーゲルに会いたいとだけ考えていた。だか彼は自覚していたのだ。そういう厳しい質問を病人にする者はいない、もしかしたらそもそも質問自体しないかもしれない。全人類がヴェルナー・モーゲルの言うことを真に受け、彼に汚名を着せることになった個々の事物を書き留めないとすれば――。ディートリッヒはそこからは大きく遠ざかっていた。その逆もあり得たのだ。昔馴染みを理由に、心に訴えられたかもしれない。「ああ、ヴェルナー、どうしてあのとき、あれや、これや、それ、それにこんなことも、どうしてやらなかったんだ？」それは、言うまでもなく無理な話だった。ヴェルナーは昔の暖かい気持ちが生きていることを理解できなかっただろう。征服者が歴史を書き残すのだ。

ある古い同僚との会話の中で、ヴェルナー・モーゲルは自分のことを次のように表現している。

「どうしてかわからないが、私には何もかもがとても重苦しく負担なんだ。何もかもひどく真剣で、重くのしかかってくるようだ。それからしばしの休息。そしてまた、そういうのが始まる。私はそこから抜け出せない」

＊

クラスの皆が四十年ぶりに集まる同窓会の準備をしなければならない。開催日は十二月二十一日に決まった。『メルキシュ・オーデル新聞』で私たちのことを最初に公開したディートリッヒが、シュトルコー行政機関に依頼すると、一九九四年五月十九日、郷土史家ゲルト・チェヒネによって書かれた私たちに関する記事が初めて掲載された。その具体的な報告の中には私たちの名前も記述されており、彼の立場は明確だった。

三十八年前の若者によるその社会参加と勇気は、前時代の独裁的な構造を明らかにするのみならず、シュトルコーの学校史に入れられるべきものである。一九五六年十月二十九日、クルト＝シュテッフェルバウアー高等学校の十二年生クラス内で、思いがけない事件が起こった。それはシュトルコーに息つく暇を与えず(…)

この記事は影響を残す類のものではなかった。一九九六年、クルト＝シュテッフェルバウアー高等学校の生徒たちが、学校の名前が変わらずに残っているかどうかを問い合わせたそうだ。シュトルコーのＰＤＳ〔民主社会党〕役員会はそれに関して情報冊子を配っており、その名前を維持していることが書かれている公開状が印刷されていた。ＰＤＳは学校に起因する出来事も追記掲載していたが、ある事件だけは除いている。『メルキシュ・オーデル新聞』の一九九六年六月十四日の見出しは、《ＰＤＳはあの一九五六年を忘れている》だ。その記事では、町長ヴェルナー・フーダクによる《公式回答》が、ＰＤＳに向けた公開書簡の形で報じられた。曰く、

市長は、ＰＤＳが広報チラシの形で配布している公開状の中で、ある年を《忘れて》いることについて遺憾の意を表明している。その年とは一九五六年のことである。《クルト＝シュテッフェルバウアーの名は、進学クラスをシュトルコーから追放するために利用されたのである》とヴェルナー・フーダクは振り返る。疑いようもなく《鷹揚な》付き合いをその名前によって与えられることとなったのだ。しかしながらこの事件は非常に簡単明瞭であろう。この件に関連し、市長はガブリエル・シュヴァリエの小説『クロシュメルル』から次の言葉を思い出した。《神に問うことなく、人々は物語を乱用する》。

ディートリッヒはこの表明に感謝し、同窓会が開かれることを手紙で伝えた。シュトルコーの町が興味を持ち、この同窓会になんらかの形で参加することになるかもしれないと考えたのだ。町長とディートリッヒは、休暇中に一度会うことになった。フーダクは、シュトルコーの町がこの集まりに協力できるように、と望んでいた。パブリシティならばシュトルコーもうまくやれるだろう。ディートリッヒは、オーデル＝シュプレー地方とブランデンブルク地方の政治機関、また興味を持つであろう報道機関の招待を彼に委ねた。地方自治体の興味にシュトルコーが尽力できるかもしれない。同窓会はこうして、ＤＤＲ時代だけでなく、転換後にも続いた黙殺への回答を意図した、公の行事となった。新聞がこの同窓会の詳細を告知した。見出しは《一九五六、クラスは揃って出て行き――今日、再会する》。ひょっとしたら、古い知人の中にも読んだ人がいるかもしれない。もしかしたら、彼らも来てくれるかもしれない。

＊

一九九六年十二月二十日、金曜日の夜。不参加の四人を除く全員がシュトルコーに到着した。ゲルトは数ヶ月前に亡くなっており、一人は病気で、ヴァルトラウトからの返事はなく、ハンス＝ユルゲンの消息はわからなかった。二十年、あるいは四十年を経たクラス全員での初めての再会。私たちは今や五十七歳から五十八歳。当時は十七歳と十八歳だった。みんな興奮していた。運命的な結果を招いた沈黙の場所に戻ってきたのだ。

ギーゼラとゲルトラウトは一緒に到着した。二人はシュトルコー湖の湖畔ホテル・カールスルストの部屋を、ヴェランダまでまっすぐに通り抜けた。そこには四人の紳士が並んでいた。彼らはすぐにギーゼラだと気がついた。ゲルトラウトがしばしためらっていると、四人が「さあ、誰が誰だか、当ててみろよ」と切り出した。

「もう、そういうのはやめてよ」

ああ！　ほら！　違う！　ドキドキ期待しながら感情を発散する、まるで謎解きゲームだった。シュトルコーから数学教師ヴォルフガング・フリッケ、ベンスハイムからは担任教師ゲルハルト・シュヴァーベンラントが妻のピアと共に到着した。

私たちが何になったのかも発表された。農業技術者―経済学者、薬剤師が三人、化学者、コンピューターの専門家、実業家、教師、将校、郵便局員、放射線技師助手、社会扶助受給者、税関職員。博士号を取ったクラスメートもいる。ベルント＝ユルゲンとディーターである。

東西の隔たりはなかった。壁のように見えるものは私たちの間にはなかった。ギーゼラは、特に西側からきた男性陣が、恵まれた地位の洗練された者特有の距離の取り方をしているように感じたが、会話をしている間にそれは消えていった。この晩の私たちは、青年期に一時的に離れていただけで、再び当たり前のようにおしゃべりをしている——そう言う風に見えたに違いない。

*

次の日の朝十時。私たちはあの、四十年前に共に沈黙をした古い階段教室に集まった。政治、報道機関、ラジオ放送、テレビ局がすでに待ち構えていた。現学校長エルケ・モーア、町長、ＳＰＤ州議会マンフレッド・ラーデマッハー、ポツダム教育省代理ユッタ・ティーエマン博士とその夫のエルンスト氏、ベースコーの郡視学官カリン・ヴェンツェルとの形式的な挨拶。ホルスト・Ｒが古い教室の真ん中に立ち、衆目を集めていることに驚いて、ディートリッヒに聞いた。

「なにが起こっているんだ？　もしかして、シュトルコーの名誉市民の称号をくれるつもりかな？」

ディートリッヒがホルストを見て言う。

「お前なあ！　どこにいるかわかってないな？　ほとんどみんな、よそから来てるんだぞ。市議会議員も、学校の教師も、生徒もいない。あと、二つ数字を教えてやろうか、一九九四年のシュトルコーのドイツ総選挙の結果は、二一・三パーセントが元ＳＥＤのＰＤＳ、一九九三年の地方選挙ではＰＤＳが三一・二パーセントの得票率だとさ。まだ聞きたいか？」

私たちは最後、当時の席に座った。後ろの席に、ヴォルフガング・フリッケと、ゲルハルト・シュヴァーベンラントが妻と共に座った。

学校長のエルケ・モーアが始まりの挨拶をし、自分の青春時代に言及した。彼女は、私たちが今日ここに集まるきっかけとなったあの事件が起こったとき、まだこの世にはいなかったらしい。

何よりも民主主義を教えるという学校の課題について、私たちの件を反面教師にして語った。

それから市長フーダクの話である。

お集りの皆さま、かつてのシュトルコーの高校生の皆さま！　市を代表してご挨拶申し上げます。

このスピーチをもちまして皆さまにお叱りを受けることになると、二番目に付け加えたく思います。かつての進学クラスに通われていた素晴らしい皆さま、本日私が参加させていただいております、この集まりに際し、まずここシュトルコーから歓迎の意をはっきりと申し上げたいと思います。

来賓客の皆さま、私が市長として同様に存じております、もっとも魅力に溢れたメルキシュ地方の小さな町にあっても、決して少なからぬ心からのご挨拶を申し上げます。無論、次のような可能性も全くもって想像できることであります。少なからぬ方々が青少年期の苦しい経験を理由に、このシュトルコー周辺での他の記憶を(…)

早いもので、私がここ、シュトルコーに住み始めて二十五年が経ちます。そして私が覚えている限りでは、あの大転換を前に、家族や仲の良い知人の輪の外で、みなさんのクラスの事が話されることは非常に稀でした。また、その背景や因果関係についてもまた、ほとんど検証されてきませんでした。困窮、の一言に集約されることと存じますが、私自身もまたそのために時間を要してきたのです。進学クラスのＤＤＲからの逃亡は一つの現実です。今日ではそのことに関して、誰もこれ以上は主張できず、何も聞き知ることのできない(…)

歴史の再検討もまた、個々の運命を玉に瑕と過小評価するものではありません。それでは、この考慮によりまして、私共のオーデル＝シュプレー郡郡長のシュローター博士からお預かりした皆さまへの心からのご挨拶をお送りします。博士は、氏が一九五三年および一九五六年にゲーリッツの青少年協会の会員として経験なさったことを、書状の中でご譴責なさっておいでです。また、ブランデンブルク州知事に代わり、皆さまの集まりに際し心からの祝福をお伝えし(…)

ポツダム教育省からのユッタ・ティーエマンはいたく感激していた。

「この部屋は生徒らで埋め尽くされてしかるべきです。この時間は歴史の授業の何十時間分にもなります。歴史を直に、身近なものとして経験することができるのですから」

ディートリッヒはスピーチの中で、最後にもう一度、一九五六年の出来事について思い返し、当時の教師たちに理解を示し、私たちの行動を評した。

私たちの当てつけがましい行動はとっさに決められたものであり、計画された抵抗運動や戦略的なものなどではありませんでした。しかし、十七歳と十八歳のクラスがこの連帯の信条を最後まで守り通したことは、もしかしたら、私たちがこの政治体制に実際に対立したという、抵抗を意味するのかもしれません。個々の未来がどのような危険にさらされているのか、最後には誰もが知っていたのです。あれは権力のおぼろげな利用に直面して、表面化した行動でした。

彼は党員教師に理解を示し、推論を立てた。

私たちはその度ごとの、他の人々の歴史の一部なのです。私たちには、倫理的に、その物語を見下す権利はありません。彼らは故意に私たちに対立したのではありません。私たちは認めなければなりませんし、認めたいと思います。私たちの沈黙行動と逃亡は私たちの幸運であったと。西側での私たちの人生は、多くの人々が様々な責任の範囲で成果をあげてくださった、贈り物でした。

この終わりの言葉のあと、ゼクト〔ドイツの発泡性ワイン〕が振る舞われ、ジャーナリストたちはインタビューを始め、元生徒たちは外へ出て校庭へ向かった。インタビューはこの校庭で進められた。ディートリッヒがテレビ局《SAT1》のアンゲリカ・ウンターラウフからインタビューを受けている間、彼の近くに受け答えを注意深く聞く一人の女性が立っていた。まさか、質問の順番がくるまで待っているつもりなのかな？　彼女は絶えずディートリッヒに笑いかけていた。ジャーナリストのすることではない。ウンターラウフの質問が終わる。ディートリッヒは、ニコニコしている女性の方へ向きを変え、何かご用ですか？　と聞いた。彼女は笑顔を崩さずに答える。

「私たち、知り合いなのよ」

僕が彼女を知っているはずだって？　ディートリッヒは彼女をまじまじと観察する。何も思い浮かばない。すると彼女が名前を言った。

「マリオン」

マリオン、そうだよな。こんなことってあるのか？　彼は彼女の年を重ねた顔に、すべすべした額に走る繊細な皺の中に、額に円を描くようにかかっている短い灰色の髪の中に、在りし日の少女の姿を探した。さて、二人はどうしたらいい？　しっかりと抱き合う。すると周りの者が微笑んだ。ディートリッヒの妻とマリオンの夫が近くで見守っていた。

「どうしてここにいるんだい？」

「私、たまたまシュトルコーに来たとき、貴方のクラスがここで、シュトルコーで会うらしいって聞いて。だから私たちね、車で来たの。みんなにまた会いたくて、ディートリッヒに会いたくて。クラウスが、私の夫ね、送るよって言ってくれて、もしかしたら他の友達にも会えるかもしれないだろうって」

「また会えてよかった。それで、もし良かったら、後で話せないかな？」

「今日は午後の早い時間ならホテルにいるから」

「いいね。それじゃ後で」

マリオンとディートリッヒは、ホテル・カールスルストで会った。二人は仕事の話をした。マリオンは教師で、ディートリッヒも教師だった。

「どうやって僕を見つけたの？」

「学校に到着して自然科学の校舎に行ったら、外階段のところにホルスト・Rがいるのがわかった。だから、貴方ホルスト・Rなの？　と聞いたら、彼は少し驚いて、そうだよ、って。私もみんなと同

思いがけない再会。ディートリッヒとマリオン。

じ学校に通っていたの。ディートリッヒはどこ？　彼は指をさして、あそこ、下だよ、マイクで話している。あの、長い金髪の？　彼は頷いた。私は夫と下りて、近くに立って、貴方が話しているのを聞いた。この一歩を踏み出したことに、私は驚く他なかった。だって、私は私の中にある好奇心を抑えられなかった。私はちっとも勇敢ではないし、控え目な方でしょ。無鉄砲な人間じゃない。姿を見せたかった。どうなるかなんて、関係ない。どんな風に反応するかな？　私は、貴方が長い間どんな境遇だったのか、知りたかった。どんな反応をするだろう？　とっても緊張した。それで、結果はとても素敵なものだった。とても暖かだった」

四十年ぶりだ。ディートリッヒは微笑んだ。同じ気持ちだった。

「僕たちが出て行ったときは、どうだった？」

「悲しかった、ただ悲しかった。私たちの友達が出て行ったのだから。貴方たちは立派だった。男子たちは外の人からも受け入れられるタイプだった。私たちはみんな、貴方たちに夢中だった。私たちもその一員になりたかった。私たちも貴方たちと何か一緒に経験したかった。ただ貴方に近づいていくのは、私には重苦しいことだった。私は貴方を面白いと思った。でも、あんなに遠くに行ってしまったでしょ、無造作で、とても醒めていた。けれど、そう、道はあった、いろいろな文化行事ね。ムッツ、貴方のお母さんは、色々なことを一緒に企画してくれて、ダンス、演劇、それに音楽の先生だったチータスとのコーラス。あれは、全部、とても素晴らしい時間だった。一度に全部消えてしまったの。私たちは、本当は何が起こったのかも知らなかった」

「学校では説明がなかった？」

「されなかった。少しも。ただ、ＲＩＡＳでいくつか、貴方たちのことを聴いた。私たちは正確に知りたかったんだけれど」

「ちなみに、誰かに聞いてみたりは？」

「とんでもない。私たちには勇気がなかった。政治的なことは。未成年の子はそういうことを学校で聞かなかったのよ。そういうことはしなかった。政治の話は、しなかったの。ね、今夜はここに残るの？」

「いや、ベルリンへ戻らなくちゃならないんだ」

僕は自分の目標を達成した。そうしてお別れだ。また。

*

午後遅く、私たちはウルズラの家でコーヒーと焼菓子をいただいた。夕方には全員がホテル・カールスルストに集まった。ようやく内輪の話ができる。政治はもう充分だ。ヴェランダを突き抜けて、あちこちで笑い声が響く、美味しい食事、ワインが次々と開けられ、言葉が人から人へどんどん転がっていく。ヴェランダの右側に先生方が座っていた。ベンスハイム時代の担任教師が、心地よさそうに身を委ねていた。「私は君たちの学校の旧党書記、数学教師と一緒に座っていた。私はそれをただただ楽しんでいたよ」。ディートリッヒが四番目の教師として彼らのテーブルに来ると、ヴォルフガング・フリッケが立ち上がり、とっさに彼を抱擁した。数学者の彼には、暖かい気持ちがほとんど火山の爆発だった。

おそらく、彼のあけすけな気分は、ある新しい満ち溢れた気持ちに由来していた。彼は恋に夢中

老いらくの恋。ヴァルブルガと元教師ヴォルフガング・フリッケ。四十年を経て成立した幸運なカップル。

だった。そして彼が付き合っている女性は私たちの中にいた。クラスメートのヴァルブルガだったのである。これは強烈だ。おいおい、ヴァルブルガ、どうしたんだ、え、君が？　いったいいつから？　どこで？　彼女は秘密を漏らさなかった。

ヴォルフガング・フリッケが後で説明したところによると、

一九九五年十二月十二日、エルツ山地の従兄弟が電話をかけてきて、テレビを点けろ、シュトルコーの逃亡したクラスのドキュメンタリーが放映されてるぞ、と言った。テレビを点けると、君たちの何人かが出演していた。同じだ、君たちは変わっていなかった。ベルント＝ユルゲンはまだ音節を強調していた、以前のように。私はとても驚いて、とても嬉しかった。その日は夜じゅう寝付けなかった、目も閉じなかった。次の日、シュピーゲルで住所を教えてもらおうとしたんだ。その日のうちに、ベルント＝ユルゲンとヴァルブルガに電話をかけた。ヴァルブルガとは大晦日にベルリンで会う約束をした。私は大晦日の二日前には、すでに出発していた。彼女がそうするように言ったんだ。私がとても寂しそうに思えたんだろう。エルツ山地出身の、学生時代の一番の友人、ヨーヘン・シュペックに会った、テレビの有名司会者の父親だよ。三十年ぶりにパンコーで再会した。ヴァルブルガのもとに戻ったとき、《シュピーゲルＴＶ》の関係でラインハルトが電話をかけてきていた。私は受話器を取り、ニコライフィアテルの飲み屋で会うことになって、何時間も一緒に喋った。別れのとき、ラインハルトが首に抱きついてきて「楽しかった」と言った。大晦日を、私はヴァルブルガとお祝いした。ウーラント通りに行き、レストラン《ハムレット》で一緒に食事をした。食事が終わると彼女の住まいに戻った。それで、運命の歯車が回ったんだ。私はベルリン滞在を引き延ばした。私たちはお互いに抱いていた興味を、打ち明けたんだ。つまり、そういうことさ。

＊

一九九六年、『シュピーゲル誌』に私たちの同窓会についての記事が、《ミンネンフェルトの遠足日》のタイトルで、ヴァルター・マイヤー執筆のもと掲載された。以下抜粋である。

四十年後の同窓会に向け、シュトルコー湖湖畔に冷戦の日記帳より物語の主人公たちが集った。アビトゥーア受験者たちの逃亡は、ある地位の者による政治的事件であった。また、ハンガリー蜂起の始まりから八週間後、ハルシュタイン・ドクトリン（西ドイツが唯一のドイツ人民を代表する正統性のある国家で、ソ連以外の国でDDRを国家として承認した国とは断交するという内容）の発表の後、アデナウアー政権への贈り物が（…）

シュトルコーの旧十二年生クラス、彼らはその席でゼクトと思い出により旧交を温め、凸レンズのごとく戦争勃発以来のドイツ史に焦点を集めている。一九三八年ならびに一九三九年生まれ、五十年代より連邦規範において四（西側）対一（東側）に別れ、大転換により再び統一された。彼らはみな、憂鬱なるマルク地方と呼ばれるように、マルク＝ブランデンブルク地方の砂、湖の数々、コウノトリとシラカバの森に育まれた子供たちである。

ベルリンの西側へ到着した頃、研究者になることを望んでいた彼は、今や製薬コンツェルン・メルク社の電動装置における最も大きな歯車である。「年間六十五億の売上」と彼は言う。また別の一人はバーゼル化学工場を代表し、ソニーのカメラを持ち、シカゴの入り口シャンバーグの自宅にいる。「両方のシステムを知っている者は」ガルスカは言う、よそ者として意思疎通のために「なおのこと招集されました」

ラインハルト・Vは無条件の服従の命令の破棄を通告され、西側で《キャリアの下降》を選択した。彼は言う、真に妥当な唯一の倫理学は借方と貸方であると。「その腹は何もかも違って見える」。分別に従うのは未だに好ましくないのだ。墓地管理人として、彼はＡＢＭ〔雇用創出措置〕に基盤を置いている。彼は次のように考えていると言う。「骨が入り乱れてごろごろ転がるとき、頭骨から歯が落ちてくるとき、キャリアから何が残るのかってことが、見えるんですよ」

シュトルコーの住民は六千人、戦争と計画経済の損害を受けた街である。東と西、表と裏、この日、その古い地形は打ち解け合い観察されている。かつての住人の行列がその土地の人々を先導している――その男はウルゼルから(…)

帰郷者たちは(…)彼から、ＮＶＡ国家人民軍による、かつてプラスチック製ロケット発射台が隠されていた三日月形砂丘の場所を聞かされた。湾岸戦争の際には、イラクがその装置でアメリカ人を騙している。米国エアフォース・ワンはそのイミテーションを爆弾で破壊した。《十六人中十五人がシュトルコー出身だった》Ｏｅ氏が芝居掛かった様子で胸を張る。現在も三日月形砂丘にはドイツ連邦軍が配備され、製造を続けている。訪問者たちは沈黙していた。ドイツ人とドイツ人の出逢いは地雷原での遠足日であり(…)

左手には、西側への逃亡時点での学校長ゲオルグ《チャーリー》シュヴェアツの住居がある。彼はこの日の朝、居間に座っていた。同窓会へ行こうとは思わなかった。何よりも、全員から敵視されるとさえ(…)

「おらぁどん百姓の出だ、貧しかったもんでな」とシュヴェアツ氏。身体の八〇パーセントにひどい損傷を受け、東部戦線から帰還すると、彼は三十歳にして学校長となったのだ。十二年生クラスは、とシュヴェアツ氏は続ける。「エリートだった。選び抜かれた、極めて聡明な者たちだった」沈黙行動は《世界的な大スキャンダルを引き起こす》必要はなかった、ということである(…)

シュヴェアツ氏は後に若い研究者を指導し、いかにして甲虫は労働者の敵陣営からオーデル方面への風の不都合な作用により体を鍛えるか、についての学術論文を執筆した。彼は三十三年後の一九八九年十月、SEDから離党した。「私はあちこちから叩かれていました」。傷ついた様子でシュヴェアツ氏は語る。「さて、私はそちらに座ればいいのかな？　誰と話したら良い？」

この記事はクラスの一部の怒りを招いた。ある者はたわごとばかりだと言い、また別のある者は余りにも気持ちが傷ついたと話した。一人だけは面白がっていた。ハインリッヒ・ハイネ、と彼は言った。「ハイネはシュトルコーにちょっと立ち寄ったことがあるらしいな」

何人かはラインハルトの描写に憤慨した。シュピーゲルのテレビ映画もまたひどかった。混沌と散らかった彼のキッチンを、カメラがゆっくりとパンで撮影していた。それは品位を貶め、不快極まる、わざとらしくセンセーショナルなものに見えた。ディートリッヒはラインハルトに電話をかけ、なぜこの画が成立したのか、シュトルコーの騒ぎは大きいだろうと聞いた。ラインハルトは簡潔だ。

あいつらは何をしたいんだろうな？　俺が自分でテレビの人たちを招いたんだ、俺が自分から促したんだよ、キッチンも見せるって。俺が、見せたかったんだよ。《見てくれを保とうとする》人たちとは何もする必要がなかった。話してくれりゃ良かったんだ。

彼は私たちよりも優れていたのだ。それなのに、いったい何が彼を転落させたのだろう？　ラインハルトは基本的に、あらゆる場面で生き生きとしていた。ダルムシュタットで機械工学を学んだが、教授と仲違いする。それが大騒ぎになり、学業を中断しなければならなくなる。彼は他人からの不当な扱いに歯を食いしばって耐えた。「あいつらは何もわかっていない」彼はもう一度チャンスを手にする。再び大学に通い始めた。今度は学部長と悶着を起こす。ベルント＝ユルゲンとカルステンが彼を説得した。だが、二人の助言をラインハルトは聞き入れなかった。彼は自分の力で乗り越えたかった。不成功。大学から出ていかなければならなくなり、学業の道は閉ざされた。彼は建設現場でなんとかやっていった。平行配線をやった。最終的に彼は、生活保護を受けた。

*

同窓会から三年後、クラスメートの数人がもう一度母校を訪問した。きっかけは一九九九年に迎えた創立五十周年である。晩には体育館で式典が開かれた。ギーゼラ、ラインハルト、ディートリッヒが、十年生まで同じクラスだったアストリットとイゾルデと共に同じテーブルに座った。生徒たちが学校の歴史的場面を効果的に表現していった。よくできていた。一連の流れが終わったとき、私たちは顔を見合わせた。私たちのことは描かれなかった。まだ続きがある。DDR時代の元教師が進み出ると、生徒たちの感動的な上演に感謝を述べた。彼は平和と国際友好について話をした。真っ白な髪がスポットライトに照らされて輝いている。ヴェルナー・モーゲル。席についている私たちは顔を見合わせた。滞りなく連続した四十年。これはこれは。ディートリッヒはただ驚いていた。どうして今、彼がスピーチをしている？　ラインハルトは笑いかけながら体を揺らす。

「なあ、私は彼に耳を傾けている、私は彼を見ている、私がそちらを向いていないとしても――だとさ。あの台詞、俺たちは四十年前に聞いたよな」

ディートリッヒは、今すぐ前へ出て行き、自分たちも居るのだと言うべきなのではないかと感じた。だがそれはふさわしくないだろう。ディートリッヒがシュトルコーの町民と、式典の始まる前に体育館へ繋がる廊下で会話をしていたときのことだ。ヴェルナー・モーゲルが近くにいて待っていた。会話を止めるまで待っていたように、ディートリッヒには見えた。ヴェルナー・モーゲルは名乗ると「自分のクラスの歴史について本を書いているそうだな。私がどう思われているのか、知っている。密告者だったと思っているんだろう。だが、私は密告者ではなかった。知っていてもらいたかったんだ」と言った。そして彼は去った。外へ出る道すがら、担任教師カスナーの娘がディートリッヒに自己紹介をした。その晩の釣り合いはとれたようだ。

クラスメートはまだ一緒に座っていた。失望を感じながらギーゼラの方を向く。ディートリッヒは午後の座談会でのことも話して聞かせた。彼は学校の歴史との付き合い方について話し合う、開かれた会に招待されていたのだ。大抵の参加者からの、訴えるような空気がのしかかってきた。

「理解しなくちゃ。ここで四十年生きるって、あの人たちには簡単なことじゃなかったんだから。それにあの人たちは、今更DDRでの人生を正当化しなくちゃならないのか、っていう気持ちに、どうしてもなっちゃうのよ」というのがギーゼラの意見だった。

「私のことを少し話しても構わないかな。あの飛躍を、みんなが昔やったあの飛躍を、私たちも一九九〇年にやらなくちゃならなかった。大転換からすぐ、私は偶然ＣＤＵに、シニアクラブに招待された。そこの人たちとは素敵なドライブをした。ケーニクビンターまでと、ボンまで。けれど私が好きじゃなかったのは、一部の東のＣＤＵの人たちが、ＤＤＲをあまりに酷い態度で嫌っていたこと。みんなでヴァイマールへ行ったとき、私は「ああ、見て、ここにはまだＤＤＲのパンがある」——と言ったの。ショーウインドーのポスターを見て。そしたら怒鳴りつけられたのよ。「そういう言葉は二度と聞きたくない」——ちょっと待って、これが私たちのパンだった。もっと良かったくらいでしょう」

ラインハルトがボジョレーのグラスを持ち上げて言う。

「ギーゼラ、パンは絶対に食べない方がいい。あっちにＤＤＲ、こっちにＤＤＲ。ボジョレーの方が絶対いい」

ディートリッヒがＤＤＲのパンに対する共感を反論として出す。

「シュトルコー民は昔から地元のパン屋とその古いパンで生きていただろ、他の人がえばって、勝手に線を引いたんだ」

乾杯。ギーゼラが説明を続ける。

「急に思い出した。もう遅い時間だからかな……私、いまくらいの時間に、壁が倒れるのをテレビで見ていたの。テレビの中で、ああいう若い男の人が「今寝てるやつは、死んでるんじゃないか」って言った。馬鹿じゃないの、と私は思った。働かなくちゃならない人だっているのに当たり前じゃない。大転換の前に、あんなにたくさんの人が、こっそり逃げて行ったことも、私は怒っていた。プラハ大使館のＤＤＲ市民、あれが私の気持ちをかき乱したの。安全よね、でも私たちが全員出て行くなんて無理な話じゃない、ここで何かが変わるべきなのにって考えた。当時の私はね。それから、そもそも、何度も何度も、私たちは閉じ込められていたんだって聞かされて——私は、そんな風には感じていなかった。人生はそういうものだったの。悪くはなかった。私は典型的な、ＤＤＲの基準に合う人間だった。私はそれでうまくいっていたのよ。

西側から訪ねてきた人が、ＤＤＲ出身の親戚に、こっちでの貧しさに愚痴をこぼしたこともある。私は彼に聞いた「冷蔵庫も、洗濯機も、暖炉も持ってる、自動車も持ってる、シュコダの自動車、それ以上何が必要だっていうの？」。その西側からの訪問客は、それから、私の親戚に聞いた。「なあ、ギーゼラは共産党員なのか？」って。何を考えてるの？

そりゃあ、私は色々なことを排除してきた。そうでもしなけりゃ何も進まなかったかもしれない。

私は私にぴったりな在り方を考え出した。どんな風になる？　結果を待つ。二度と目立たない。SEDの志願面接を受けたことは一度もない。中へ入ったこともないと思う。DSF(ドイツ―ソビエト友好協会)にはあえて行かなかった。私の父は「ゼーローの丘の戦い」で亡くなった。子供ながらに考えてた、「あいつらが私のお父さんを撃ち殺したんだ」って。でもそれは他の人も一緒だって、わかっていた。でも、私のお父さんだったの。嫌な子供時代だった。お母さんは病気で、お父さんは亡くなっていて。八十年代に入って初めてDSFに入った。それは、入っていないと《職場の作業班》全体が不利益を被るから。団体の一員として、みんながDSFに所属しなければならなかった。でも私は役職には付きたくなかった。保健衛生機関だったから、まだなんとかなったの。例えば、メーデーのデモにも行かなかった。当直の仕事にも自分からは進んで出なかった。私はイデオロギー的には地下に潜っていたの。そうやって生きてきたの。それで、なんとかうまくいっていた。

シュタージは存在していた。そうね、でも私はその何もかもが手強いとは思わなかった。私たち何人かで一緒に居るときはね、いつも冗談で「あら、私たちのうち一人がシュタージね」と言った。みんな頭の中で、四人に一人はこの組織に所属してるって思っていた。

それで私たちは今、年金生活をしてるわね。たまに倹約しなくちゃならないのがしんどくなる。多くはないけど、足りてる。でも、ヘルメットを被せられているみたいなのは、耐えられない。新しい話し方が求められているでしょう。私にはわからないの。チームの代わりに団体って言うと笑われるんだから」

ラインハルトが一人でクックッと笑った。

「団体じゃなかったよ、俺たちは。チームでもなかった。俺たちは俺たちだったたな。それで、あそこで、あいつらは話してるよな。あのシュトルコーの生徒たちが何をやったんだよって。ああ、たしかに、俺たちがやったことはなんだったたんだろうな。でもな、あいつらがやらなかったことなんだぜ」

訳者あとがき

読者の皆さま、こんにちは。本書をお手にとってくださり、誠にありがとうございます。この『沈黙する教室』は、一九五六年に東ドイツ〔DDR〕の高校生たちが西側へ逃亡した事件の経緯とその後を、当事者であるディートリッヒ・ガルスカ氏が、インタビュー、シュタージ・アーカイヴ、新聞記事の引用などを駆使してまとめた、ノンフィクション作品『Das schweigende Klassenzimmer』の全訳です。

皆さまは本書を原作にしたラース・クラウメ監督の映画『僕たちは希望という名の列車に乗った』を、もうご覧になりましたか？　映画では「スターリンシュタット〔現アイゼンヒュッテンシュタット〕」に物語の舞台が移されていますが、実際に十二年生クラスの生徒たちが通っていたのは、もう少しベルリン寄りにある小さな町「シュトルコー」です。皆さまの多くが、本書を読んで初めて知ったのではないでしょうか？　地理の先生をしていらしたガルスカ氏は、他にも日本ではあまり馴染みのない地域の気候や風土をさまざまに描写しています。ぜひ、お手元のスマートフォンやパソコンで、地名を検索しながらお読みください。よりお楽しみいただけることと思います。

私自身は二〇一八年十月に、ベルリンからシュトルコーへの日帰り旅行をしました。ベルリン滞在時にお世話になっているお宅が、当時ガルスカ氏の親戚の方がお住まいだったシュパンダウ＝ピヒェルスドルフの近くにあるため、ちょうど逆の行程で往復したことになります。最寄り駅からSバーンでオストクロイツ駅まで行き、中距離列車のRE(レギオナル・バーン)に乗り換え、ケーニヒス・ヴスターハウゼン駅で一旦降りてさらに乗り換え、シュトルコー駅までは約一時間四十五分でした。

秋の鈍い曇天の下、にわか雨に降られながら、シュトルコー駅からかつての高等学校の所在地を訪ね歩きました。学校の裏手には、ガルスカ氏が描写した通りの白樺の林と湖が見えます。城塞には氷河期からの歴史を伝える郷土資料館、市章のピンバッヂや絵葉書を扱うお土産屋さんがあり、素敵なカフェも併設されています。映画『僕たちは希望という名の列車に乗った』のプレス資料や、当時の教科書などが展示された特設コーナーもありました。

この旅行中に改めてその手触りを感じたのが、「歴史」と「物語」の両方の意味を持つ示唆に富んだドイツ語の単語 Die Geschichte です。ガルスカ氏が行ったインタビューの中で、ある教師が「歴史は勝者が書くのだ」と言います。事実は一つだとしてもその解釈は十人十色です。本書でも引用されているシュタージ・アーカイヴの文章からは、高校生たちの「黙祷」を周辺情報とつなぎ合わせ、権力者たちが妄想たくましく新しい物語を創作していった様が、ありありと浮かびます。人の口を通して語られたとき、歴史はその人が解釈した新たな物語となるのです。ノンフィクションである本作を読み、皆さまはどのような物語を思い描いたでしょうか。温故知新とはよく言ったもので、ガルスカ氏の遺してくださった歴史から、私たちが得られる教訓は決して少なくはありません。

最後に、本書の翻訳にあたりご助力を賜りましたErik Schicketanz博士、Rita Pokorny博士、Morten Storm氏、そしてアルファベータブックスの春日俊一氏にこの場を借りて御礼申し上げます。

二〇一九年五月

大川 珠季

原注

1 MfSZA, S. 1.

2 MfSZA, S. 2.

3 MfSZA, S. 3.

4 MfSZA, S. 4.

5 RIAS-Archiv. Auch alle folgenden RIAS-Texte in diesem Kapitel.

6 AP, Dr. Endre Marton, 26. Oktober 1956 (im RIAS-Archiv nicht erhalten) .

7 In:Leben Singen Kämpfen, Liederbuch der Deutschen Jugend, Berlin, 1954, Seite 125.

8 BLHA, Seite 27-28.

9 BLHA, Seite 38.

10 Text und Musik van Reinhold Limberg, in:Leben Singen Kämpfen,Liederbuch der deutschenJugend, herausgegeben vom Zentralrat der Freien DeutschenJugend, Berlin 1954, Seite 38.

11 Franz Becker, Die große Wende in einer kleinen Stadt, Berlin 1980, Seite 460.

12 In: Seht, Großfies wird vollbracht, Ein Leseheft zum 15. J ahrestag der Gründung der Deutschen Demokratischen Republik, Berlin 1964, Seite 65.

13 Gerd Rühle, Das dritte Reich, Dokumentarische Darstellung des Aufbaues der Nation, Das ersteJahr, 1933, Berlin 1934, Seite 113.

14 Text: Heinrich Arnolf, in:Leben Singen Kämpfen, Liederbuch der deutschen Jugend, Berlin 1954, Seite 188.

15 Zitiert nach Fritz Klein, Deutschland 1918, Berlin 1962, Seite 188.

16 Lied aus dem spanischen Freiheitskampfvom Thälmann-Batallion, Musik: Paul Dessau.

17 POSS 1956.

18 Zitiert nach: WAZ, 5.10.1956.

19 BLHA, Seite 38, Berichtüber die Ereignisse an der Oberschule in Storkow, Frankfurt (Oder), 11. 1. 1957.（※この注釈番号については原書の本文中には掲載が無い）

20 POSS 1956.

21 MfSZA, ohne Seitenangabe, Extraeinlage.

22 MfSZA, Seite 26.

23 BLHA, Seite, 26, 8.1.1957.

24 POSS 1956.

25 BLHA, Seite 39.

26 MfSZA, Seite 23.

27 MfSZA, Seite 22.

28 Ebenda.

29 BLHA, Seite 34-3 5.

30 MfSZA, Seite 51.

31 BLHA, Seite 38.

32 BLHA, Seite 9-11.

33 BLHA, Seite 30-31.

34 BLHA, Seite 32.

35 BLHA, Seite 33.

36 MfSZA, Seite 56.

37 MfSZA, Seite 3.

38 Ebenda.
39 BLHA, Seite 39.
40 POSS 1956.
41 POSS 1956.
42 POSS 1956.
43 Ebenda.
44 BLHA, Seite 41.
45 Ebenda.
46 BLHA, Seite 40.
47 BLHA, Seite26.
48 BLHA, Seite27.
49 BLHA, Seite 57.
50 BLHA, Seite27.
51 MfSZA, Seite 56.
52 BLHA, Seite 18.
53 Text: Hermann Claudius, Musik: Michael Englert (1921), in: Leben Singen Kämpfen, Liederbuch der deutschen Jugend, Berlin 1954, Seite 204.
54 MfSZA, Seite 119-120: RIAS Interview vom 2.Januar 1957.
55 MfSZA, Seite 114, 5.l.1957, Sender Freies Berlin.
56 POSS 1956.
57 Archiv Georg Schwerz.
58 BLHA, Seite 36.
59 POSS 1956.
60 MfSZA, Seite 22.
61 Archiv Georg Schwerz.
62 POSS 1956.
63 BLHA, Seite 20.
64 POSS 1956.
65 Die Verfassung der Deutschen Demokratischen Republik, hrsg. vom Amt für Information der Regierung der Deutschen Demokratischen Republik, o.J.
66 MfSZA, Seite 67, andere Belege Seite 53,59, 66.
67 Ebenda.
68 POSS 1956.
69 Ebenda.
70 Ebenda.
71 Ebenda.
72 Interview in SAT 1 am 20. September 1996.
73 POSS 1956.
74 Ebenda.
75 Ebenda.
76 BLHA, Seite 46.
77 MfSZA, Seite 13.
78 BLHA, Seite22.
79 MfSZA, Seite 79.
80 BLHA, Seite 28.
81 BLHA, Seite 54.
82 MfSZA, Seite 10-11.
83 MfSZA, Seite 52.
84 MfSZA, Seite 5 5.
85 Ebenda.
86 BSAPM, Seite 47/48.
87 BLHA, Seite 46, Lagebericht vom 23.1.1957.
88 KAB.
89 Ebenda.
90 BLHA, Seite 63.
91 Ebenda.
92 BLHA, Seite 64.
93 »Die Welt«, 24.1.1957.
94 MfSZA, Seite 95.
95 MfSZA, Seite 90.
96 MfSZA, Seite 91-92.

97 BLHA, Seite, 27.
98 Ebenda.
99 Ebenda.
100 BLHA, Seite 43.
101 MfSZA, Seite 2.
102 MfSZA, Seite 56—57.
103 MfSZA, Seite 13.
104 BLHA, Seite23.
105 Ebenda.
106 BLHA, Seite 41.
107 BLHA, Seite25.
108 Ebenda.
109 BLHA, Seite 50.
110 MfSZA, Seite 6.
111 BLHA, Seite 18.
112 MfSZA, Seite 15.
113 MfSZA, Seite 51.
114 MfSZA, Seite 10.
115 BSAPM, Seite 47-48.
116 BLHA, Seite 25.
117 BLHA, Seite 14.
118 BSAPM, Seite 45.
119 MfSZA, Seite 15-16.
120 BLHA, Seite 63.
121 MfSZA, Seite 102.
122 BLHA, Seite 59.

出典・参考文献

Archiv des Deutschlandradios im Funkhaus Berlin, RIAS, Tondokumente mit Sendedatum. Zitiert als: RIAS

Brandenburgisches Landeshauptarchiv, Rep. 730 SED-Bezirksleitung Frankfurt/Oder, Nr. 1025. Zitiert als: BLHA

Kreisarchiv Beeskow, Lagebericht. Zitiert als: KAB

Markische Oderzeitung. Zitiert als: MOZ

Mfs Zentralarchiv, Der Bundesbeauftragte fiir die Unterlagen des Staatssicherheitsdienstes der ehemaligen Deutschen Demokratischen Republik-Zentralarchiv, 8801/57. Zitiert als: MfSZA

Neues Deutschland. Zitiert als: ND

Projektgruppe Oberschule Storkow 1956, Gesamtschule Storkowunter Leitung von Erich und Ursula Oehring, Gesprach mit Georg Schwerz 1994. Zitiert als: POSS 1956

Stiftung Archiv der Parteien und Massenorganisationen der DOR im Bundesarchiv, SAPMO-BArch, DY 30/IV 2/9.02/40. Zitiert als: BSAPM

Verschiedene Zeitungen und Zeitschriften 1956/57

【著者略歴】

ディートリッヒ・ガルスカ（Dietrich Garstka）

1939年東ドイツ生まれ。同級生と共に西ドイツへ逃亡後、ケルン、ボーフムでドイツ文学、社会学、地理学を学ぶ。ギムナジウム教師を経て、後はエッセンの市民学校で文化と芸術分野の講師をしていた。2007年に自身の体験をもとに本書を上梓。2018年2月28日に本書を原作とした映画『Das schweigende Klassenzimmer』(邦題『僕たちは希望という名の列車に乗った』)のワールド・プレミアがベルリン映画祭で行われたが、その2ヶ月後の4月18日に病没。

【訳者略歴】

大川 珠季（おおかわ・たまき）

1986年生まれ。日本大学芸術学研究科舞台芸術専攻博士前期課程修了。修士論文「一人称告白体小説の上演テキスト化～太宰治『駈込み訴へ』の解体と再構築～」（湯川制賞）。上演された翻訳戯曲に『母語 マメローシュン』（マリアンナ・ザルツマン作）、『群盗』（フリードリッヒ・フォン・シラー作、Amazon Kindle）、『抄訳：春のめざめ』（フランク・ヴェデキント作）などがある。

沈黙《ちんもく》する教室《きょうしつ》

1956年東《ひがし》ドイツ—自由《じゆう》のために国境《こっきょう》を越《こ》えた高校生《こうこうせい》たちの真実《しんじつ》の物語《ものがたり》

発行日　2019年5月17日　初版第1刷

著　者　ディートリッヒ・ガルスカ
訳　者　大川珠季

発行人　春日俊一
発行所　株式会社 アルファベータブックス
〒102-0072 東京都千代田区飯田橋2-14-5 定谷ビル
Tel 03-3239-1850　Fax 03-3239-1851
website http://ab-books.hondana.jp/
e-mail alpha-beta@ab-books.co.jp

印　刷　株式会社エーヴィスシステムズ
製　本　株式会社難波製本
ブックデザイン　Malpu Design（清水良洋）
協　力　アルバトロス・フィルム／クロックワークス

ISBN 978-4-86598-064-6　C0022